Leis da Paixão

Universo dos Livros Editora Ltda.
Rua do Bosque, 1589 • 6º andar • Bloco 2 • Conj. 603/606
Barra Funda • CEP 01136-001 • São Paulo • SP
Telefone/Fax: (11) 3392-3336
www.universodoslivros.com.br
e-mail: editor@universodoslivros.com.br
Siga-nos no Twitter: @univdoslivros

Leis da Paixão

N.M. Silber

São Paulo
2015

UNIVERSO DOS LIVROS

The Law of Attraction
Copyright © 2013 by N.M. Silber
Published by Mendelssohn Levy Publishing

Diretor editorial: **Luis Matos**
Editora-chefe: **Marcia Batista**
Assistentes editoriais: **Aline Graça e Rodolfo Santana**
Tradução: **Flora Manzione**
Preparação: **Sandra Scapin**
Revisão: **Jonathan Busato, Raquel Siqueira**
Arte: **Francine C. Silva e Valdinei Gomes**
Capa: **Zuleika Iamashita**

Dados Internacionais de Catalogação na Publicação (CIP)
Angélica Ilacqua CRB-8/7057

Silber, N. M.
Leis da paixão / N. M. Silber; tradução de Flora Manzione.
– São Paulo: Universo dos Livros, 2014.
272 p.

ISBN: 978-85-7930-769-0
Título original: *The law of attraction*

1. Literatura americana - Ficção 2. Literatura erótica 3. Tribunais 4. Advogados 5. Sistema judiciário 6. Filadélfia (EUA) I. Título II. Manzione, Flora

14-0872 CDD 813.6

Índices para catálogo sistemático:
1. Literatura americana

Este livro é dedicado à minha família.
Sei que vocês têm que me amar, mas
vocês o fazem especialmente bem.
(Não leiam as partes picantes).

Eu gostaria de agradecer aos meus leitores, que continuam me dando apoio e dizendo o quanto os faço rir. E também agradeço a Daisy Prescott, Penny Reid e Zack Love por serem tão inteligentes e divertidos. E por escreverem livros tão bons.

Um

Tribunal de Justiça da Filadélfia, Pensilvânia, EUA

ESTADO CONTRA **HARRIS**

Eu estava de frente para o júri, fazendo minha argumentação final sobre um caso de furto em uma loja que meu cliente insistira em levar a julgamento, contrariando meus conselhos e apesar de eu implorar que não o fizesse.

– Senhoras e senhores, vivemos em um país onde todo cidadão tem direito a um julgamento por seus pares. O processo deve carregar o fardo da prova, além da dúvida razoável, a mais elevada norma jurídica de prova possível neste nosso grande país. Estamos aqui, hoje, porque meu cliente é um cidadão e tem direito a um julgamento, se ele assim o quiser.

Muitas vezes nós, advogados, não podemos deixar as pessoas saberem o que realmente estamos pensando. Com frequência imagino as coisas que eu gostaria de dizer e fazer, e, na falta de um termo melhor, chamo esses pensamentos de "Gabrielle interior". Nesse momento, a Gabrielle interior estava suspirando e virando os olhos, porque eu começava, outra vez, com o velho "direito a um julgamento de defesa". É o que nós, defensores públicos, fazemos quando nos dirigimos a um júri sem o que seria mais útil em tal circunstância: uma verdadeira defesa. Afinal, você tem de dizer alguma coisa. Tecnicamente, meu cliente realmente tinha uma defesa, mas era tão estúpido que ninguém em sã consciência acreditaria; então, pensei: "que se dane, citar a Constituição nunca fez mal a ninguém".

– Vocês ouviram o sr. Harris lhes dizer que simplesmente cometeu um erro – continuei –, um erro que talvez vocês mesmos já tenham cometido. Você entra em uma loja esperando pegar apenas um item e nem pega uma cesta de compras. Então, vê que precisa de outro item, e depois de outro...

Fiz uma pausa e dei um sorriso amigável aos jurados para mostrar-lhes como tudo era razoável. Eu esperava que isso quisesse dizer: "Vejam, cidadãos da Filadélfia, que adiaram obrigações, contrataram babás e faltaram ao trabalho, sou uma pessoa legal, então vocês não deveriam me odiar ou odiar o imbecil do meu cliente por desperdiçarmos seu precioso tempo". Afinal, tudo isso é um grande mal entendido, certo?

– O sr. Harris alega que foi isso o que aconteceu com ele naquele dia, em maio. Ele foi até a loja para comprar um item, e então viu outro de que precisava, e depois outro. Em vez de voltar até a entrada da loja para pegar uma cesta de compras, ele simplesmente guardou os itens na roupa, mas tinha a intenção de pagar por eles.

Eu olhava nos olhos de cada um dos jurados enquanto andava lentamente de um lado para o outro, na frente da tribuna. Pude ver que alguns deles realmente queriam acreditar em mim, estavam receptivos. Obviamente, por não estarem clinicamente mortos, eles *não* acreditavam em mim, mas *queriam*, e era isso o que contava.

– Essa é a história dele, senhoras e senhores, e ele tem o direito constitucional de contá-la. Se acham que o processo não provou o caso além da dúvida razoável, devem absolvê-lo. Obrigada.

Voltei a me sentar, com toda a dignidade que consegui exibir, enquanto um promotor público assistente, aparentando uns cinquenta e poucos anos, levantou-se e caminhou em direção ao júri. Ele pigarreou, e pude ver que tinha uma lista em mãos. A Gabrielle interior se encolheu. "Ai, merda".

– O sr. Harris tinha nas calças três caixas de torrada Melba, uma lata de ostras defumadas, uma rodela de queijo Gouda, dois cachos de uva, um pacote de salmão defumado, uma lata de sardinhas, uma garrafa de refrigerante de uva e uma lata de salsichas para coquetel. Peço apenas que, por favor, usem o bom senso. Obrigado.

Ele se sentou novamente. Eu continuava olhando para a frente, fazendo o meu melhor olhar de "Oi? Alguém disse alguma coisa?". Aprendemos isso na faculdade de Direito.

O juiz instruiu o júri, que se retirou para deliberar, e o sr. Harris saiu para fumar. Levantei-me e juntei minhas coisas, enquanto os defensores públicos e promotores assistentes do próximo caso se levantavam. Eu vira dois rostos familiares entre os que aguardavam para entrar no tribunal; então, estava preparada para a humilhação. Adam Roth e Braden Pierce eram procuradores jovens e bonitos. Muito bonitos. Nos últimos dias havíamos trabalhado várias vezes na mesma sala do tribunal e os dois gostavam de me provocar. Na verdade, isso parecia ser o passatempo favorito deles. Eu não me importava tanto assim, pois sentia um desejo profundo pelo dr. Pierce.

– Uma lata de salsichas para coquetel – o dr. Roth soltou a primeira.

– Seria uma vergonha ter que ferir alguém tão bonito como você, dr. Roth – arrumei meus papéis e tentei parecer ocupada. Também nos ensinam isso na faculdade de Direito.

– Parece que ia ser uma festa e tanto – disse o dr. Pierce.

– Se sentindo com sorte, dr. Pierce? Não tenho medo de derrubar o senhor também, sabe. Trabalho com duzentos advogados de defesa – eu o vi tentando conter o riso ao mesmo tempo em que ouvi a voz de minha amiga Jessica atrás de mim. Virei-me, ávida por ver um rosto solidário.

– Acabei de tentar uma no caso de um cliente que alegou estar urinando em um banco. Acontece que ele estava batendo punheta em uma esquina. A acusação tinha vinte e uma testemunhas. Eram freiras – ela parecia magoada.

– Entendo – eu disse, gentilmente, dando um tapinha em suas costas.

– Você também mandou um "meu cliente tem direito a um julgamento de defesa"? – perguntou o dr. Roth.

– Adorei quando ela disse "essa é a história dele e ele tem o direito constitucional de contá-la". Foi um momento clássico da jurisprudência americana – acrescentou o dr. Pierce, vindo até a mesa de defesa e apoiando-se nela, bem ao lado de onde eu estava. Notei que o perfume dele era muito bom. Picante, com um traço de menta. Até seu cheiro era atraente.

– Fico feliz que possamos diverti-los. Vocês não têm ideia do que é ter que dizer aquilo com cara séria – virei-me rapidamente para encará-lo e meu queixo quase caiu. "Deus do céu!" Fazia meses que eu olhava para esse homem do outro lado da sala, havia até mesmo sentado de frente para ele à mesa, quando negociamos um acordo, mas nunca estivera *tão* perto dele antes. Uau. Percebi que o estava olhando de um jeito idiota e consegui me recompor. Eu precisava mesmo transar logo.

– Pobre dra. Ginsberg – disse ele, sorrindo e olhando para mim com um ar curioso. Aquele sorriso fez minhas partes íntimas esquentarem.

O dr. Pierce era atraente demais para mim. Com ele em pé, logo ali ao meu lado, pude ver que seus olhos tinham um lindo tom azul, como o céu, e eram contornados de índigo. Seu cabelo não era bem loiro, e sim castanho-claro com luzes douradas. Perguntei a mim mesma se ele seria inteiro dourado. Não aguentei, comecei a imaginar como ele poderia fazer eu me sentir melhor me fazendo uma boa massagem e tomando um banho quente comigo, talvez um copo de vinho e uma música sexy...

– Bem, sim, talvez você devesse me confortar... – murmurei distraidamente. Meus olhos se arregalaram. Jesus, Gabrielle! – Confrontar! Talvez você não devesse... me confrontar, porque posso ser... – busquei algo – ... perigosa. – "Ahn?" Virei os olhos e senti meu rosto ficar quente.

– Não duvido – disse ele, com um sorriso convencido. – Acho que *confrontar* você pode ser algo muito perigoso.

– Só espero que tenham jogado as uvas fora – falou o dr. Roth, tirando-me completamente do meu devaneio cheio de luxúria.

Eu terminara de arrumar meus papéis, então comecei a arrumar os papéis de todo mundo também. Quando percebi, estava arrumando a droga da sala inteira, e o dr. Pierce parecia estar se divertindo ao me observar fazendo isso. Perguntei-me o que ele estaria pensando. Provavelmente, estava se questionando se eu já tinha tomado meus remédios.

O júri voltou em dez minutos. Surpreendentemente, não acreditaram no sr. Harris. Derrotada, voltei para o meu escritório. A Gabrielle interior saiu para tomar um drinque.

Dois

Eu estava preparando meus casos para o próximo dia. Precisava encontrar um jeito de convencer o júri de que um motoqueiro de quase dois metros de altura e 135 kg, chamado Miúdo, "encontrara" vinte e sete televisores HD, de 30 polegadas e tela plana em um beco atrás do seu apartamento. Era preciso ir com calma para falar a alguém como Miúdo – mesmo sua advogada achava que ele estava na merda e que ninguém acreditaria nessa versão. Eu não estava ansiosa por esse encontro, nem pelos outros dezesseis casos que havia agendado. Por sorte, aquele fora um dia leve de trabalho.

Jessica voltou, finalmente, uma hora depois, com cara de quem tinha lutado alguns *rounds* com o Mike Tyson, mas provavelmente fora apenas babaquice do dr. Roth. Ele fazia isso de tempos em tempos. Diariamente. Jess e eu havíamos começado a trabalhar na defensoria ao mesmo tempo, um ano antes, e nos tornamos amigas logo no primeiro dia. Havia alguns meses que também dividíamos um apartamento em um prédio a algumas quadras do escritório, no luxuoso bairro Rittenhouse Square.

Para ser perfeitamente honesta, na verdade, eu não precisava de alguém para dividir o apartamento. Sou filha de empresários muito bem-sucedidos, pode-se dizer que venho de uma família rica. No entanto, gosto de saber que posso me sustentar sozinha, por isso tento viver com meu próprio salário. Infelizmente, isso preocupa meus pais, mas tudo os preocupa. Eles se preocupam por eu trabalhar com criminosos, se preocupam por eu morar em outra cidade, se preocupam porque não sou boa em finanças. Acima de tudo, se preocupam que eu, eventualmente, acabe vivendo sozinha, com um monte de gatos e alguns milhões de dólares em uma caixa de sapatos debaixo da cama.

Minha vida social não andava exatamente próspera no momento. Já passara noites suficientes evitando bêbados em bares e clubes, então, para sair, atualmente, apenas se estiver rodeada de amigos. Não queria sair com ninguém do escritório e já fazia tempo que eu não conhecia alguém novo. Ou seja, já fazia uns meses que não saía com um cara. Mas isso precisava mudar, não podia mais viver assim. Meu trabalho criava muita tensão e eu precisava de uma válvula de escape. Eu precisava encontrar um parceiro sexual que não precisasse de pilhas.

O problema era que o único cara em quem eu estava interessada era o dr. Pierce. Estávamos trabalhando na mesma sala do tribunal havia meses e, enquanto o dr. Roth podia ser um pé no saco, o dr. Pierce apenas fazia seu trabalho. Ele sempre me oferecia acordos, apesar de, às vezes, me fazer trabalhar duro por eles. Mas com ele a luta sempre era limpa, mesmo que me fizesse querer bancar uma garota safada. Para falar a verdade, a batalha na corte pode ser algo bem estimulante. Às vezes há uma linha tênue entre ficar fula da vida e ficar excitada.

Eu pensava demais nele, estava quase me tornando uma daquelas fãs malucas. Poderia até mesmo ter pendurado um pôster dele ao lado da minha cama. Infelizmente, eu estava longe de ser sua única fã. Todos sabiam que ele era pegador; um verdadeiro galinha. Eu não queria só uma ficada, nem queria dividi-lo, então parecia que o dr. Pierce estava fora do meu alcance. Se apenas alguém pudesse explicar isso para a Gabrielle interior... E para a minha vagina...

E depois, é claro, como se isso tudo já não fosse ruim o bastante, havia mais um problema: ele me lembrava alguém do meu passado que eu não associava exatamente a boas memórias. Não era algo que atrapalhasse tudo, mas certamente não aumentava minha autoconfiança em relação a ele. Era uma longa história. Mas, na época da faculdade, eu acabei perdendo a virgindade em uma ficada com um outro galinha. Eu sei... que brilhante essa Gabrielle, certo? Mas espere, fica ainda melhor: no dia seguinte decidi falar para ele que queria ser sua namorada. Vamos apenas dizer que esse não era bem o plano dele. "Humilhação" é uma boa palavra? Enfim, não sei bem por quê, mas algo no dr. Pierce me fazia lembrar do galinha que tirou minha virgindade.

– Livre-se disso, Gab, amanhã é outro dia – Jess falou, entrando rapidamente, carregando uma pilha de processos que parecia pesar mais que ela.

– Isso deve me animar? – perguntei, abrindo um caminho no chão para que ela pudesse chegar à sua mesa. Eu costumo espalhar as coisas enquanto trabalho.

– Achei que você já estaria bem animada com toda a atenção que um certo promotor tem lhe dado ultimamente – ela se jogou na cadeira, abriu a última gaveta da mesa e pôs os pés para cima.

Ok, aquilo ganhou a minha atenção. Eu não contara a ninguém sobre minha pequena paixonite, nem mesmo a ela, mas acho que meus olhares de cobiça e o pedido para me confortar não haviam sido exatamente sutis. Perguntei calmamente, recostando-me na cadeira:

– E que promotor seria esse?

– O lindo e loiro Braden Pierce – disse ela, com um sorrisinho afetado.

– Por que o sr. Pegador prestaria atenção em mim? – voltei a ordenar as pilhas no chão e tentei parecer indiferente.

– Ah, não sei. Talvez porque você seja bonita, inteligente e engraçada?

– Bem, então ele só está atrás de um pouco de diversão. Ouvi dizer que ele não namora, só fica. De qualquer jeito, você deve estar errada. As mulheres que ele gosta parecem coelhinhas da *Playboy.*

– Como você sabe?

Ai, droga! Eu e minha grande boca.

– Ele é filho de senador. Pesquisei ele no Google uma vez.

– Ei, espere aí...

– "Espere aí" o quê? Sei o que você está pensando, mas não sou uma perseguidora doida. Só estava curiosa.

– Não isso! A outra coisa. Fodam-se as coelhinhas da *Playboy*!

– Tenho certeza de que ele fodeu elas.

– Como se você não fosse atraente! Olhe só pra você, com esses cabelos castanho-dourados e grandes olhos castanhos. Você também tem peitões e uma bela bunda, coisas que costumam ser populares entre os machos. Aqueles empresários bêbados ficam em cima de você toda vez que saímos.

– Obrigada, mas só estou dizendo que ele parece gostar de outro tipo, e eu não sou uma loira com bronzeado artificial e cinco centímetros de cintura, como as que vi com ele em fotos. Algumas se pareciam tanto com a Barbie que não sei nem se a perna delas dobrava.

– Sendo ou não o tipo, ainda digo que ele quer você – Jess colocou os pés de volta no chão, começou a abrir um espaço na frente dela e foi empilhando arquivos.

– Sim, talvez para uma relação de curto prazo, o tempo que levasse pra ele me comer. Não quero ter uma noite de sexo casual com um cara que vejo todo dia no tribunal. Pra falar a verdade, não quero ter isso com ninguém, não importa quão gostoso o cara seja.

– Então talvez ele esteja a fim de investir em mais de uma noite com você. Devíamos perguntar ao Mark.

Mark Patterson era um amigo, defensor público, que fizera faculdade de Direito com o dr. Pierce e o dr. Roth. Eles se mantinham próximos mesmo trabalhando em lados opostos no tribunal. Juntos, provavelmente, eram o trio mais sexy e mais galinha existente no sistema judiciário criminal da Filadélfia, mas era bem legal sair com Mark. Ele e Jess eram ótimos amigos.

– Não! Ele contaria ao Pierce! E se você estiver errada, eu ficaria com tanta vergonha que não conseguiria nem trabalhar. Além disso, ele me veria como apenas mais uma de suas fãs, e quero que me respeite – eu já estava tendo *flashbacks* da faculdade. Uma aventura na mais completa humilhação era mais do que suficiente, obrigada.

– E se eu estiver certa?

– Então ele poderia me convidar para sair, não? Não seria difícil de me achar, eu o vejo praticamente todos os dias. Mas não tenho esperança. Acho que ele está bem contente comendo qualquer Barbie que conhece em bares e clubes.

– Bem, definitivamente não acho que ele te convidaria para sair se você não o fizesse saber que está interessada também. Às vezes você fica toda "sai pra lá" quando está perto dele.

– Fico?

– Te conheço bem o bastante para perceber que você se sente atraída por ele, mas ele provavelmente não sabe. Bem, talvez ele entenda depois de hoje. Você pareceu bem desnorteada quando pediu para ele te confortar – ela riu enquanto fazia algumas anotações.

– Ai, meu Deus – gemi. – Sou tão cretina.

– Não fique envergonhada. Ele sempre te olha como se quisesse te jogar na bancada dos jurados e transar com você ali. E fica se aproximando para falar com você. Achei que fosse sentar no seu colo hoje, e você obviamente gostou disso.

– É, bem, ele tem um cheiro bom – eu disse, e parei para pensar naquilo por um segundo. – Preciso sair mais. Estou cheirando os promotores.

ESTADO CONTRA **O'NEAL**

O dia seguinte chegou, como Jess dissera, e mais uma vez me vi contra o dr. Pierce no tribunal, desejando que ele me jogasse na parede da sala do júri. Ele estava se tornando cada vez mais uma distração, especialmente agora que Jess havia enchido minha cabeça com todas as suas teorias de que ele me queria também. Às vezes ela era uma baita facilitadora. Ela e o dr. Roth haviam terminado os casos do dia, então só tínhamos sobrado eu e o dr. Pierce, além do juiz, do réu, das testemunhas e dos outros.

– Ok, dra. Ginsberg – disse o juiz Channing na conclusão da audição preliminar. – Tempo para argumento. Vai tentar emendar a Constituição hoje?

– Não, Excelência. Não gostaria de me tornar previsível – respondi com um sorriso; a propósito, o juiz Channing não era exatamente meu fã. – A posição da defesa ao Estado é de que não houve tentativa de homicídio. O sr. O'Neal supostamente atirou na perna do sr. Anthony à queima-roupa. É bem claro que, se ele realmente tivesse a intenção de matá-lo, teria mirado mais alto.

– Teria mirado mais alto. Entendo. Dr. Pierce, qual é sua resposta?

– Excelência, o sr. O'Neal atirou no sr. Anthony com uma arma nove milímetros em uma rua movimentada, na frente de pelo menos trinta testemunhas. O Estado apresentou evidências suficientes para, por todas as acusações, incluindo tentativa de homicídio, mantê-lo preso até o julgamento.

– Sinto muito, dra. Ginsberg, terei de concordar com o dr. Pierce. O fato de que seu cliente seja um atirador ruim não estabelece uma defesa. Todas as acusações estão mantidas. O julgamento será agendado.

Meu cliente foi levado e eu voltei à mesa de defesa para juntar minhas coisas. O dr. Pierce veio e me deu a cópia da ordem. Aquilo era diferente, normalmente os promotores não eram educados daquele jeito. Em vez de ir embora, ele ficou lá, tão perto que precisei levantar a cabeça para falar com ele. Uau, ele era alto.

– Ele teria mirado mais alto? – ele perguntou, divertindo-se.

– Olha, quando você representar um cara que atira em alguém na frente de sessenta testemunhas, vou ouvir o que você tem a dizer, ok? – virei-me para arrumar o arquivo e, quando me virei de volta, peguei ele olhando para a minha bunda.

– Trinta testemunhas – ele disse, e rapidamente olhou para um grupo de guardas indo até a porta. Não consegui me segurar, fiquei olhando para o lindo corpo dele e, quando ele olhou de volta, é claro que me pegou fazendo isso. Movimentei os olhos para cima e pigarreei.

– Trinta, sessenta... Que diferença faz? A propósito, elas também eram freiras? – quando olhei de volta, vi que ele tentava conter uma gargalhada.

– Devo admitir que admiro sua criatividade.

Fiquei pensando se ele estava falando sério ou se só estava me enchendo, como sempre. Olhei de novo diretamente para ele (não conseguia me conter!) e vi seus olhos descerem até meu lábio inferior, que eu mordia de nervoso. Eu não aguentava o jeito que ele estava olhando para a minha boca, então comecei juntar os papéis da mesa de defesa. Eu sempre estava juntando alguma porcaria quando ele estava por perto! Precisava muito transar de novo logo, e, meu Deus, esperava que não estivesse pensando alto outra vez.

– Obrigada, dr. Pierce. Eu tento. Vou dar outro show à tarde. Espere até conhecer o Miúdo – eu disse, começando a guardar meus arquivos. Ele não conseguiu mais se conter. A gargalhada escapou, mas ele educadamente a cobriu com uma tossida. Olhei para cima e encontrei sua linda boca, e meus olhos ficaram pendurados nela. Eu queria aquela boca em tantas partes do meu corpo...

– Você disse alguma coisa?

Meu olhar se voltou rapidamente ao dele. "Merda!"

– Época. Tem sido uma época corrida – murmurei, e mordi o lábio para não falar mais nada alto. Ele baixou os olhos até minha boca novamente. Eu estava começando a suar e a sentir uma grande tensão na sala, que não tinha nada a ver com a má pontaria do sr. O'Neal. Precisava cair fora dali. Com relutância, fui pegar algo para comer antes que pegasse o dr. Pierce e descobrisse se o gosto dele era tão bom quanto o cheiro. "Jesus!", eu precisava de uma ducha fria.

ESTADO CONTRA **KAMINSKY**

Às treze horas estávamos outra vez na frente do juiz.

– Ok, dra. Ginsberg. Mal posso esperar para ouvir o que você vai inventar dessa vez – disse o juiz Channing. Nada como um voto de confiança do judiciário.

– Vossa Excelência, todos sabemos que, às vezes, os varejistas se desfazem de mercadorias defeituosas ou que ninguém quer. Foi perfeitamente razoável o sr. Kaminsky ter se enganado e acreditado que a mercadoria em questão fora abandonada na rua.

– Claro. Dr. Pierce, o que tem a dizer? – o juiz perguntou.

– Vossa Excelência, ninguém se desfaz de vinte e sete televisores HD de tela plana.

– Sabe, dr. Pierce, estou inclinado a concordar. Acusações mantidas para o julgamento.

O juiz Channing bateu o martelo e Miúdo foi escoltado por dois oficiais que pareciam bem cautelosos. Eu tinha certeza de que o Miúdo não seria a mulherzinha de ninguém na cadeia. Voltei à mesa de defesa outra vez.

– Você tinha razão. Essa foi muito boa – disse o dr. Pierce, me entregando a ordem de novo. Dessa vez sua mão roçou na minha e eu dei um pulo, como se tivesse tomado um choque. Ele me olhou como se eu pudesse mesmo ser bem perigosa, afinal de contas. Boa, Gabrielle. Muito sutil.

– Prevejo que vou partir para o "direito a um julgamento de defesa" de novo – eu disse, tentando não agir de forma mais estranha do que já vinha fazendo.

– Não acha que ele vai querer se declarar culpado?

– Provavelmente não. Ele realmente acredita que se declarar um completo idiota vai tirá-lo dessa.

– Você é muito engraçada – ele disse, apoiando-se na mesa de defesa, bem ao meu lado.

– Dr. Pierce, na minha linha de trabalho você ri ou chora, e eu prefiro rir – ai, meu Deus! Aquilo tinha soado a música brega!

– Pode me chamar de Braden – ele me olhava, curioso para ver como eu reagiria. Senti meu rosto ficar mais quente e meu coração começou a palpitar, acelerado. Comecei a achar que podia estar tendo uma crise de pressão alta ou coisa do tipo. Aquilo não podia ser normal.

– Então pode me chamar de Gabrielle – eu disse, fitando diretamente aqueles incríveis olhos azuis e esperando que meu rosto não estivesse vermelho como eu sentia que devia estar. Estávamos a centímetros um do outro e eu podia sentir o calor do corpo dele. Eu olhava para ele e ele para mim. Senti a tensão novamente, mas, então, o juiz chamou.

– Dr. Pierce, odeio interromper sua conversa com a dra. Ginsberg, mas precisamos de um promotor envolvido nesse processo – olhei para o banco e vi que já havia outro caso aguardando.

– Tchau, Gabrielle – disse ele, sorrindo. Por que meu nome parecia tão sexy quando ele o dizia? Coloquei minha mala de rodinhas, cheia de arquivos, no chão. Meus músculos torneados não eram apenas de andar por todos os lados. Eu provavelmente conseguia levantar um carro.

– Tchau, Braden – murmurei, ao sair andando.

Era sexta-feira e eu não o veria pelos próximos dois dias. Voltei para o meu escritório. Acho que eu era a única entre mais de duzentos advogados que trabalhavam lá que não estava entusiasmada pelo fato de o fim de semana ter, finalmente, chegado. Contemplei meus planos para o dia seguinte. Eu poderia reorganizar os armários da cozinha, talvez pegar uma matinê, cortar meus pulsos. As possibilidades eram infinitas. Jess já estava na mesa dela quando cheguei e tirei meus arquivos da mala. Eu só pensava sobre minha pequena conversa com o dr. Pierce. Com Braden.

– O dr. Pierce me disse para chamá-lo pelo primeiro nome e também disse que sou engraçada.

– Ah, sério? – Jess perguntou, rodando a cadeira e soando diabolicamente intrigada, como um gênio malvado em um filme do James Bond. – Então admita, talvez eu esteja certa – ela estava com aquele olhar de "eu te falei".

– Não antes de ter alguma prova. Graças a você, que fica plantando teorias dúbias na minha cabeça, passei da categoria "apenas me sentir atraída" para "desejá-lo". Agora fico como o Pepe Le Gambá, doidão de ácido, toda vez que ele chega perto de mim – eu disse, virando os olhos.

– Podíamos ir ao O'Malley's com os outros defensores públicos mais tarde – ela sugeriu. – Vários promotores também vão lá às sextas. Quem sabe ele está lá.

– E daí? Posso ficar olhando para ele de longe, por cima de um barril de cerveja?

– Você pode flertar com ele. Talvez assim consiga alguma coisa.

– Porque, você sabe, pegar um cara em um bar é o melhor jeito de começar um saudável relacionamento romântico. Não estou à procura de um cara para uma noite só, Jess.

– Você não precisa ir para casa com ele. Apenas flerte e veja o que acontece.

– "Apenas flerte e veja o que acontece". Ótimo conselho.

Três

O O'Malley's conseguia parecer fino e ainda ter a atmosfera de bar pé-sujo que todos os advogados, de todos os lugares, frequentavam na época da faculdade de Direito. Havia um bar no centro, grande e antigo, e perto das paredes ficavam as mesas enfileiradas. Quando o lugar começava a ficar cheio e a *jukebox* era ligada, as pessoas costumavam ocupar o espaço livre entre o bar e as mesas para socializar e dançar.

Havíamos acabado de entrar e estávamos caminhando pela multidão quando passamos perto de uma mesa cheia de promotores rindo e bebendo, perto da mesa onde se encontravam os defensores públicos, que também riam e bebiam. Após uma semana no sistema judiciário criminal, rir e beber eram componentes necessários para manter sua sanidade. De repente, ouvi o dr. Roth chamar.

– Oras, se não são a dra. Albright e a dra. Ginsberg!

Paramos e nos aproximamos dele. Meu estômago começou a fazer acrobacias que teriam deixado a seleção de saltos ornamentais orgulhosa quando vi Braden sentado ali, encostado na cadeira, sem o paletó, com as mangas arregaçadas e a gravata e o colarinho afrouxados. Cara, dava para vender cartões postais com aquela imagem.

– Olá, dr. Roth – Jess respondeu, em um volume acima do barulho do lugar. – Afogando suas mágoas?

– Celebrando minhas vitórias, dra. Albright. Será que não se lembra da minha impressionante performance no tribunal hoje?

O dr. Roth também era um cara muito bonito, mas de um jeito diferente do dr. Pierce. Braden era um garoto loiro-dourado, já Adam era um bonito moreno: cabelos escuros, olhos castanhos e sempre um pouco de sombra de barba. Era um daqueles caras que sempre pareciam ter saído da cama de uma mulher e ido direto para o trabalho. E, no caso de Adam, essa era definitivamente uma possibilidade.

– Alguém me segure, vou desmaiar – gritei de um jeito seco. É realmente possível gritar de um jeito seco, acredite. Às vezes o dr. Roth precisava que uma mulher não o venerasse, e eu ficava feliz em lhe fazer esse favor.

– Mas que boca atrevida tem essa garota – disse ele com uma risada, olhando para Braden.

Os colegas deles interromperam a farra para prestar atenção a essa inusitada cena: duas atraentes defensoras públicas se aventurando em uma mesa cheia de promotores semibêbados. Isso não acontecia todos os dias. Era como uma daquelas cenas do Animal Planet. Você sabe, aquelas em que um filhote de gazela decide beber água fresca e gostosa de um riacho, bem ao lado de leões famintos.

– Você acha que tenho uma boca atrevida, é? – decidi que aquele seria o melhor momento para jogar um pouco do meu charme. – O que acha da minha boca, Braden? – perguntei, virando-me para ele. Por algum milagre eu consegui parecer calma, e até mesmo brincalhona. O anjo da guarda dos socialmente desajeitados obviamente estava sorrindo para mim.

– Gosto bastante – respondeu ele com um sorriso galanteador, enquanto seus olhos, de uma forma muito óbvia, desciam até meus lábios, dessa vez de um jeito ensaiado, que, sob outras circunstâncias, provavelmente fazia as mulheres tirarem a calcinha em qualquer lugar. Ouvi umas risadas sugestivas e alguns comentários dos amigos dele que não entendi direito. Provavelmente foi melhor assim. Dusty Springfield cantava "Son of a Preacher Man" ao fundo, o que ajudou a estabelecer o clima de atrevimento.

– Aí está, dr. Roth – eu disse, enquanto me movia para ficar de frente para ele. Inclinei-me, olhando diretamente em seus olhos, meu rosto a centímetros do dele. – Obviamente alguns homens conseguem lidar com a minha boca – Jess soltou uma gargalhada atrás de mim. Sorri e comecei a andar para longe dali.

Depois de um segundo de silêncio, a mesa estourou em gargalhadas. "Uau, eu fui mesmo meio atrevida, não fui?". Eu já estava a uns bons passos longe quando ouvi Braden me chamar. Meu coração martelou em minha parede torácica.

– Ei, Gabrielle! – virei-me, arqueando a sobrancelha de forma indagadora. Ele deu um sorriso devastadoramente sexy e falou alto o bastante para ser ouvido na multidão: – Consigo lidar com a sua língua afiada também!

Mais gargalhadas estrondosas ecoaram. Cavei bem fundo e encontrei uma coragem que só pôde ser desenvolvida depois de três anos de exposição a professores de Direito que admitiam, abertamente, que o trabalho deles era fazer você se sentir um idiota. Isso refere-se a todos os professores de Direito.

– Comporte-se ou vou fazer você provar! – gritei de volta, sorrindo como se tivesse lançado um desafio. Então me virei e continuei andando. Por sorte não tropecei em nada. A propósito, aquilo caíra muito bem para a mesa dos promotores. Por um minuto pensei que me ovacionariam em pé ou, talvez, pudessem vir enfiar dólares na minha estilosa, porém delicada, saia social. Jess me olhou com uma expressão de contentamento e surpresa.

– Quem é você e o que fez com a Gabrielle Ginsberg?

– Então, aquilo foi meio que um flerte, não foi?

– Meio? Aquilo foi pelo menos proibido para menores – ela riu. Olhei para a frente e vi Mark acenando para nós.

– Ei, Jessica, Gabrielle! – ele obviamente ouvira aquele pequeno lance, pois estava olhando para a mesa deles e rindo, obviamente surpreso. Provavelmente a maior parte do bar tinha ouvido também. Jess e eu mudamos o curso e fomos nos juntar a Mark na mesa dele.

– Estão se divertindo? – ele perguntou.

– Até agora tem sido muito interessante – respondeu Jess, lançando-me um olhar levemente perplexo.

– Bebam uma cerveja, estou dirigindo – disse Mark. Pegamos dois copos de plástico de uma pilha ao lado de um jarro e os enchemos. – Então, que história é essa do Braden e da sua língua, Gabrielle?

– Eles estavam me provocando e eu provoquei um pouco de volta – respondi com desdém, dando um gole na cerveja.

Jess contou-lhe sobre nossa pequena troca de provocações e ele riu de novo e olhou para mim, como se não me reconhecesse e estivesse tentando entender quem eu era.

– Então, flertando com o Braden, é? – ele perguntou, surpreso e ao mesmo tempo parecendo se divertir.

– Apenas sendo atrevida – sorri.

– Ah, ela estava flertando com ele, sim! – corrigiu Jess, com um olhar conspiratório. Ela estava tão orgulhosa de mim... eu sabia.

Mark olhou de volta para a outra mesa. Eles estavam virados para mim, e eu não queria olhar diretamente para eles, mas Mark parecia estar se comunicando silenciosamente com alguém de lá. Pensei ter visto ele acenar com a cabeça e balançar os ombros. Quis saber o que estavam dizendo um para o outro. Respirei profundamente e me sentei ali, por um segundo, para deixar cair a ficha do que eu acabara de fazer.

Eu não acreditava que tinha realmente conseguido! Eu tinha flertado com Braden Pierce. A garota nerd tinha flertado com o cara maravilhoso, filho de senador, o homem que tinha seu próprio fã-clube entre as mulheres da Ordem dos Advogados dos EUA. Sentia-me louca, má e perigosa! Tinha a sensação de que aquele seria um dos momentos em que eu me sentiria mentalmente aliviada sempre que me lembrasse. Como na vez em que me recusei a pagar uma multa de dez centavos: a biblioteca fechara cedo no dia anterior e a caixa de devolução estava trancada. No mundo de uma menina de dez anos, aquilo era desobediência civil em sua melhor forma. Eu era tão rebelde! Talvez eu nunca chegasse a sair com esse homem incrivelmente gostoso, mas, por um breve momento, fui a mulher mais sexy e confiante da área. Gabrielle interior levantou os punhos em um gesto de vitória. Era hora de curtir.

Agora que a adrenalina estava batendo forte em mim, a tensão nervosa veio com tudo, e sem pensar muito virei alguns copos de cerveja em rápida sucessão. É um jeito bom de dizer que eu provavelmente teria vencido um concurso de goladas em alguma festa de faculdade. Não muito depois de eu ter terminado o segundo copo, uma garçonete parou e me entregou um pedaço de papel. Era um bilhete. Ela me disse que, se eu quisesse responder, ela o entregaria. Pelo seu olhar, tive a sensação de que uma doação monetária pelo esforço estaria envolvida. Olhei para baixo e li o bilhete, enquanto ela esperava, balançando impacientemente para a frente e para trás:

Cara Gabrielle,
Nunca te vi atrevida assim antes. Você não está alcoolizada, está?
Atenciosamente,

Braden T. Pierce
Promotor assistente

Ah, que ótimo! Ele achou que eu estava bêbada! Que se dane a sexy e confiante. Mostrei o bilhete para Jess e Mark, que acharam aquilo muito divertido. Na verdade, Mark até cuspiu um pouco da cerveja. Isso não acontece só em filmes, acredite. A propósito, eu achava que ele já tinha parado de beber. Ele olhou para a mesa deles e riu abertamente. Ah, ele achou engraçado, então? Respondi logo abaixo e entreguei à garçonete para que ela o devolvesse, junto com uma generosa gorjeta.

Caro Braden,
Você nunca me viu fora do tribunal. Está querendo dizer que estou me comportando como uma bêbada arruaceira?
Saudações,

Gabrielle S. Ginsberg
Defensora pública

Logo em seguida um grupo de defensores públicos do nosso escritório entrou no bar. Alguém nos chamou para informar que um de nossos colegas vencera um julgamento e que era hora de beber e nos unirmos. Dei um suspiro e me preparei. Lá vinham os shots. Ouvi gargalhadas vindo da mesa do Braden quando minha resposta chegou. Uns cinco minutos depois, a garçonete – que provavelmente estava ganhando uma boa grana com isso – retornou com uma mensagem escrita embaixo das anteriores.

Cara Gabrielle,
Posso assegurar que não estou pensando isso. Na verdade, gosto muito do jeito como está se comportando. Sinceramente, estou intrigado com sua ameaça de me fazer provar que posso lidar com sua língua. Devo confessar que isso faz com que eu queira me comportar mal.
Atenciosamente,

BRADEN T. PIERCE
Promotor assistente

"Ai, merda!". Ele estava flertando de volta, e muito! E agora? Eu não tinha planejado isso. Na verdade, não tinha planejado nada disso. Eu estava botando as asinhas de fora, mas não sabia por onde estava voando. Enquanto tentava desesperadamente pensar em como responder àquilo, uma rodada de shots de tequila com sal e limão chegou à nossa mesa.

– Saúde – disse Jess antes de virar a tequila. Foi aí que lembrei o motivo de eu não costumar sair com meus colegas nas noites de sexta: quando se trabalha em um escritório com mais de duzentos advogados, tem sempre um deles vencendo um julgamento.

– Viva o México! – eu disse e, distraidamente, bebi a minha dose em um gole.

– Fique com a minha, Gab.

– Não posso, Mark. Quase não bebo mais e acabei de tomar dois copos de cerveja e de virar um shot de tequila. Tudo em menos de meia hora.

– Você não está dirigindo. Não desperdice. Há pessoas no mundo inteiro indo sóbrias para a cama, hoje.

– Está bem. Ligeirinho – eu disse, fazendo o único outro brinde com tema mexicano que me veio à cabeça, e tomei o shot dele também. Jurei que seria o último, mesmo se chegasse alguém dizendo ter acabado de vencer o julgamento do século.

– Está tentando embebedá-la? – Jess perguntou.

– Talvez – ele riu.

Finalmente pensei em algo para escrever. Eu teria de vender um imóvel para ter dinheiro suficiente para dar de gorjeta à garçonete, impaciente, que estivera o tempo todo esperando ali, em pé.

Caro Braden,
Eu não gostaria de ser responsável por encorajar um oficial da corte a se comportar mal em público. Isso seria conduta desordeira, entre outras coisas.
Cordialmente,

Gabrielle S. Ginsberg
Defensora pública

Minha resposta foi mais um estouro. Ouvi mais gargalhadas e comentários que não conseguia entender. Na verdade, eu entendia cada vez menos o que se passava à minha volta. Minha cabeça começou a ficar meio confusa. Jess e Mark estavam se divertindo muito acompanhando essa troca de correspondências. Alguns minutos depois, recebemos uma resposta.

Cara Gabrielle,
Em particular, você vai me encorajar a me comportar mal em um ambiente mais apropriado?
Abraços,

Braden T. Pierce
Promotor assistente

Minha boca ficou seca e eu quase caí da cadeira. Tive a sensação de que as pessoas observavam de perto minha reação. Então tomei cuidado para não parecer tão aturdida. Sim, você adivinhou: faculdade de Direito. Sério, a única coisa que não ensinam lá é Direito. Jess deu uma olhada e, rapidamente, fez uma cara de espanto ao ler aquilo.

– O quê?! Isso é uma pergunta ou uma oferta? – ela perguntou a Mark.

– Ahn – Mark começou, com uma risada. – Acho que ele está perguntando se ela quer transar.

"Ai, merda!", aquela coisa de flerte tinha dado certo demais. Apesar de a minha posição sobre o lance de uma noite só estar fraquejando um pouco naquele momento, o pedacinho do meu cérebro que ainda não estava nadando em cerveja e tequila me alertava de que ter uma aventura de uma noite com o promotor que eu encarava regularmente no tribunal, e por quem eu, além de tudo, tinha uma paixonite louca, talvez não fosse boa ideia. Jess me ajudou a voltar para a realidade.

– Mark, ela só estava flertando, não estava tentando ficar com ele. Se ele está interessado nela, deixe que a convide para sair. Um encontro... Sabe, quando você vai embora com a mesma pessoa com quem chegou?

Eu queria ser igual a Jess quando crescesse. E então ela se virou para mim.

– Querida, diga-lhe que ele não vai se comportar mal com você, a não ser que pelo menos te leve para jantar antes.

Aquilo me pareceu uma boa resposta. Parecia até mesmo atrevido. Caramba, eu estava me sentindo corajosa. O álcool faz isso.

Caro Braden,
Se quer se comportar mal comigo, você terá que me levar para jantar antes, pelo menos.
Respeitosamente,

Gabrielle S. Ginsberg
Defensora pública

– Suspeito que você vá receber uma intimação em breve – disse Mark, enquanto víamos minha resposta a caminho da outra mesa. – Então, você está dizendo que não está interessada só em ficar com o Braden, mas sim em namorar?

– Acho que ele não faz isso. Namorar, quero dizer – respondi.

– Ele não faz mesmo – Mark respondeu. – Mas nunca se sabe. Eu tenho um pouco a sensação de que ele pode estar interessado em você, mas não posso prometer nada, mesmo que ele realmente esteja.

– Tá vendo! – Jess sorriu triunfante. – Eu te falei! – Mark olhou para ela, rindo.

– Bem, talvez eu possa estar interessada, mas só se fosse um encontro de verdade, e não só uma pegação com uma refeição – eu disse. Mark achou aquilo muito engraçado.

– Você quer dizer que gostaria que houvesse vários encontros? – ele perguntou, como se estivesse negociando um acordo.

– Não estou dizendo que ele tem de se comprometer de algum jeito. Só estou dizendo que teria de ser mais do que "uma vez e pronto", mesmo que eu já estivesse satisfeita – fiz uma pausa de alguns segundos e então continuei. – E se ele realmente quisesse sair comigo, então teria de ser algo exclusivo.

– Essa é uma exigência e tanto – Mark parecia achar que eu não tinha a menor chance de conseguir aquilo.

– Não estou fazendo exigências, Mark – expliquei. – Só prefiro que os caras que saem comigo possam me conhecer, o que é mais fácil se não estão ocupados comendo várias outras mulheres. Além disso, sinto muito, mas não estou a fim de ficar na fila do quarto de ninguém. Sou filha única, nunca aprendi a dividir – eu também não tinha muitas esperanças, por isso não ia me comprometer com aquilo e terminar toda triste. Preferia ficar frustrada do que com o coração partido.

– Acho que o que ela está dizendo, Mark, é que ficaria mais do que feliz em dar uma cansada nele com frequência, mas ela espera ser tratada com respeito – Jess resumia bem as coisas.

– Mark, acho que o dr. Roth está tentando chamar sua atenção – eu disse. Eu olhara rapidamente para lá e vira que o dr. Roth estava dando um sorrisinho para nós e fazendo um gesto para que Mark se juntasse a eles. Braden parecia mergulhado em um pensamento profundo, mas também estava olhando para mim. Minha barriga se agitou.

– Vou retransmitir sua posição, Gab – disse ele com um sorriso. – Nós, defensores públicos, temos de nos unir.

Mark era um grande negociador. Eu não antecipava exatamente um sucesso, mas pelo menos estava nas melhores mãos possíveis. Se um dia eu cometesse um crime (e lembre-se: a noite ainda estava começando), ia querer que Mark me defendesse. Quando ele saiu, decidi aproveitar que estava sozinha com Jess para fazer uma miniconferência. Inclinei-me sobre a mesa e falei em tom conspiratório, enquanto baforava tequila na cara dela.

– Então, acha mesmo que o dr. Joguinho ali pode concordar em sair comigo?

– Qualquer coisa é possível. A propósito, tire o *blazer.*

– Por quê? A temperatura do ar-condicionado está tipo a do Ártico.

– Apenas tire. Todo aquele álcool que você bebeu vai te esquentar.

Tirei meu *blazer* e pendurei-o na cadeira. Eu estava sendo discreta, pois a regata branca que eu estava vestindo por baixo era justa e me fazia parecer uma garçonete do Hooters, mas a cerveja e a tequila estavam subindo, fazendo minha discrição diminuir rapidamente. O álcool faz isso também.

– Mas e se mesmo assim ele não estiver interessado em mais nada além de uma noite? – perguntei. Tive um rápido *flashback* da minha experiência humilhante na faculdade. – Prevejo muita estranheza vindo aí.

– Então ele não está interessado. Você não o convidou para sair. Ele pediu para ficar com você e você disse que não, mas também que *poderia* considerar sair com ele. Grande coisa. Agora solte o cabelo.

– Por que, estou indo dormir?

– Talvez; depende do que eles trouxerem de novidade. Não questione, apenas confie em mim.

Dei um suspiro e levantei os braços. Soltar meu cabelo do elástico dava uma sensação boa, e eu o joguei e deixei que caísse livremente em minhas costas e ombros. Depois passei os dedos por ele, para ajeitá-lo um pouco.

– Mais alguma coisa enquanto estou me despindo?

– Não, assim já está bom – Jess disse, com um sorrisinho. – Acho que ele está se arrumando debaixo da mesa.

Notei que, do ângulo em que ela estava sentada, dava para ver a outra mesa de canto de olho.

– Braden? Ele está me vendo fazer isso?

– Está. Agora que você anunciou que ele é homem o bastante para lidar com a sua boca, ele mal olha para outro lugar. Provavelmente quer te jogar na mesa e fazer você ver o paraíso.

– Bem, pelo menos isso temos em comum. Ele não está falando com Mark?

– Ele está ouvindo Mark e olhando para você. Parece que estão em uma discussão bem intensa. Vai ser interessante ver se ele aceita.

Antes que eu pudesse perguntar o que ela queria dizer, vários caras semibêbados e vestindo terno resolveram se aproximar de nós ao ver que estávamos sozinhas. É, às vezes os leões famintos iam até os filhotes de gazela. Um por um, e às vezes de dois em dois, uma corrente de machos cheirando a cerveja, uísque, rum e vários outros líquidos potentes paravam para se apresentar. Tentavam puxar conversa, pagar bebidas e fitar nossos peitos. Eu precisava de um chicote e uma cadeira. No entanto, tinha medo de que o chicote pudesse atrair mais deles, pelo menos os mais depravados. Enquanto os evitávamos, continuamos a conversar.

– O problema é que não sei o que dizer para ele. Só sei fazer comentários irritantes – eu estava começando a parecer desesperada.

– Por que está tão nervosa? Parece até que você nunca conquistou um cara, Gabrielle. Pelo menos uns dez tentaram chegar em você desde que o Mark saiu da mesa.

– Ele é tão sexy, Jess. Deve ter saído com todas as garotas populares da faculdade.

– É mais provável que elas só tenham chupado ele no banheiro. Se ele te chamar para sair, Gab, então gosta mesmo de você. Ele não sai. Ele trepa.

– Então por que está me encorajando? – "Get it on", do Power Station, começou a tocar, e fiquei tentada a dançar. Eu estava bêbada, ninguém precisava ver aquilo.

– Porque acho que ele realmente gosta de você.

– Você sabe de mais coisas e não está me contando?

– Olha, não tenho certeza de nada, mas tenho um pressentimento, e geralmente meus pressentimentos estão certos. Também não tenho certeza de que ele vai fazer algo a respeito, mesmo que goste de você, mas talvez faça, já que agora sabe que você também está interessada.

– Mas ele nem me conhece direito. Essa é a primeira vez que me vê fora do tribunal.

– Você acha que não o conheceu nada depois de ter estado com ele no tribunal praticamente todos os dias nos últimos seis meses?

Ela tinha razão. Eu mesma já tinha pensado nisso.

– Acho que conheci muito da personalidade dele.

– Bem, ele conheceu muito da sua também. Vocês se conhecem bem, sim, só não sabem todos os detalhes – ela olhou para cima. – Opa. Acho que agora nós é que estamos sendo intimadas.

Aquela coisa que eu estava sentindo antes não era pânico. Isso agora é que era pânico. Mesmo um pouco alcoolizada, eu não estava pronta, de jeito nenhum, para um flerte cara a cara. Fugir estava fora de cogitação, porém, pois Jess já estava em pé e eu não queria ficar sozinha e enfrentar a brigada de empresários bêbados com tesão. Respirei fundo, peguei meu *blazer* e a segui. Muitos promotores haviam ido embora e havia vários lugares livres ao redor da mesa. No entanto, graças à decisão de Jessica de se jogar em três deles, encontrei-me sentada exatamente de frente para Braden. Isso não facilitava as coisas.

– Desejava algo? – perguntei a Adam, esperando ter parecido atrevida, e não como minhas clientes que trabalhavam na esquina do bordel.

– Por que não lhe diz o que quer, Braden? – Adam riu. Tive a impressão de que eu podia adivinhar o que era. Braden estava me dando um olhar bem quente. Nunca o vira me olhar daquele jeito, mas, também, eu só estivera com ele no tribunal. Seria meio estranho olhar para o outro lado da sala, no meio de um caso de roubo de carro, e ver o advogado adversário me olhando como se estivesse me imaginando nua. E eu tinha certeza de que era isso o que ele estava fazendo. Apesar de ele não estar sendo abertamente grosseiro, parecia gostar muito de ver como eu ficava de blusa justa em um lugar gelado, se é que me entende.

– Decidimos poupar as duas de terem que ficar dando fora nos caras que querem comprar bebidas para vocês – disse Mark, jogando um amendoim na boca.

– É o mínimo que poderiam fazer, já que graças a você agora eu estou alcoolizada, senhor Há-pessoas-no-mundo-inteiro-indo-sóbrias-para-a-cama-hoje.

– Ei, não é problema meu se você é fraca – ele provocou. – Não te forcei a virar aqueles dois copos de cerveja, beberrona.

– Mal posso esperar para ouvir o que ela tem a dizer depois de beber – caçoou Adam.

– Acho que vou só ficar aqui, quietinha, e me divertir com seu humor sagaz – eu disse, e comecei a torturar um guardanapo como se ele fosse o vilão.

De repente, Braden, que até então estava em silêncio, pegou na minha mão. Ele a levantou para examiná-la mais de perto e meu pulso disparou para a estratosfera. Assim eu logo precisaria de um cardiologista.

– Yale? – ele perguntou, olhando com um ar de divertimento para o meu anel de formatura, antes de colocar minha mão de volta na mesa.

Então peguei a mão dele e segurei para examiná-la. Aquilo parecera casualmente sexy quando ele fez. Já eu estava ficando vesga, o que fez parecer que o estava avaliando. Depois de duas cervejas e dois shots de tequila, por sorte eu ainda conseguia enxergar direito.

– Você foi para Harvard?

– Vamos, Crimson! – ele disse, me dando um sorrisinho convencido. Soltei a mão dele, com receio de que, se não soltasse, iria puxá-lo por cima da mesa e beijá-lo por ousar ser tão sexy.

– Os Bulldogs estão dez jogos na frente, você sabe – cheia de charme, Gabrielle. Talvez você devesse desafiá-lo para uma queda de braço também.

– É só porque o pessoal da Harvard está ocupado demais atraindo bolsistas do mundo inteiro.

– Você quer dizer aqueles que não conseguiram ir para a Yale?

– Ouvi dizer que qualquer um pode entrar na Yale.

– O quê? – dei um tapinha no braço dele. "Ai, merda". Eu, bêbada, acabara de bater em uma droga de um promotor. Ajeitei-me um pouco na cadeira, esperando parecer menos bêbada, desarrumada... e violenta. No entanto, ele parecia estar se divertindo.

– Vocês viram isso? Ela acabou de atacar um promotor público assistente – disse ele com um sorrisinho.

– Ela é uma garota má, acho que precisa ser punida – Mark falou.

– Certifique-se de algemá-la primeiro – Adam disse com um sorriso afetado. – Ouvi dizer que ela é perigosa.

– Não tenho medo de um pouco de perigo, e gosto de garotas más – disse Braden com um sorriso sugestivo.

Ele estava flertando comigo abertamente. E de perto. Meu coração parecia querer sair pela boca, e pensei que talvez fosse tarde demais para um cardiologista, mas me forcei a agir como se estivesse numa boa e calma. Mantive o contato visual com ele e lhe dei um sorriso atrevido. Até ali, a tequila tinha sido bem útil, na verdade.

– Se quiser me algemar, vai ter que me pegar antes – eu mesma estava ficando bem convencida, o que era bastante impressionante, considerando que eu estava à beira de um ataque de nervos.

– Opa, acho que chegamos nas preliminares – Adam disse, e me perguntei o que exatamente aconteceria se eu realmente ficasse inconsciente. Alguém tentaria me reanimar, ou será que as pessoas apenas passariam por cima de mim no caminho até o bar?

– Parece que temos uma disputa aqui, pessoal. Acho que devemos ver como Harvard e Yale se saem em um quiz de cerveja – disse Mark, pegando o telefone.

– O que é isso? Uma festa de faculdade? – perguntou Jess.

– Se fosse uma festa de faculdade, faríamos o quiz de cerveja em que todos vão tirando a roupa – explicou Adam. Dava para ver que ele sentia falta da época da faculdade.

– Aqui está, vários quizzes online – disse Mark. – Olha, e tem quiz de sexo também. Hummm. O Desafio entre Harvard e Yale no Quiz de Sexo. Gostei disso.

– Que tal apostar que Harvard ganha da Yale? – Braden sorriu. O olhar que ele me lançava ficava mais e mais quente. Sabe aquelas partes azuis das chamas? Bem, era com isso que os olhos dele se pareciam naquele momento. Sentia-me como se estivesse prestes a entrar em combustão espontânea.

– Você quer que eu aposte a honra da Yale em um quiz de cerveja?

– Quiz de cerveja e *sexo* – Adam corrigiu.

– Vou respeitar a honra da Yale – respondeu Braden, dando um gole na cerveja. – O perdedor leva o vencedor para jantar. É o que você queria, certo?

Com o canto do olho vi Adam e Mark trocarem olhares de que sabiam o que estava rolando. "Jesus amado!", ele estava falando sério!

– Talvez – eu disse hesitante. Aquela era só a oferta inicial dele. Ele estava concordando em me levar para jantar.

– Ah, sim, Harvard definitivamente vai vencer Yale – Adam deu um sorriso afetado, observando-nos como se fôssemos dois samurais se estudando. Ou, possivelmente, como se estivesse assistindo pornografia.

– Harvard vai cair – rebateu Jess, e eu percebi um tom mal contido de animação em sua voz. Ela mal podia esperar para ver o que aconteceria em seguida.

– Parece que a Yale vai cair também, a julgar pela nossa conversa inicial – replicou Adam sugestivamente.

– Ok, esqueçam os jogos – disse Braden, encostando na cadeira e olhando para mim como se estivesse pronto para partir pra cima. – Eu e você nos vemos no tribunal há seis meses, já negociamos vários acordos. Então vamos negociar – ele estava vestindo as luvas. Pode vir, baby.

– Por que não me faz uma oferta, doutor? – eu esperava que fosse uma oferta que envolvesse nudez em um certo ponto. Queria tirar mais do que as luvas. Minhas chances disso, provavelmente, eram muito boas com o senhor-mau-comportamento-em-particular ali.

Estiquei-me na cadeira, com os ombros para trás e o queixo levantado. Eu podia ter uma queda enorme por aquele cara, mas sabia ser durona quando precisava. Florzinhas não se deixavam ser trancadas em salas de concreto de dez metros quadrados com caras que tatuavam "O Matador" nos dedos.

– Se entendi corretamente sua posição, você quer mais do que uma noite com uma refeição.

Joguei um olhar mortal para Mark. "Boca grande".

– Foi engraçado! – disse Mark, se defendendo.

– Vou adotar essa, a propósito – Adam me informou.

– Está correto.

– Vou te levar para jantar amanhã e você pode escolher aonde vamos e o que vamos fazer. Tudo o que vamos fazer. Não vou nem tentar te tocar, a não ser que você me peça. Educadamente.

– Continue.

– Também poderíamos sair na próxima sexta e você poderia escolher de novo se quiser, mas teria de haver um entendimento implícito de que, se estivermos nos dando bem, pode haver um mau comportamento em particular no meio desse compromisso. Não estou dizendo que espero transar com você. Só que você deve esperar que eu tente fazer isso.

– É só isso? – eu estava jogando duro. Provavelmente teria aceitado aquilo, mas tinha a sensação de que ele ofereceria mais.

– Você também poderia se juntar a nós para ver um jogo no domingo, na minha casa – levantei uma sobrancelha. Noite de jogo? – E há um evento beneficente da fundação da minha família ao qual preciso ir no outro sábado à noite. Teria um jantar e um pouco de dança, caso queira vir comigo. Então seriam quatro encontros em dois fins de semana, e não estou nem antecipando algum tipo de mau comportamento até o terceiro. Acho que é mais do que justo.

– Calma aí – Jess se intrometeu. – Noite de jogo conta como encontro? Tipo, ela pode ver o jogo, comer pizza e tomar cerveja com você e seus amigos?

– Por que, não é romântico o suficiente para você? – caçoou Braden. – Desculpe, mas eu já tinha planejado isso e não quero deixar de lado meus amigos nem minhas obrigações. Também não dá pra arrastar isso por um mês inteiro, então temos que decidir rápido. Além disso, ela é quem vai decidir o que vamos fazer em duas noites.

Eu podia sentir os olhares ansiosos de todos na mesa focados em mim enquanto esperavam por uma resposta. Como de costume, o dr. Pierce fizera uma oferta justa. Eu não me importava muito com o que faríamos, na verdade. Caramba, eu provavelmente até jogaria pingue-pongue com todos os promotores para passar um tempo com ele. Pensei um pouco e continuei encarando-o. Nenhum de nós dois seria o primeiro a desviar o olhar. Ao fundo tocava "April Skies", de Jesus and Mary Chain. Aquela era a jukebox mais legal do mundo.

– Aceito – eu disse, finalmente. Era o que eu tinha pedido e entrei de cabeça nessa oportunidade antes que pudesse perdê-la. Abri minha bolsa, peguei o celular e o entreguei a ele. Ele ligou para o próprio celular e salvamos os contatos.

– A única coisa é que preciso pegar meu irmão em Georgetown no domingo de manhã e levá-lo para casa, então não posso voltar muito tarde amanhã.

– Ah, perfeito! – murmurou Jess.

– Eu não estava preparado para isso! – Braden disse de forma defensiva. – Se estivesse, não acha que teria escolhido algo melhor que noite de jogo e evento beneficente?

– E sobre a outra condição? – perguntou Jess.

– Quando eu teria tempo para ficar zoando por aí durante esse pequeno período introdutório de encontros? – ele perguntou.

– Ou energia – Adam deu um sorrisinho. – Eventualmente ela vai dar uma cansada nele, não?

Só não morri de vergonha porque o nível de álcool no meu sangue estava subindo.

– Sério, Gab. Sextas e sábados costumam ser os únicos dias em que ele pega mulher – Mark me assegurou. – Parece que, em virtude das restrições de tempo, você não teria de ficar na fila do quarto dele.

Preciso me lembrar de nunca dizer a Mark algo que eu não queira que seja repetido em voz alta para seus dois amiguinhos.

– Vou adotar essa também – acrescentou Adam.

– E se nos dermos bem?

– Então acho que vamos continuar com isso – ele respondeu. Esperei. – Exclusivamente.

Percebi que eu estava segurando a respiração, então a soltei.

– Tudo bem. Aceito.

– É hora de ir para casa. Você está aceitando tudo tão facilmente que, se ficarmos mais, você pode acabar indo pra cama nem sóbria nem sozinha hoje – Jess começou a juntar as coisas dela.

– Assim, tão fácil? – falou Adam. – Ele deu tudo o que ela pediu!

– E tenho certeza de que ela vai lhe dar muito do que ele quer também. Tenho uma novidade para você, dr. Roth. Eles não teriam concordado se não quisessem. Venha, querida, hora de ir – ela pegou a bolsa e se dirigiu à porta. – Aproveite sua última noite de pegador – gritou ela por cima do ombro.

– Certifique-se de que ela descanse bastante – Adam gritou de volta.

– Tchau – foi tudo o que eu disse. Não tinha certeza de que confiava em mim para dizer outra coisa. Levantei-me (firme, eu acho), coloquei meu *blazer* de volta e segui Jess até a porta. Bem, ok, tecnicamente primeiro dei de cara na porta, mas logo em seguida saí por ela. Acho que foi um bom momento para ir embora.

Eu sabia o que ouviria assim que saíssemos. Jess pelo menos esperara irmos até a esquina antes de lançar seu discurso de "eu bem que falei". Era o começo de um fim de semana em uma cidade grande, então, conforme andávamos e falávamos, passávamos por várias cenas e vários sons interessantes.

– Então, por que ele estaria prestando atenção em você, hein? – ela deu um sorrisinho jocoso.

– Ok, talvez ele esteja um pouco interessado – admiti, pisando em uma poça de alguma coisa que não quis contemplar muito.

– Um pouco? Se tivéssemos ficado mais, vocês teriam que montar um calendário.

– Eu disse que queria mais do que "uma vez e pronto". Além disso, eu o divirto. Ele está a fim de um pouco de diversão – respondi, passando ao lado de um grupo de pessoas que estavam ou fazendo Tai Chi ou uma coreografia.

– Querida, Braden Pierce poderia encontrar toda a diversão que quisesse. Havia provavelmente umas vinte mulheres naquele lugar que teriam ficado felizes em se ajoelhar no banheiro masculino para diverti-lo, e pelo menos outras doze lá dentro já tinham feito isso.

– Obrigada, Jess! Essa imagem realmente me coloca no clima do romance – eu disse, passando por um cara de um metro e oitenta, com barba por fazer, vestindo minissaia roxa de bolinhas e sapatos de salto baixo.

– Ei, só estou constatando o óbvio. Eu disse que se ele convidasse você para sair significaria muita coisa.

– Amanhã. Ele me chamou para sair amanhã. Ai, meu Deus – murmurei, passando longe de dois vendedores de pretzel que pareciam estar batendo seus carrinhos um no outro de propósito.

– Sim, e lembre-se: esse é um cara sexualmente experiente. Só Deus sabe o que ele curte. Talvez devêssemos parar naquela lojinha. Você sabe a qual me refiro.

– Olha, ele mesmo disse que seguiria a regra do terceiro encontro a não ser que eu dissesse algo diferente; então, acho que ainda não é hora de começar com essa de brinquedinhos sexuais.

– Faz meses que você não transa. Talvez seja você quem faça essa sugestão.

– Tenho certeza de que é melhor esperar até o segundo encontro, pelo menos, antes de comprar um vibrador com controle remoto – observei, jogando uma moedinha no chapéu de um cara que estava tocando "Feeling" com uma tuba.

– O quê? A noite do jogo? – ela virou os olhos. – Você devia ter pedido algo melhor. Espero que isso te ensine a me ouvir daqui pra frente.

– Lá vem. Três, dois...

– Eu te falei!

– Você já disse isso.

– Ok. Eu te falei, otária!

Quatro

Naquela noite foi difícil dormir, e não era só por causa da cerveja e da tequila, que me faziam revirar na cama. Parecia que meu cérebro ia se autodestruir toda vez que eu pensava sobre o fato de minha primeira tentativa de flertar com Braden ter dado tão incrivelmente certo a ponto de eu realmente sair com ele. Estava com medo de dormir e, ao acordar, no dia seguinte, descobrir que tudo não passara de uma alucinação causada por alguma comida estragada. Então fiquei deitada, olhando para o teto, e só dormi lá pelas três da manhã, quando meu corpo finalmente disse ao meu cérebro para calar a boca se não quisesse que eu parecesse uma figurante do Apocalipse Zumbi no dia seguinte. Hoje. Sei lá quando.

Rastejei novamente para fora da cama às dez da manhã e cambaleei em direção ao cheiro de café que vinha da cozinha.

– Você está horrível – falou Jess, tirando os olhos do jornal.

– Obrigada – murmurei. – Você não tem ideia de como isso ajuda.

– Faça um favor a nós duas e tome um café – ela disse, dando um gole no dela. – Então, aonde pretende ir jantar?

– Naquele lugarzinho árabe, em Sansom – a cafeteira parecia um oásis no balcão enquanto eu cambaleava em direção a ela.

– Lá? Ele te levaria a qualquer lugar que você quisesse. Por que não um lugar mais chique?

– Aquele lugar é muito bom e os donos são uns amores. Além disso, é perto. Talvez depois a gente possa ir até a estação Suburban e ver se o Stan está tocando – enchi minha caneca e, quando estava prestes a pegar o creme, parei. Aquela era uma manhã para café preto.

– Stan? Você quer que seu primeiro encontro inclua uma ida até a estação de metrô para ouvir um músico de rua?

– Stan é muito talentoso. O nome dele está nos créditos de álbuns de alguns verdadeiros gigantes do blues – caí de um jeito nada gracioso na cadeira de frente para ela. Incrivelmente, eu não estava de ressaca, mas parecia que tinha sido atropelada por um trator e arrastada por alguns quilômetros.

– É, Gab, há trinta anos, mas agora ele é um músico de rua.

– Acho que se Braden não gostar do Stan nem da Casa Kabob não vai gostar muito de mim. Além disso, vou ver o jogo com ele!

Ela sorriu e chacoalhou a cabeça como se me achasse louca – mas ela me amava mesmo assim. Depoi, levantou-se e foi até a pia para lavar a caneca e colocar a louça no escorredor.

Terminei meu café e rapidamente já começava a me sentir semi-humana de novo, quando ouvi meu celular tocar. Congelei. Jess se virou e me jogou um olhar esperançoso.

– Gabrielle! Atenda o telefone! – ela ordenou, mergulhando em direção à minha bolsa. Ela a agarrou e a jogou para mim de um jeito que teria deixado os técnicos da NFL interessados em seu passe. Eu peguei a bolsa... toda atrapalhada... mas Jess estava ali. Ela enfiou a mão na bolsa a tempo de apertar o botão de "atender" e resfolegar no telefone como uma atendente de telessexo.

– Me dá isso! – tirei o telefone da mão dela. – Alô?

– Gabrielle? Você está bem? Aquilo foi um cachorro?

– Braden? Não, foi a Jessica. Ela correu um pouco até o telefone – dei-lhe um olhar de "que diabos há com você?".

– Entendi. Acho. Bem, enfim, espero que não seja muito cedo...

– Não, já tomei meu café e nem mesmo estou de ressaca – comecei a arrumar meu pijama, como se ele estivesse me vendo, e como se importasse o fato de a bunda da Betty Boop estar torta no meu camisolão.

– Você costuma ficar de ressaca em manhãs de sábado?

– Não! Só quis dizer que eu podia ter ficado de ressaca por causa de ontem à noite, porque não costumo beber muito. Eu teria parado depois das duas cervejas e da tequila, mas Mark penhorou o shot dele para mim também.

– Está lembrada de que temos um encontro hoje? – ele provocou.

– Eu não estava bêbada! Só um pouco alta.

– Então se lembra de a gente ter se pegado?

– O quê? – eu o ouvi começar a rir. Ele estava brincando. Ufa.

– Aonde você quer ir hoje à noite? – ele ainda parecia estar se divertindo.

– Não é um lugar chique – eu disse, hesitante.

– Que bom. Uso gravata cinco dias por semana.

– Não é muito longe do meu apartamento, então podíamos ir andando, se não se importa.

– Ótimo, o tempo está lindo.

– É comida árabe. Tudo bem?

– Tudo bem.

– É bem fácil lidar com você fora do tribunal.

– Está dizendo que não sou fácil de lidar no tribunal?

– Às vezes você é difícil.

– Você também.

– Mas agora você está sendo bem fácil.

– Talvez eu esteja com esperanças de que você fique fácil mais tarde – ele riu e eu comecei a suar. – Estou te enchendo. Disse que deixaria você decidir tudo, e estou de acordo com suas sugestões. Por acaso, eu gosto de algo casual, de andar e de comida árabe.

– Ok. Bem, já que você gosta de andar, podíamos caminhar um pouco depois de comer.

– Claro. Algum lugar em particular a que você queira ir?

– Sim, mas é perto. Ou você vai gostar tanto quanto eu ou vai me achar meio doida, mas é melhor já ir sabendo disso.

– Que horas passo para te pegar? – ele perguntou, parecendo estar se divertindo muito.

– Que tal às seis da tarde? Moro em Chatham, é perto de Walnut...

– Sei exatamente onde é, moro a duas quadras de você.

– Bem, isso facilita muito as coisas para uma rapidinha. Ai, merda. Eu disse *isso* em voz alta também, não? – ele deu uma grande gargalhada. Bom, talvez tenha pensado que foi uma piada.

– Gabrielle?

– Sim?

– Eu também gosto de você.

Eu queria jogar meu telefone longe, correr até duas quadras dali e me jogar nos braços dele.

– É, bem, eu gosto de você também, mesmo que você coloque meus clientes na cadeia. Até mais tarde, sr. Promotor.

– Até mais tarde, srta. Boca Atrevida.

Desligamos, caí no sofá e comecei a dar chutes no ar e a fazer um som tão agudo que provavelmente atraiu todos os cães do quarteirão e foi detectado por um sonar no Atlântico. Jess, que com muito tato me deixara sozinha, veio correndo de volta.

– Jesus, Gabrielle! Está tendo uma convulsão?!

– Mamãe, posso ficar com ele, por favor, por favor, por favor? Prometo que vou cuidar dele! Ah, sim, eu vou cuidar dele!

– Deus do céu, você finalmente pirou. Posso ficar com seus sapatos Manolo quando vierem te recolher?

– Jessica, ele é tão sexy! Tem um senso de humor tão grande, e ficou totalmente confortável sobre eu escolher tudo. Ele até disse algo meio romântico. Já ouvi dizer que homens assim existem, mas nunca vi um tão de perto.

– Bem, vamos tomar cuidado para você não assustá-lo. Vamos nos aproximar bem devagar dele e falar em tons baixos e delicados, tá bom? Passe um pouco de perfume e deixe ele te cheirar.

– Deus, espero que depois de hoje à noite ele não me ache louca.

– Não se preocupe, querida. Tenho certeza de que ele já sabe que você é louca.

Às cinco e meia, Jessica estava sentada na minha cama, folheando uma revista de moda enquanto eu me aprontava.

– Aqui diz que sombra marrom faz olhos cor de avelã saltarem.

– Por que eu ia querer que meus olhos saltassem? – perguntei, passando uma escova no cabelo. Ia deixá-lo solto, mesmo que fosse uma noite quente, porque ele parecia tê-lo achado bem atraente na noite passada. Decidi que, se estava disposta a enfiar os pés em saltos altos todos os dias, já havia demonstrado disposição em me submeter a um pouco de desconforto para ficar bonita.

– Você sabe o que quero dizer.

De nós duas, Jess era a expert em moda e beleza. Ela sempre estava ótima. É claro que ela ser linda ajudava. Seus cabelos eram compridos e castanho-avermelhados, tinha olhos grandes e castanhos, pele branca como leite e curvas seriamente perigosas. Ela não conseguiria ficar feia nem que tentasse.

– O que vai vestir?

Peguei uma saia curta de algodão e uma camiseta branca com decote canoa.

– Acho que essa seria uma combinação casual e confortável, mas que também mostraria meus atributos femininos.

– Boa escolha. Vai vestir uma calcinha bem bonita, certo?

– É só o primeiro encontro e ele precisa ir embora cedo.

– Gabrielle! – ela deu um suspiro frustrado.

– Ok! Só por via das dúvidas, não vou usar calcinhas de avó.

– Obrigada! Falei com o Mark hoje, a propósito.

– Falou? Ele disse algo sobre ontem à noite?

– Claro! Por que acha que liguei para ele? Aparentemente todo mundo ligou para ele hoje. Descobri que o sr. Xavequeiro não namora ninguém desde a faculdade. Faz quase dois anos que ele anda nesse bonde da pegação – ela voltou a folhear a revista.

– Ele pareceu concordar bem fácil sobre marcar os encontros.

– Como eu disse ontem à noite, ele não teria concordado se não quisesse. Ele já estava interessado, mas pelo jeito você o deixou louco ontem, quando disse que o faria provar que consegue lidar com sua língua.

– Quem era aquela mulher? – perguntei, incrédula.

Jess abaixou a revista e me fitou silenciosamente por pelo menos uns dez segundos. Já parou para contar esses segundos? São mais longos do que se imagina. Então ela se levantou lentamente.

– Aquela mulher era você, Gabrielle. Escute, tenho uma coisa muito importante para te dizer, e preciso que me ouça. Você é sexy! Ele te quer. Muito!

Cinco

Vinte minutos depois eu estava vestida, perfumada, maquiada, penteada e prestes a ter um ataque de nervos quando Braden ligou da portaria para avisar que estava subindo. Jess me deu uma conferida final e balançou a cabeça em aprovação.

– Lembre-se, Gab, ele está com tanto medo quanto você.

– Duvido um pouco.

A campainha tocou logo depois e todo o oxigênio da sala desapareceu misteriosamente. Isso vinha acontecendo muito ultimamente. Talvez eu devesse consultar um especialista pulmonar também. Jess andou calmamente e abriu a porta como se fosse o pai de uma garota que estava saindo para o baile de formatura. Ela conseguiu parecer, ao mesmo tempo, delirantemente feliz por mim e levemente ameaçadora.

– Dr. Pierce, não quer entrar?

Sim, aquilo parecia gentil e convidativo.

– Obrigado – ele sorriu, vi que ela deu uma suavizada. – Me chame de Braden.

Será que eu já tinha notado como a voz dele tinha um tom educado? Provavelmente não, já que até então eu só o ouvira discutir comigo e me provocar. Ele entrou em nosso apartamento, muito mais bonito do que tinha direito, vestindo calças folgadas de algodão e uma polo branca. Parecia que acabara de sair de um *outdoor* de moda. O Rolex era bem bonito também. E, ah, eu sentia aquele cheiro apimentado e mentolado. Hum.

– Pode me chamar de Jessica – ela disse, inclinando a cabeça.

– Obrigado – ele disse, virando-se em minha direção. – Você está linda – falou sorrindo e olhando para mim de um jeito nada sutil. – Você sempre está de cabelo preso no tribunal. Até ontem à noite, não tinha reparado que era tão comprido – ele olhava como se imaginasse alguma safadeza. De repente, comecei a me importar com a possibilidade de meu cabelo se tornar um estraga-prazeres mais tarde.

– Obrigada. Você parece mais jovem quando não está tão... promotorial.

– Bem, você sabe, o manto da autoridade e tudo mais – ele deu um sorrisinho.

– Ok, crianças, não se esqueçam de que Braden tem de ir à escola amanhã, então não voltem tarde.

– Obrigada, mãe – sorri. Braden segurou a porta para mim e fui andando na frente até o elevador.

– É uma noite perfeita para uma caminhada – ele disse.

– Que bom – sorri com um genuíno prazer. – Gosto de andar pela cidade à noite. Há sempre a sensação de que algo excitante está para acontecer.

– Talvez algo excitante esteja mesmo para acontecer – ele falou, entrando no elevador comigo e olhando diretamente nos meus olhos, de um jeito que me fez respirar mais rápido. Definitivamente faltava oxigênio naquele prédio. Por um momento foi como se a tensão entre nós se tornasse palpável. Ele olhou para o botão de emergência como se quisesse pressioná-lo e depois me empurrar contra a parede do elevador. Só notei isso, no entanto, porque estava pensando a mesma coisa. Chegamos ao térreo sem parar em nenhum outro andar e as portas se abriram, quebrando a magia.

– O lugar é literalmente a dois minutos daqui, logo ali, em Sansom. É uma pequena casa árabe. O cordeiro é gostoso, se não pensar muito sobre como ele já foi bonitinho e fofinho.

– Tento não refletir sobre como meu jantar era em vida.

– É, provavelmente, uma atitude sábia – olhei para ele e sorri. – Então você cresceu aqui?

– Em Bryn Mawr – ele respondeu, pronunciando o nome de uma região na Main Line, da Filadélfia, que tinha alguns dos endereços mais caros dos Estados Unidos.

– Lugar legal.

– O Upper East Side, em Manhattan, também não é ruim.

– Andou conversando com o Mark, né? O que mais descobriu?

– Que a sua mãe é a vice-presidente do Goldman Sachs e seu pai é diretor executivo de uma empresa que já saiu na lista da *Fortune 500*. Então, você é um bebê de berço de ouro como eu, mas é filha única.

– Bem, pelo menos você sabe que talvez eu não esteja atrás do seu dinheiro.

– A maioria das pessoas altamente motivadas por dinheiro não se tornam defensoras públicas.

– Meus pais gostam de fazer essa observação também, mas não pelos mesmos motivos.

– Você é próxima dos seus pais? – ele perguntou.

– Sim, muito. São casados e felizes há vinte e oito anos, e muito carinhosos. Sua família é próxima?

– Sim, excepcionalmente – ele respondeu. – Meus pais são casados e felizes há trinta anos, e eu, meu irmão e minha irmã somos próximos, apesar de às vezes eu e Drew brigarmos. Pelo que sei, você frequentou a Penn Law e tem vinte e seis anos?

– Sim, e você frequentou a Georgetown Law e tem vinte e sete?

– Isso.

– Então agora sabemos os detalhes – eu disse, com um sorriso.

– Sim, sabemos os detalhes – ele concordou.

– Ah, aqui estamos – eu disse, enquanto nos aproximávamos da Casa Kabob. – Avisei que não era chique.

– Não ligo para isso se a comida é boa. Vou experimentar o cordeiro, mesmo que depois eu pense sobre como o meu jantar já foi bonitinho.

– Me desculpe por isso.

Descemos os degraus da escada na calçada e adentramos o pitoresco lugar, preenchido por um cheiro delicioso e pelo som de música árabe. Vi meu amigo Ahmet correndo para nos receber.

– Gabrielle! Que bom te ver! Entre! Sente-se! Damla vai ficar feliz em ver você aqui! E você veio com uma pessoa! – Ahmet sorriu, curioso.

– Tenho falado para ele sobre como a comida aqui é boa.

– Ah, sim, obrigado! – ele deu um sorriso radiante, entregou-nos o cardápio e saiu apressado. Logo em seguida voltou com sua esposa, Damla.

– Gabrielle! Você está tão linda! E quem é seu amigo? – perguntou Damla, com um enorme sorriso. Ela estava tão calorosa que até brilhava.

– Este é Braden. Ele também é advogado.

– Estão em um encontro?

– Estamos sim, na verdade.

– Isso que é notícia boa! – ela disse, batendo palmas alegremente. "Ótimo". Até o pessoal da Casa Kabob estava empolgado em me ver em um encontro. – Ela é um amor! – Damla disse a Braden.

Um dia terá filhos lindos – eu queria deslizar pela cadeira e me esconder debaixo da mesa. Comecei a ler o cardápio com a atenção de um estudante do Talmude.

– Faz tempo que não tomo essa sopa de iogurte. É muito boa – eles entenderam a dica. Ainda bem.

– Vou pedir para a Fatma anotar seus pedidos. Tenham um ótimo encontro! – disse Damla, docemente.

– Esperamos vê-los muitas vezes – Ahmet acrescentou.

Eles continuaram sorrindo e acenando enquanto voltavam à cozinha. Quando chegaram lá, os vi espiarem para fora mais uma vez. Mandavam grandes sorrisos e acenos para nós. Eu acenei e, sorrindo de volta para eles, me dirigi a Braden.

– Já os ajudei com umas coisas de imigração. São pessoas muito agradecidas. E já faz tempo que não saio com ninguém, então acho que estão felizes por saber que talvez meus ovários atraentes não sejam desperdiçados.

– Por que não tem saído com ninguém? – ele perguntou.

– A maioria das minhas oportunidades tem a ver com romances dentro do escritório ou aventuras de uma noite com estranhos, mas nenhuma me atrai muito. Então, por que você tem...

– Feito sexo casual sem investimento ou comprometimento emocional?

– Eu ia dizer só "evitado encontros", mas tudo bem se prefere assim.

– Já faz um tempo que meu interesse por uma mulher não vai além de querer saber se ela gosta de ficar por cima ou por baixo.

– Ah. Bem, estou lisonjeada, acho. E, só para você saber, gosto dos dois, dependendo do meu humor.

Ele sorriu e vi seus olhos começarem a flamejar. Fatma veio e anotou nossos pedidos. Quando ela saiu, Braden continuou de onde havíamos parado.

– Devo te avisar que estou muito destreinado com essa coisa de encontro, e talvez demore um pouco para me readaptar. Por exemplo, apesar de parte de mim estar de fato aqui pensando "uau, aqui está uma mulher incrivelmente inteligente e sexy que quero conhecer melhor", outra parte ainda pensa em levá-la para a minha casa e meter nela até que não consiga andar direito.

Por um segundo me senti atordoada, mas então imaginei uma pequena Jess pairando sobre a mesa dizendo "Confiança, Gabrielle! Deixe-o saber que você quer, sim, que ele meta em você até você não conseguir andar direito, querida!". Eu não sabia bem por que, em minha imaginação, Jess estava vestida como o Yoda, mas tudo bem.

– Ah, bem, não precisam ser objetivos mutuamente excludentes, certo? – comecei, e o sorriso dele foi lentamente se alargando e seu olhar ficando mais quente. Nesse momento, eu me sentia muito como um filhote de gazela.

– De jeito nenhum – ele disse, em uma voz baixa e tórrida.

– Mas não hoje! Digo, porque... bem, você tem de ir não sei aonde amanhã – engoli em seco.

– Ah, é? Então você não quer transar comigo? – ele parecia confuso.

"Ai, merda!", eu estava estragando tudo! Não queria que ele pensasse que eu não *queria*!

– Não estou dizendo que não quero transar com você! Acredite! Quero, sim! Na verdade, quero fazer sexo quente e selvagem com você! Ok, talvez isso tenha sido um pouco indiscreto demais. Só estou dizendo que quero que seja diferente, que não seja como se você tivesse me pegado em um bar. Não gostaria que você só saísse andando e me agradecesse no caminho para a porta. Não estou esperando nenhum tipo de grande conexão emocional logo de cara, só quero que seja diferente de ir para a cama com o meu vibrador. Entende o que quero dizer?

– Você tem um vibrador? – ele perguntou com um sorriso, e eu virei os olhos. – Estou brincando! Sei o que quer dizer, Gabrielle. Você ficaria chocada se eu te dissesse que sinto o mesmo?

– Sente?

– Estou aqui em um encontro com você, não estou? Convidei você para ir à minha casa passar um tempo com meus amigos. Convidei você para ir a um evento beneficente na casa dos meus pais. Obviamente não vejo você do mesmo jeito que vejo uma pessoa que peguei no bar no fim de semana passado e não lembro mais o nome, ou nem soube. O que quis dizer é que estou atordoado com quanto quero você fisicamente. É isso.

– Ah. Ah! – sorri e suspirei de alívio. – Bem, ahn, me sinto assim também.

– Eu saquei pelo comentário sobre sexo quente e selvagem.

– Ai, Jesus, eu realmente disse isso, não? – senti meu rosto esquentar.

– Não fique com vergonha! Acho incrivelmente excitante saber que você me quer assim. Acredite, também te quero desse jeito, mas também quero acordar com você no dia seguinte. E mesmo que eu esteja perturbado com meu desejo por você, sou um menino crescido e posso esperar um pouco. Não muito.

– Também não quero esperar muito, por isso concordei com a próxima sexta. Não é muito tempo! Meu Deus, tenho sonhado com raios-X seus há muito mais tempo... Ok, isso também é informação demais. Enfim! Como isso não está nos planos para hoje, talvez possamos nos focar em nos conhecermos melhor. Descobrimos os detalhes básicos, mas ainda não tentamos entender por que temos interesses parecidos. Além de sexo, quero dizer – eu disse, e ele riu.

– Eu te divirto, não?

– Sim, muito, e essa é uma das coisas que mais gosto em você.

Nossas entradas chegaram e passamos o resto do jantar falando sobre *hobbies*, livros, filmes, programas de tevê, nossos cursos e atividades na faculdade e nossos passatempos preferidos (além de sexo). Incrivelmente, Braden e eu tínhamos muitas afinidades. Talvez a coisa mais estranha em comum era que tínhamos um prazer mútuo em assistir ao canal educativo na cama. Ao terminarmos a refeição e tomarmos nosso chá afegão, eu me sentia muito mais confortável com ele – mesmo estando mais atraída do que nunca.

– Bem, a comida estava deliciosa. Excelente escolha. Então, aonde quer me levar agora?

Meu estômago imediatamente ficou meio embrulhado, e não foi por causa do cordeiro. Até eu tinha de admitir que o que eu estava prestes a sugerir era algo um pouco excêntrico para um primeiro encontro, ou qualquer encontro.

– Quero te levar para ouvir um dos meus músicos preferidos.

– Ok, ótimo! – ele pediu para Ahmet trazer a conta. Ele e Damla irradiaram mais mensagens alegres e nos desejaram coisas boas. Não tenho certeza, mas acho que nos abençoaram em turco. Braden deixou a eles uma gorjeta muito generosa, o que me fez ter a certeza de que agora ele estaria na lista VIP da Casa Kabob.

– Temos que ir até a estação Suburban.

– Estação Suburban? Esse músico fica em outra cidade?

– Não – sorri e não disse mais nada. Andamos vários quarteirões até a entrada que eu estava procurando, descemos os degraus e começamos a caminhar pelos túneis cavernosos que levavam à subterrânea estação ferroviária regional. Ao fazermos uma curva, ouvi o que estava procurando, uma voz rouca cantando blues e dedilhando uma guitarra. Era Stan, o cara do blues. Comecei a andar mais rápido. Em alguns instantes chegamos até ele. Stan estava sentado em uma caixa de plástico, segurando a guitarra.

– Gabrielle? É você? – uma voz idosa me chamou. A vista de Stan estava piorando um pouco com a idade.

– Stan! Como vai? – sorri para ele enquanto me aproximava.

– Estou bem, e você?

– Ótima. Trouxe uma pessoa comigo para ouvir sua música.

– Esse é o seu rapazinho? – Stan olhou para cima e deu um grande sorriso para Braden.

– É o nosso primeiro encontro – expliquei. – Braden, este é Stan. Ele é um *bluesman* genuíno. Conheceu todos os maiorais: Willie Dixon, Big Boy Crudup, Muddy Waters, T-Bone Walker, e tocou com vários deles.

– Ah, pare com isso, está me deixando envergonhado. Como é uma ocasião especial, vou tocar uma música especial, de outro cara que vocês já devem ter ouvido falar: Mr. John Lee Hooker.

Stan fez a contagem e ouvi os acordes iniciais de "I'm in the Mood". Comecei a acompanhar com palmas. Como sempre, ele foi ótimo com aquelas seis cordas.

Mais algumas pessoas começaram a se juntar lentamente e Stan tocou mais duas músicas enquanto jogavam dinheiro na capa de sua guitarra. Quando terminou, um cara de uns quarenta anos, que estava encostado na parede, carregando um laptop, se aproximou.

– Preciso dizer, senhor. Sou um grande fã de *blues* e você tem muito talento.

– Ele tem mesmo – eu disse. – Você está falando com Stanford Benson.

– O Stanford Benson? Está brincando, né?

– Não, senhor. Stanford Benson, de Atlanta, Georgia.

– Faz tempo que você toca aqui?

– Alguns meses. Passei por maus bocados, para ser honesto. Para um velho *bluesman*, pode ser difícil tocar em algum lugar hoje em dia.

– Meu nome é Ron Baker. Escrevo para o *Philadelphia Inquirer* e gostaria de escrever uma matéria sobre você. Também gostaria de apresentá-lo a um amigo que tem um pequeno clube chamado A Blue Moon. Acho que ele ficaria encantado se você tocasse lá.

– Bem, senhor, eu certamente ficaria contente com isso – Stan disse, com a voz um pouco embargada. Eu mesma estava meio emocionada, para dizer a verdade. Decidi que aquele era o momento para irmos embora.

– Muito obrigada, Stan. Aquela foi a música mais legal para um primeiro encontro.

– É, concordo – disse Braden, depositando cem dólares na capa da guitarra de Stan.

– Obrigado! Obrigado a vocês dois! Acho que dão boa sorte.

Caminhamos em um silêncio contente por alguns minutos, e então Braden se virou para mim e fez uma pergunta.

– Bem, que tal? Afinal, algo excitante aconteceu.

– É! Falando sério, espero muito que Stan faça shows com frequência – eu disse, e ele me olhou de um jeito estranho, que não consegui interpretar. Entendi que provavelmente estava pensando que eu era doida. – Esse é o encontro mais estranho que você já teve?

– Sim, provavelmente. E gostei – caminhamos em silêncio por mais alguns minutos. Finalmente ele falou de novo: – Eu disse que preciso buscar meu irmão amanhã cedo?

– Disse sim. Se quiser, podemos voltar já.

– Não que eu queira. É só porque tenho de sair cedo de manhã e vou ajudá-lo com a mudança – hesitou, depois disse: – Eu poderia cancelar a noite de jogo amanhã e só levar você para sair, se quiser. Mark e Adam entenderiam.

– Tudo bem, sem problemas com a noite do jogo – olhei para ele e sorri.

– É bem fácil lidar com você fora do tribunal – ele falou, sorrindo de volta.

– Pode ser que só esteja com esperanças de que você esteja fácil na próxima sexta – provoquei. O olhar dele flamejou novamente.

– Eu não me preocuparia com isso se você fosse. Acho que suas chances de conseguir qualquer sexo que esteja a fim são excepcionalmente boas.

Minha barriga se remexeu.

Ele me levou até a porta do meu apartamento, mas não fez nenhuma menção de me tocar. Apenas ficou ali, a um metro de mim, esperando para ver o que eu queria que ele fizesse.

– Me diverti muito hoje – ele falou, observando-me com atenção.

– Eu também – disse, um pouco nervosa sobre realmente começar alguma coisa.

– Bem, então tá – disse ele, com um sorriso. – Acho que te vejo... – ele começou a se virar em direção ao elevador.

– Me beija! Por favor? – ele parou e se virou de volta. – Pedi educadamente.

Ele andou lentamente até mim, olhando em meus olhos com atenção. Quando ele estava bem na minha frente, se inclinou e me beijou nos lábios, devagar e delicadamente. Meu coração batia tão forte que achei que ele pudesse ouvir. Eu acabara de ver um famoso *bluesman* tocar uma dedicatória exclusiva para mim em uma estação de trem, mas nem mesmo isso parecia ser tão incrível quanto o fato de este homem que eu desejara por tantos meses estar realmente me beijando. Ele começou a se afastar e joguei meus braços em volta do pescoço dele e puxei-o de volta. Ele me beijou mais forte e abri minha boca para convidá-lo para dentro. Dentro de alguns instantes, eu tinha minhas costas pressionadas contra a porta e Braden pressionado contra mim, com sua língua acariciando a minha de forma confiante, explorando minha boca sensualmente. Suas mãos estavam por baixo da minha blusa, na minha pele, acariciando meu corpo de forma igualmente sensual. Carícias sensuais pareciam ser um ponto forte dele, e eu sentia que isso era um ótimo sinal.

Eu estava ficando meio louca ali no corredor, para ser sincera. Podia sentir a ereção dele contra mim e começava a me contorcer sem vergonha nenhuma contra ele. Só pensar que eu podia deixá--lo daquele jeito já me deixava alucinada. Era um pouco assustador saber que um simples beijo de boa noite daquele cara estava me levando tão rápido a um estado de extrema excitação. Apesar de estar me sentindo quente e ruborizada, ainda estava toda arrepiada. Era como se meu corpo não quisesse saber o que fazer com todo aquele estímulo, então simplesmente se entregou.

As mãos dele começaram a me explorar mais acima e seus dedos roçaram a parte inferior dos meus seios, e então delicadamente circularam meus mamilos por cima do tecido macio de meu sutiã. Estou certa de que não foi difícil encontrá-los, pois estavam tão duros que até doíam. Dei-me conta vagamente do som baixo de um gemido e percebi que era eu. Àquela altura meu autocontrole estava no limite, e eu estava a ponto de falar para ele que podíamos dormir na minha casa no próximo fim de semana. Enterrei meus dedos nos cabelos dele, e tinha acabado de começar a pressionar meus quadris contra ele com mais força quando ouvi Jessica do outro lado da porta.

– Ei, Gabrielle? Espero que não seja você que está gemendo aí. Pretende transar no corredor? Não se esqueça de que Kaylee, a vizinha, tem só catorze anos.

Braden e eu nos separamos, ajeitei minhas roupas enquanto retomava o fôlego e pigarreei.

– Só estou dizendo boa noite, já vou entrar – falei.

– Boa noite – ele disse, parecendo estar também um pouco sem fôlego. – Te ligo amanhã – ele me deu um sorrisinho sexy e foi em direção ao elevador sem objeções ou reclamações. Entrei no apartamento e fui até meu quarto para usar minha compra online favorita.

Seis

No dia seguinte, Braden me ligou e disse que se atrasaria, então perguntou se eu podia chegar umas seis e meia. Como iríamos apenas ficar na casa dele, me vesti de um jeito casual, de shortinho e uma camiseta do tipo "inteligente é o novo sexy".

– Tem certeza de que quer ir tomar cerveja e comer pizza com Adam e Mark?

– Tenho certeza de que quero fazer qualquer coisa com Braden.

– Por acaso você sabe como se joga baseball?

– Tenho noções básicas. Você rebate a bola e corre pelas bases, e o outro time tenta fazer você parar. Será que é tão difícil assim? Também não entendo muito de futebol americano e mesmo assim assisto às partida de Harvard contra Yale.

– Você está mesmo muito a fim desse cara. Não consigo te imaginar fazendo isso por nenhuma outra pessoa.

– Tenho de estar cedo no tribunal amanhã, então provavelmente não volto tarde.

Ele me recebeu na porta de seu apartamento e estava lindo vestindo jeans desbotados, uma camiseta cinza velha do time e sem sapatos. O cabelo parecia um pouco úmido. Ele sorriu ao ver minha camiseta e então seus olhos passearam por minhas pernas.

– Entre e fique à vontade. Pode tirar os sapatos ou qualquer outra peça de roupa que quiser.

Ele deu um sorriso que fez meu estômago se agitar. Tirei os sapatos e os deixei na porta. Seu apartamento era amplo, com um lindo piso de madeira escura. Bem à minha frente havia janelas enormes ao longo da parede que apresentavam uma vista espetacular da praça e dos prédios além dela. À minha esquerda havia uma cozinha moderna e uma área de jantar, e, à direita, uma grande televisão embutida na parede, cercada por um sofá preto de couro e sofás iguais de dois lugares. Havia também muitos livros e prateleiras por todo lado. Eu adorava livros. Também adorava pessoas que adoravam livros. Aquele também era um bom sinal.

– Seu apartamento é muito legal, Braden. Gosto do fato de ele ser amplo e aconchegante ao mesmo tempo.

– Obrigado – ele pareceu genuinamente feliz com o elogio.

– Então Adam e Mark ainda não chegaram, certo? – cheguei à janela para apreciar a vista e imaginei como os prédios ao longe ficariam iluminados depois que escurecesse. Devia ser lindo. Eu era uma garota urbana.

– Eles costumam chegar às sete – disse ele, aproximando-se de mim por trás. – Queria ter uma chance de passar pelo menos um tempinho sozinho com você. Isso foi o melhor que consegui. Só cheguei em casa às seis e queria pelo menos tomar um banho.

Virei-me e passei os braços em volta da cintura dele.

– Não sei. Acho que posso gostar de você um pouquinho suado – provoquei. Era incrível o que um sério celibato de seis meses e um cara bem sexy podiam fazer comigo.

– Bem, vou ficar muito feliz de deixar você me fazer suar na próxima sexta, se quiser.

Meu corpo começou a esquentar e a formigar. Mordi meu lábio inferior, o que parecia atrair os olhos dele. Braden passou o dedão por ele e então se inclinou e me beijou, mordendo ele mesmo meu lábio e sugando-o para dentro de sua boca. Ele o chupou sensualmente antes de aprofundar o beijo e roçar a língua lentamente contra a minha. Seu beijo era daqueles que exploram tudo minuciosamente. Comecei a estremecer um pouco e achei que, se meu corpo formigasse mais, eu poderia até mesmo vibrar. Quando ele se afastou da minha boca e começou a beijar meu pescoço, fiquei tonta e minha pernas tremeram.

– Ahn, Braden... – disse, um pouco sem fôlego.

– Hum? – ele respondeu, colocando a boca no lóbulo da minha orelha e chupando-o. Jesus amado, como aquilo era bom!

– Acho que preciso sentar.

– Claro – ele falou, parecendo um pouco preocupado. Tenho certeza de que meus olhos estavam vidrados e meu rosto ruborizado. Eu provavelmente parecia estar drogada. Ele me pegou pela mão e me levou até o sofá, onde me joguei de um jeito nada gracioso.

– Você está bem?

– Mais do que bem. Estava me sentindo tão bem que fiquei com medo de cair no chão – eu disse com uma voz rouca, e um grande e lindo sorriso lentamente foi tomando o lugar do olhar de preocupação no rosto dele.

Braden se sentou ao meu lado e continuou exatamente de onde tinha parado, retornando a atenção ao sortudo do meu lóbulo. Corri meus dedos pelo cabelo dele, curtindo sentir como era quente e macio, mesmo estando levemente úmido. Na verdade ele estava inteiro quente, mas o cabelo era, provavelmente, a única parte macia. Passei minha outra mão por suas costas e, senhor, que músculos! Inalei seu perfume apimentado e realmente me senti drogada, para ser sincera. Eu estava doidona de Braden.

Minhas mãos não eram as únicas ocupadas. As deles estavam nas minhas costas, mas uma delas encontrou um caminho até minha barriga e depois por baixo de minha camiseta. Dessa vez ele colocou-a dentro do sutiã, agarrou meu seio e circulou o mamilo com um dedão bem atencioso. Gemi um pouco e arqueei as costas, me pressionando contra ele. Ele parou de me beijar por um momento e me deu aquele olhar de chama azul.

– Eles vão chegar daqui a pouco – sua voz estava um pouco rouca. – Não temos muito tempo e não quero que fiquemos pilhados, mas sabe quando tirou seu *blazer* no bar naquela noite? – fiz que sim com a cabeça. – Não pude deixar de notar que você tem tet... ahn, seios lindos. Ahn, posso? Será que poderia só... – ele tinha um sorriso sexy, quase pueril, no rosto. Novamente fiz que sim com a cabeça e notei que ele respirava rápido e também estava um pouco vermelho. Ele manteve os olhos fixos nos meus, mas pôs as mãos atrás de mim e abriu meu sutiã. Depois levantou minha camiseta delicadamente. Naquele momento, percebi que havia uma grande chance de Braden ser um cara que curte mais peitos. Seus olhos desceram e ele soltou um leve gemido. Sim; curte peitos.

– Lindos – e depois, um suspiro levemente trêmulo. – Preciso tocá-los – ele engoliu a saliva, pegou em meus seios e acariciou-os, puxando delicadamente meus mamilos e me fazendo gemer e me pressionar mais contra ele. Jesus, eu era totalmente sem-vergonha com ele! – Perfeitos – disse ele em uma voz baixa e grossa, quase para si mesmo. – Preciso sentir o gosto deles – eu estava tão excitada que comecei a tremer. Ele gentilmente encostou minhas costas no sofá, se inclinou sobre mim e abaixou a cabeça. Senti sua língua roçar em meu mamilo bem duro...

... Quando Adam e Mark ligaram da portaria. Aquela fora a meia hora mais rápida da minha vida inteira. Deixei minha cabeça cair em um travesseiro, fitei o teto por alguns segundos e, admito, falei um palavrão muito feio. A Gabrielle interior também deu uns chutes na parede. Olhei para ele e, apesar de sua expressão de quem estava ao mesmo tempo assustado e se divertindo com a minha bonita escolha de impropério (lembre-se de que passo meus dias entrevistando caras na prisão), pude ver em seu rosto que seu autocontrole estava sendo exercitado. Eu não era a única na sala que estava muito a fim de sexo quente e selvagem.

– Desculpe – ele disse, lamentando-se e parecendo um pouco frustrado.

– Tudo bem – sentei-me e arrumei a roupa enquanto ele abria a porta da entrada para os amigos. Depois olhei para ele e sorri. – Não se preocupe. Em breve teremos a oportunidade de enlouquecer bastante – eu sei, às vezes sou tão maravilhosamente calorosa e romântica. Uma pessoa doce como eu devia escrever cartões de amor.

– Vou garantir que tenha valido a pena esperar – ele falou com um sorriso ligeiramente perverso, e saiu para jogar água fria no rosto. Eu precisava de uma mangueirada para me esfriar.

Não muito depois, Mark e Adam estavam na porta e Braden os convidou para entrar. Obviamente, eles não me viram. Como percebi isso? Pelo que falaram.

– Braden parece feliz – Mark sorriu. – Amanhã todos vão conseguir um acordo. Roubou um carro e cometeu sessenta e três infrações durante uma perseguição em alta velocidade? Sem problemas, apenas não faça isso de novo.

– E aí, Harvard derrotou Yale ou Harvard perdeu? – Adam perguntou.

– O mais importante é: Yale perdeu? Queremos saber como você lidou com a língua dela – disse Mark de forma lasciva. Acho que eu poderia ter ficado ofendida com isso, mas, tudo bem, até parece que Jess e eu não entrávamos em detalhes também, e mencionei que passava tempo com homens na prisão, certo? Então apenas virei os olhos.

– Não acham que pelo menos deviam cumprimentá-la primeiro? – Braden perguntou.

– Ai, merda! – Mark se virou. – Oi, Gabrielle! Como vai?

Adam apenas começou a rir.

Estávamos esperando pela pizza, sentados na frente da televisão, tomando cerveja e vendo uma espécie de pré-jogo quando Mark veio com um assunto diferente.

– Então, e aquele artigo hoje no *Times* que mencionava o pai da Gabrielle?

– Não li o *Times* hoje, só o *Inquirer* – eu disse.

– Passei o dia ocupado, ajudando Drew, não consegui ler nada – Braden acrescentou.

– Seu pai sabe que está saindo com a Gabrielle? – Adam perguntou, e eu imediatamente comecei a me preocupar. Braden olhou-o de um jeito cauteloso.

– Contei aos meus pais que comecei a sair com uma pessoa e que vou levá-la ao evento beneficente, só isso.

– Meu pai está na cadeia ou coisa parecida? – imagens de Ivan Boesky e Michael Milken flutuavam pela minha mente e comecei a entrar em pânico.

– Longe disso! – Mark me assegurou. – Tem o *Times* aí? – ele perguntou a Braden, que se levantou, pegou-o e entregou-o a ele. Mark folheou o jornal e encontrou o que estava procurando. – O artigo se chama "Os novos fabricantes de reis" e é sobre um pequeno grupo de diretores executivos que não são muito conhecidos, mas que supostamente têm muita influência. Diz aqui que esses caras têm mostrado interesse em apoiar políticos de centro, quase como se já tivessem um plano. Só achamos que você poderia se interessar, já que o pai da Gab é um dos diretores executivos mencionados e seu pai é, você sabe, um político de centro.

– Meu pai mora em Nova York. Por que ele se envolveria com a eleição na Pensilvânia?

– O artigo deu pistas sobre a habilidade deles em colocar alguém na Casa Branca – respondeu Adam. Ótimo. Aquilo estava começando a soar como uma teoria esquisita da conspiração.

– E eles têm um "plano". Não é algo especial? Sabe, tenho uma gravação da autópsia de um alien que vocês precisam ver – eu disse em tom sarcástico, e Braden desatou a rir.

– Já está trocando de lado – Adam chacoalhou a cabeça.

– Ei, é o *New York Times*, não o *National Inquirer* – Mark retrucou. – Só pensei que senador Pierce pudesse se interessar em saber que o filho está saindo com a filha do fabricante de reis.

– Meu pai segue tudo rigorosamente à risca – eu disse. – Ele não arrumaria nem uma cama sem três pessoas para aconselhá-lo, duas para esboçarem propostas e uma para providenciar comida. Ele não está em uma salinha cheia de fumaça tramando o futuro do país.

– Posso ver o artigo? – Braden pediu. Mark entregou o jornal a ele, que levou alguns minutos para lê-lo.

– Provavelmente meu pai só acharia tudo uma incrível coincidência. Para sua informação, ele não é o peão de nenhum grupo secreto de empresário com opiniões políticas moderadas – ele piscou para mim e minha barriga se agitou de novo. Rá! Dessa vez eu é que estava na linha de provocação e Braden estava do meu lado! Adorei!

– Acho que vocês podem fazer uma viagem de carro até Roswell – brinquei.

– Talvez vocês possam provar que Elvis não morreu, e ainda, desvendar o Código Da Vinci – ele acrescentou e eu ri. Mark e Adam se olharam.

– Acho que agora somos só nós dois, Adam – disse Mark.

– Quer apostar quanto ele fica nessa? – perguntou Adam.

– Seis meses – Mark respondeu.

– E aí eles ficam noivos ou já se casam?

– Só ficam noivos. Você tem de dar-lhe um tempo para passar da fase de negação e chegar à da aceitação.

– Nah. Você é cego? Esse é só o segundo encontro deles e talvez ele nem tenha comido ela ainda. Dessa vez ele vai cair feito o Zeppelin Hindenburg, cara. Eu digo que noivam em três meses e se casam em seis – Adam sorriu e deu um gole na cerveja. – Mas foi uma boa jogada, Braden – ele levantou a cerveja como se fosse fazer um brinde.

– Você está louco! – Mark respondeu. – Você tem de dar-lhe tempo para mantê-la sob controle. Acho que ela é mais perigosa do que pensam. Noivos em seis meses, casados em doze.

– Está bem, vou anotar essa – Adam falou, e escreveu algo em um pedaço de papel que colocou na carteira.

– Não é ilegal fazer apostas fora de lugares licenciados no estado da Pensilvânia? – perguntei a Braden, com um sorriso.

– Talvez tenhamos que prender uns civis – ele sorriu de volta.

A pizza chegou, e tenho de admitir que, na verdade, assistir ao jogo foi até interessante. Queria demonstrar que estava interessada e aprender mais sobre o que Braden gostava, então fiz perguntas e observações, apesar de que, admito, algumas foram meio... estranhas. Até me peguei torcendo em vários momentos. Uma vez foi para o time errado, mas Braden explicou. Várias vezes peguei-o olhando para mim e sorrindo enquanto eu fitava a tela enrugando a testa de tanto me concentrar. Eu, definitivamente, o divertia.

Quando o jogo acabou, ajudei-o a limpar tudo, e ele pareceu gostar de me ver fazendo aquilo também. Na verdade, por algum motivo, ele parecia quase fascinado ao me observar lavando e guardando a louça. Eu tinha a sensação de que meus shorts subiam toda vez que eu alcançava os armários de cima. Mark se ofereceu para me acompanhar até meu prédio antes de ir para casa. Antes de eu ir embora, Braden me deu um doce beijo de boa noite, o que, é claro, fez Adam e Mark nos dizerem como éramos perturbadoramente fofos, e fez Adam informar Mark de que ele precisaria se preparar para pagar a aposta.

Sete

Tribunal de Justiça da Filadélfia, Pensilvânia, EUA, presidido pelo Meritíssimo Louis Channing

SEGUNDA-FEIRA

ESTADO CONTRA **SANCHEZ**

Braden interrogava a testemunha, sr. Lao, dono da loja de milho que meu cliente assaltara. Não vou nem dizer que "supostamente" assaltou, pois eu estava descobrindo rapidamente que não havia nenhuma dúvida de que meu cliente era culpado. O sr. Lao era um homem baixo e muito agitado, que falava com um forte sotaque e gesticulava bastante. Sua mensagem, no entanto, estava sendo transmitida em alto e bom som. Estávamos ferrados.

– Então, sr. Lao, seu testemunho é o de que o réu, sr. Sanchez, lhe apontou a arma e mandou o senhor abrir o caixa. O que aconteceu depois?

Meu cliente, por acaso, alegava que tudo não passava de um grande mal-entendido.

– Ele diz "dinheiro não suficiente" e tem cara de zangado. Depois, ele me amarra com fita e eu fico sentado atrás do balcão.

É, meio difícil de entender como isso pôde ter sido um mal-entendido.

– E o que o sr. Sanchez fez depois?

– Ele mexe no caixa. Espera cliente. Pega dinheiro.

Segurei-me para não virar os olhos. A Gabrielle interior dava tapas na cabeça de meu cliente.

– Espere um minuto! – interrompeu o juiz Channing, incrédulo. – Por acaso o senhor acabou de dizer que *ele* mexeu no caixa?

Dei um suspiro. Por que sempre pego esses casos?

– Sim. Ele espera cliente. Faz mudança – respondeu o sr. Lao.

– Por quanto tempo ele fez isso? – perguntou Braden, olhando para mim de relance. "Lá vem. Está pronta?".

– Oito horas.

Lá vêm os confetes!

– Ele trabalhou por um período inteiro?! – interrompeu o juiz Channing novamente. Vi Braden cobrir a boca com a mão e se virar em direção à mesa de acusação para caçar um papel. "É, pode rir, bonitão".

– Sim. Ele bom trabalhador. – Braden falou, fingindo que estava tossindo.

– Sem mais perguntas, meritíssimo.

– Dra. Ginsberg! – o juiz Channing olhou para mim, com um ar de dúvida.

– Sr. Lao – eu disse, levantando-me. – Inglês não é sua língua materna, é?

– Não.

– E o sr. Sanchez falava com sotaque. Certo? – não que amarrá-lo não tivesse lhe dado uma pista sobre as intenções de meu cliente.

– Sim. Ele ter sotaque.

– Obrigada. Sem mais perguntas – sentei-me.

– Algum redirecionamento?

– Só uma pergunta, meritíssimo – respondeu Braden. – Sr. Lao, o senhor entendeu tudo o que o sr. Sanchez lhe disse?

– Ele diz "me dá todo seu dinheiro ou atiro". Você vê quando olha vídeo da câmera de segurança.

"É. Estamos ferrados". A Gabrielle interior já começara a lixar as unhas. Esse caso estava perdido.

– Sem mais perguntas.

– Devo entender que não há argumento, dra. Ginsberg? – perguntou o juiz Channing, me olhando de uma forma que dizia claramente que era bom que não tivesse nenhum mesmo. Dei batidinhas com a caneta em minha pasta, como se realmente estivesse fazendo cuidadosas considerações e decisões estratégicas para ganhar tempo. Eu não estava enganando ninguém. Não tinha nada.

– Não, meritíssimo. No entanto, esperamos poder discutir a possibilidade de um acordo com o Estado.

– Obviamente. Todas as acusações foram aceitas para o julgamento. Marque-o – ele bateu o martelo. Aquele, ainda bem, era o último caso do dia. Braden trouxe-me os papéis e o sr. Sanchez, o assaltante armado e trabalhador, foi levado.

– Sem acordo.

– O quê? O que quer dizer com "sem acordo"?

– Gabrielle, aquele homem trabalhou no caixa por oito horas com o dono amarrado atrás dele. Está tudo gravado. Eu teria de me esforçar muito para perder esse caso no julgamento.

– Quer gastar seu tempo tentando fazer isso? O que você acha que eu diria aos doze jurados que abriram mão de seu dia para ver esse belo exemplo do sistema de justiça criminal em ação?

– Talvez você possa usar seu argumento de "todos têm direito a um julgamento justo".

– Sabe, um dia vou ganhar com isso, querido. É melhor você tomar cuidado.

– Olha, não vou fazer objeções quanto a ele se declarar culpado.

– Sem nenhum acordo? Que gentil da sua parte! Bem, pelo menos as pessoas não vão se perguntar se estou trocando favores sexuais por acordos.

– Espere aí! Você nunca disse que essa era uma possibilidade! – ele brincou.

– Pode ser que eu não tenha nenhuma outra chance. Ele trabalhou na porcaria do caixa por oito horas para ganhar mais dinheiro! Está tudo gravado! Vamos lá, garotão. Deixo você me algemar se fizer uma acusação de restrição ilícita de no máximo dois anos de detenção – pisquei.

– Pegue suas coisas e venha comigo – Braden disse, chacoalhando a cabeça e guardando os arquivos. Fiz o mesmo e o segui para fora da sala. Vi que estávamos indo em direção ao escritório local dos defensores, onde os promotores preparavam testemunhas e negociavam acordos. Entramos e ele me levou a uma sala de entrevistas, fechando a porta atrás de nós. Achei que ele tivesse ficado com pena de mim e me daria uma espécie de agrado.

– Então você quer discutir um acordo, afinal? – perguntei seriamente.

– Vou pensar a respeito, mas não espere que seja algo generoso, e não vou oferecer nada se a vítima fizer objeções.

– É isso? – eu disse, um pouco confusa. – Acho que entendo. Então por que quis vir até aqui?

– Porque quero beijar essa boca atrevida.

– Ah – eu disse surpresa, e senti meu braço arrepiar. Estávamos no trabalho. Aquilo era... diferente. Ele se aproximou e parou bem na minha frente. Eu podia sentir o calor irradiando de seu corpo e, nossa, como ele cheirava bem. Ele pegou meu queixo e inclinou minha cabeça para trás, olhou atentamente em meus olhos por um segundo, abaixou a cabeça, pude sentir seu hálito quente e seus lábios prestes a tocar os meus, quando de repente ele se afastou, me provocando. Abri os olhos novamente, sem saber o que fazer e com medo de me mexer. Estava prestes a ficar ofegante e um pequeno gemido escapou de minha boca.

Aquilo pareceu incendiá-lo, e sua boca atacou a minha com força e tomou total posse dela. Até então nossos beijos tinham sido lentos e sensuais, mas dessa vez era um beijo mais ávido e exigente, quase dominador, e não tenho vergonha em dizer que gostei! Ele colocou as mãos debaixo do meu *blazer* e correu os dedos pelas minhas costas, causando arrepios pela minha espinha. Senti minhas partes íntimas se aquecerem e ficarem úmidas. Depois de fazer minha calcinha derreter por alguns segundos, ele se afastou.

– Tenho de confessar uma coisa. Costumo ficar cheio de adrenalina no tribunal – disse ele, com a voz rouca. – Quando estou no tribunal com você, costumo também ficar cheio de testosterona. Essa combinação incendeia minha libido de um jeito que você não imagina.

– Eu devia discutir mais vezes com você – respondi, um pouco sem fôlego.

– Você discute comigo o tempo todo. Somos advogados. E você tem me deixado louco faz tempo. Se não tivéssemos começado a sair, eu provavelmente já teria comido metade das mulheres desse tribunal.

– Achei que você já tivesse comido metade das mulheres desse tribunal.

– Ok, a outra metade.

– Sabe, acho que sou feliz em ser advogada. E, acredite, não digo isso com frequência.

– Ninguém diz isso com frequência. Preciso muito fazer bastante sexo quente e selvagem com você, na sexta. E quando digo "bastante", quero dizer por horas e horas. Estou falando de fazermos sexo como loucos, até desmaiarmos.

– Essa é a melhor oferta que me fez hoje. Se eu acabar tentando alguma coisa com esse caso idiota, vou te fazer usar essa adrenalina e essa testosterona para me servir a noite toda.

– Bem, então, definitivamente, precisamos dormir juntos no dia seguinte. Agora tenho de sair daqui antes que eu caia no chão... com você embaixo de mim.

TERÇA-FEIRA

ESTADO CONTRA **MURPHY**

Minha cliente, a srta. Brandy Murphy, escolhera não ir a júri para seu julgamento por simples agressão. Isso significava que o juiz determinaria se ela era ou não culpada pela agressão a seu namorado, o sr. Vinnie Virillo, que, no momento, estava depondo para o Estado.

A sorte estava sorrindo para a srta. Murphy. Naquela manhã o juiz Channing acordara com diarreia, e, no lugar dele, estava a juíza Anita Blasko, presidente da Associação de Mulheres da Ordem dos Advogados. Também por acaso, o tribunal estava cheio de mulheres que já namoraram pelo menos um Vinnie Virillo na vida.

– Sr. Virillo, por favor, pode descrever à juíza o que levou a polícia à sua casa no dia dezesseis de abril deste ano? – perguntou Braden à testemunha.

– Eu estava na cama com minha namorada e ela começou a me bater, então me levantei e corri, ela saiu correndo atrás de mim e a vizinha chamou os tiras.

– Voltemos um pouco. O senhor estava na cama com sua namorada. O que houve especificamente?

Ou melhor, o que *não* aconteceu, pensei cinicamente. Tentei manter uma expressão neutra, por mais que o sr. Virillo causasse ao meu estômago o mesmo efeito que uma mistura de gin martini, uma garrafa de vinho tinto, Gatorade de tangerina e bolinhos recheados. Não me pergunte como sei disso.

– Estávamos transando, saca? Eu cheguei lá, mas ela não, e ela ficou puta, perdão, brava, porque não tenho me esforçado muito ultimamente, se entende o que quero dizer.

Várias mulheres que estavam no tribunal esperando por seus casos sabiam o que ele queria dizer, pois ouvi alguns resmungos femininos zangados atrás de mim.

– Está dizendo que ela ficou brava porque o senhor alcançou o orgasmo antes dela?

Deixe-me apenas abrir um parênteses aqui para me dar um crédito e observar que tenho uma capacidade insana de concentração, porque ouvir Braden Pierce dizer a palavra "orgasmo" era quase o suficiente para me fazer ter um... ok, de volta ao trabalho.

– Não é *antes* de eu alcançar! – minha cliente se levantou da mesa de defesa e gritou para Braden. – Esse babaca egoísta nem se importa se eu alcanço ou não!

Ouviu-se uma das espectadoras gritar: "Isso mesmo, querida, diga a eles!".

– Srta. Murphy! – sussurrei seriamente, forçando-a a se sentar. – Não pode fazer isso. Só vai prejudicar o seu caso.

– Srta. Murphy – advertiu a juíza Blasko –, ouça sua advogada e mantenha-se calma, para o seu próprio bem. E preciso que todos nesse tribunal fiquem em silêncio, por favor.

A srta. Murphy estava zangada e eu não a culpava. Por sorte, parecia que a juíza Blasko pensava o mesmo.

– Então, sr. Virillo – continuou Braden –, quando o senhor diz que ela o agrediu, o que quer dizer?

– Ela me deu uma pancada no peito.

– Foi uma pancada forte... ahn, quer dizer, ela o golpeou com força? – Braden olhou para mim e, na verdade, parecia envergonhado. Dava para ver que estava odiando esse caso.

– Bem, foi mais como um empurrão. Saí voando de cima dela e não ia ficar esperando para ver o que mais ela faria. Ela estava muito puta, cara. Perdão, brava.

– E o senhor disse que ela correu atrás do senhor?

Mais resmungos vieram da ala feminina da multidão, e a juíza Blasko lançou-lhes um olhar de advertência.

– É! Fui em direção à porta e ela atirou minhas roupas em mim. A senhora que mora na casa ao lado estava do lado de fora e ficou toda agitada porque eu estava pelado, saca? Então eu disse a ela "ei, senhora, a doida da minha namorada vai me encher de porrada", e ela chamou a polícia.

– Sem mais perguntas – Braden se sentou, parecendo aliviado.

– Dra. Ginsberg, conteste – o olhar da juíza Blasko me deu a impressão de que ela esperava que eu chutasse o traseiro daquele cara. E eu ficaria feliz em fazê-lo. O sr. Virillo ia se dar mal, possivelmente pela primeira vez em sua infeliz vida. Levantei-me e fui para perto dele, confiante. Ele pareceu se encolher.

– Sr. Virillo, o senhor não sofreu ferimentos, sofreu? – perguntei.

– Não, eu fui rápido demais para ela.

Ele começou a rir da própria piada idiota, mas interrompi seu regozijo com uma pergunta. Eu estava de frente para ele e o fitei duramente, enquanto ele se retorcia. Tive a impressão de que não estava acostumado a ser enfrentado por uma mulher. Na verdade, suspeitei que aquilo era parte do motivo de estarmos ali.

– Ela o empurrou com tanta força que o senhor afirmou que "saiu voando de cima dela", mas não tinha uma marca sequer...

– Objeção. Isso é argumentativo – Braden ainda tinha de fazer seu trabalho, mesmo que odiasse o caso.

– Indeferido. Responda à pergunta.

Tive a sensação de que o que a juíza realmente queria dizer era "Responda à pergunta, cretino". Às vezes deve ser difícil ser juiz.

– Eu quis dizer que me levantei rápido e corri porque sabia que ela queria me encher de porrada.

Andei até a mesa de defesa e fiz um pouco de cena, pegando o arquivo e examinando-o.

– Não há nada em sua declaração à polícia que indique que ela o ameaçou, ou há?

– Não. Quer dizer, ela nem precisava falar nada.

– O senhor nunca havia chamado a polícia antes, certo?

– Não, mas sempre há uma primeira...

Eu o cortei.

– O senhor dirigiu um comentário a ela antes de ela supostamente lhe dar um empurrão, não?

– Acho que posso ter dito "mais sorte da próxima vez, querida", ou coisa parecida, mas eu estava só zoando, saca?

Algumas vaias vieram da ala de espectadores e uma voz gritou: "Sorte sua não estar comigo, querido, ou estariam julgando um assassinato aqui!".

– Ordem neste tribunal! – a juíza Blasko bateu o martelo. Olhei para Braden. Ele mal escondia o nojo pela "vítima" de seu caso, e parecia querer ir embora.

– Depois de o senhor dizer "mais sorte da próxima vez, querida", ela disse "saia de cima de mim, seu perdedor". Correto?

– Algo do tipo.

– O senhor tem um metro e noventa de altura e pesa cem quilos, certo?

– Isso mesmo.

– Aqui não diz que ela estava armada, diz?

– Ela não estava, mas jogou coisas em mim – ele começava a parecer uma criança petulante.

– Ela jogou suas roupas porta afora, correto?

– Mas eu estava do lado de fora, então foi a mesma coisa – acho que ele queria mostrar a língua para mim.

– E quando sua vizinha idosa ameaçou chamar a polícia porque o senhor estava nu e gritando obscenidades, foi aí que o senhor alegou temer por sua segurança, certo?

– É – o sr. Virillo me lançou um olhar zangado e ficou ali com cara de emburrado. A Gabrielle interior tinha vontade de agredi-lo de verdade. Suspeitei de que a maior parte do tribunal, incluindo a juíza e o promotor, teriam me ajudado com prazer. Eu cumprira o que planejara e agora o sr. Virillo não estava rindo. Ele começava a parecer preocupado, e eu não o culpava. Talvez ele fosse precisar de escolta para sair do tribunal.

– Sem mais perguntas – sentei-me novamente. A srta. Murphy parecia triunfante.

– Redirecionamento?

– Não, meritíssima – Braden não era idiota. – O Estado se abstém.

– A defesa se abstém, meritíssima, e abrimos mão de argumentos, a não ser que a corte julgue ser necessário.

– O Estado abre mão de argumentos e fica com a evidência apresentada – acrescentou Braden.

Ele era tão sexy quando ficava todo promotorial, mesmo em um caso imbecil como aquele. A juíza Blasko deliberou por cinco minutos e retornou com o veredito de inocente. Eu vencera um julgamento! Caso não saiba, isso não acontece muito com defensores públicos, mesmo os mais experientes. E o que era ainda melhor que vencer era o fato de que minha cliente era realmente inocente! Isso era ainda menos frequente! A srta. Murphy me agradeceu e saiu de cabeça erguida, sob as ovações de apoio de várias mulheres no tribunal. O sr. Virillo grudou em um guarda e saiu sorrateiramente. Braden se aproximou da mesa de defesa.

– Foi um golpe duro? – perguntei, divertindo-me.

– Venha falar comigo. Por favor.

– Oh, pobre dr. Pierce – eu disse, com um sorrisinho de deboche.

– Talvez você possa me confortar. Ops, espere, quis dizer não me confrontar – ele provocou, e senti meu rosto ruborizar. Ele era bom demais em me provocar.

– Está bem, vou falar com você, mas nem tente ir embora antes de eu chegar lá.

– Ah, não se preocupe! – disse ele com uma risada.

Peguei minhas coisas, fiquei bem ao lado dele – não ia me arriscar naquela multidão –, e saímos juntos em direção à mesma sala de entrevistas a que tínhamos ido no dia anterior.

– Sei que só tivemos dois encontros, então ainda não fomos muito longe com o lado físico de nossa relação – disse ele, assim que fechou a porta atrás de nós –, mas, por favor, me diga que você sabe que eu não estava justificando a performance dele. Eu queria, sim, que ela tivesse batido nele!

– Se você diz – provoquei. – Mas não sei, às vezes acho que vocês homens sempre se protegem.

– Ah, por favor! Eu queria pedir desculpas a todas as mulheres naquele recinto, e depois te agarrar, te levar para minha casa e fazer você gozar umas dez vezes.

– Nossa! Você é muito mais "virill-o" do que eu pensava.

– Puxa, essa foi péssima – ele franziu a testa.

– Desculpe, não resisti. Estava morrendo de vontade de fazer essa piada – lancei um olhar lascivo a ele. – Fique à vontade para fazer isso na sexta, a propósito. Na verdade, acho que vou colocar isso na lista de coisas que quero fazer, já que é minha vez de escolher – ele me olhava como se talvez não fosse esperar até sexta.

– Apenas para registrar, nesse momento, a Harvard está desesperada para ir em frente, e só há duas coisas me impedindo de trancar a porta agora mesmo: a primeira é que não quero nunca que associemos excitação sexual a Vinnie Virillo, e a segunda é que não tenho certeza de que a porta tranca.

– Aaah. Achei que estivesse excitada só porque ganhei um julgamento e exonerei uma mulher inocente, mas depois de ouvir isso estou até com o corpo formigando.

– É a adrenalina – Braden disse com uma expressão sugestiva. – Talvez eu tenha que deixar você ganhar mais vezes.

– Você não me deixou ganhar, e isso é mais que adrenalina! – eu ri.

– Só estou brincando – ele sorriu. – Quero te beijar de novo, em vários lugares, mas acho que não devo. Também estou formigando e sinto que meu bom senso está rapidamente indo direto para o inferno.

– Adrenalina?

– E testosterona – seus olhos vagaram pelo meu corpo e pousaram na parte de cima da minha blusa. – Merda! Estou muito excitado. O fato de isso acontecer logo depois daquele caso é quase suficiente para me fazer procurar ajuda.

Deixei meus olhos vagarem um pouco por ele também e realmente pude ver como ele estava excitado. Minha nossa! Eu nem tocara nele. Era um cara cheio de saúde.

– Ok – eu disse, com a voz rouca. – Estou formigando *demais* agora. Preciso ir, ou vou começar a implorar para você fazer coisas bem safadas, e não quero acordar com você *aqui*, amanhã – ele respirou fundo e parecia um pouco ruborizado. Eu provavelmente estava com cara de quem acabara de correr quinze quilômetros.

– É, temos que ir. Agora – disse ele pigarreando e passando os dedos pelo cabelo. Depois, ajeitou o paletó e o abotoou, pegando umas pastas para carregar estrategicamente na parte da frente. Enquanto saíamos juntos, perguntei-me se realmente aguentaríamos até sexta-feira.

ESTADO CONTRA MCBRIDE

– Perdão, meritíssimo, mas simplesmente não entendo como um *burrito* pode ser considerado uma arma letal – eu disse, irritada.

– Talvez a dra. Ginsberg não tenha comido no restaurante em questão ultimamente – respondeu Braden.

– Não sei, dr. Pierce. Acho que tenho de concordar com a dra. Ginsberg nessa – replicou o juiz Channing. – Ok, vou indeferir a agressão grave e levar isso a julgamento como simples agressão – ele bateu o martelo e eu voltei à mesa dos advogados. Um pouco depois, Braden chegou com a ordem do juiz.

– Agressão grave? Com um *burrito*?

– Valeu a pena tentar – ele sorriu. – Você poderia ter apelado, eu teria oferecido um bom acordo. E, na minha opinião, o restaurante deveria ser banido, mesmo.

– Então você tinha uma pauta.

– Dr. Pierce, chame o próximo caso – rosnou o juiz Channing.

– Estado contra McBride – anunciou Braden, e uma mulher com cara de cansada, acompanhada por um homem nitidamente zangado, aproximou-se de Braden. Outro homem, mexendo na gravata de um jeito nervoso, veio até mim seguido por sua namorada, que tinha uma cara meio de louca.

– Quem são essas pessoas? – perguntou o juiz.

– Meritíssimo, esta é a vítima, srta. Parker, e este é seu namorado, sr. Connolly, a testemunha – respondeu Braden.

– E este, claro, é o réu, o sr. McBride. E esta é sua namorada, a srta. Rodrigues, que será sua testemunha de defesa – expliquei.

– Uma testemunha de defesa. Ai, Senhor – disse o juiz Channing. – Antes que as coisas saiam do controle, por que não resume o caso do Estado, dr. Pierce?

– Meritíssimo, o Estado demonstrará que, no dia onze de maio deste ano, a vítima, srta. Parker, estava em um ônibus municipal com seu namorado, o sr. Connolly, quando sentiu que alguém, ahn, a apalpava por trás. Ao se virar, viu o réu, o sr. McBride, que cometia a ação. O sr. Connolly testemunhou o ato e os dois homens iniciaram uma altercação verbal. O sr. McBride é acusado de agressão indecente.

– Dra. Ginsberg, há uma defesa?

– Sim, meritíssimo.

– E qual seria?

– Equívoco de identificação.

– Equívoco de identificação. Claro – o juiz Channing não parecia feliz. – Wayne! – gritou ele ao segurança. – Me traga um antiácido!

– Em um minuto, meritíssimo – disse Wayne, se apressando.

Braden e eu apresentamos nossas testemunhas. O lado dele disse basicamente o mesmo que ele.

A declaração do meu lado foi da srta. Rodrigues, que afirmou que ela e meu cliente eram um casal muito brincalhão e que ele frequentemente a apalpava por trás em público. Ela estava bem ao lado da srta. Parker em um ônibus que estava tão lotado que seria difícil reconhecer alguém de costas. Ela também observou que, assim que o sr. McBride percebeu o erro, se desculpou profundamente com a srta. Parker, mas o sr. Connolly ficou bem hostil. Na verdade, a srta. Parker parecera inclinada a aceitar as desculpas, mas o sr. Connolly não quis deixar para lá.

– E qual é seu argumento, dra. Ginsberg? – perguntou o juiz quando os testemunhos chegaram ao fim.

– Em primeiro lugar, meu cliente não teve intenções criminosas; em segundo lugar, esse caso é ridículo. Sério, meritíssimo, isso vale o investimento dos recursos do Estado da Pensilvânia e o tempo do Tribunal da Filadélfia? Meu cliente apalpou a pessoa errada em um ônibus lotado e se desculpou. Agora a promotoria quer rotulá-lo de agressor sexual?! Apesar de o sr. Connolly estar zangado, a srta. Parker não parece querer ir em frente com esse caso.

– Objeção, meritíssimo! – disse Braden, lançando-me um olhar de advertência.

– Aceita. No entanto, e não acredito que direi isso duas vezes no mesmo dia, acredito que a dra. Ginsberg tem um bom argumento, dr. Pierce. Foi uma rápida apalpada, se entendi bem? Não foi uma carícia prolongada, certo? E ele se desculpou imediatamente. A namorada não está nem mesmo brava com ele. Isso deve querer dizer algo. Não podemos apenas resolver isto?

– Meritíssimo! – o sr. Connolly se meteu. – Ele pegou na bunda da minha namorada! O senhor não ficaria bravo se um pervertido fizesse isso com a sua namorada?

– Bem... ahn, isso não é relevante, sr. Connolly – respondeu o juiz.

– E você?! – quis saber ele, virando-se para Braden.

– Bem, sinceramente... – ele começou, mas parou assim que viu meu olhar. – Não tenho permissão para dar declarações.

– Qualquer cara ficaria bravo! – gritou o sr. Connolly. – Não se pode ir pegando na bunda das mulheres em um ônibus!

– Foi um equívoco e ele se desculpou, meritíssimo – repeti enfaticamente.

– Talvez o sr. McBride pudesse se desculpar com o sr. Connolly também – sugeriu Braden.

– Com ele? – perguntei, indignada. – Foi a bun... foram as nádegas dela, e foi a ela que ele pediu desculpas!

– Acontece que o sr. Connolly tem acesso exclusivo àquelas nádegas – continuou Braden.

– Acesso exclusivo? O que ela é? Uma propriedade?

– CHEGA! – o juiz Channing finalmente chegara ao seu limite. Ele bateu o martelo. – Sr. Connolly, se o sr. McBride lhe pedir desculpas, o senhor esquece o assunto?

– Acho que sim. Apenas não faça isso de novo!

– Ei, cara, sinto muito! Caramba, eu também ficaria bravo se alguém pegasse na bunda dela – disse ele, apontando para a srta. Rodriguez.

– Tá, ok – respondeu o sr. Connolly.

– Caso encerrado – disse o juiz, e bateu o martelo novamente.

Esse fora o último caso do dia. Os quatro saíram enquanto Braden e eu recolhemos nossas coisas para ir embora.

– Será que podemos conversar um pouquinho? – perguntei com um sorriso.

– Claro.

– Que tal no meu escritório dessa vez? É mais perto – respondi. Defensores públicos tinham um escritório no tribunal, como os promotores. Era onde costumávamos entrevistar clientes e testemunhas. Por ser o fim do dia, estava praticamente vazio. Fui direto a uma das salas de entrevista e fechei a porta atrás de mim. – Um *burrito* como arma letal? Um brincalhão como agressor sexual?

– Está havendo muita pressão no meu escritório para forçar as coisas. Rejeitei todas as acusações maiores para esse caso. Teria sido resolvido antes do julgamento.

– Eu sei, mas aquelas pessoas têm vidas, Braden! Aqueles otários tiveram de faltar no trabalho para vir aqui. Há um monte de casos graves por aí, envolvendo pessoas bem ruins. Por que estão perdendo tempo com esse lixo?

– Eu também não gosto disso! Mas preciso fazer meu trabalho, assim como você também tem de fazer o seu quando diz a um júri que é algo razoável acreditar que uma pessoa normal ia dar uma festa regada a vinho e queijos nas próprias calças!

Tentei não dar risada. Tentei mesmo. Contive-me o máximo que pude, e então, finalmente, desisti e me acabei em uma gargalhada de mijar nas calças – o que, ainda bem, não aconteceu. Braden começou a rir também e, por alguns segundos, não conseguíamos nem respirar.

– Então, se estivéssemos em um encontro – falei, resfolegando – e alguém pegasse na minha bunda por engano em um ônibus, você o processaria, acusando-o de ser um agressor sexual?

– Você acha mesmo – disse ele, também resfolegando e chorando de tanto rir – que eu te levaria de ônibus a um encontro? – quase engasgou, estava rindo muito, e comecei a gargalhar de novo. Levamos pelo menos cinco minutos para conseguir nos acalmar de verdade. Minha barriga doía e lágrimas escorriam pelo meu rosto.

– Isso foi muito bom – ele sorriu.

– Meu Deus, sim! Eu precisava tanto aliviar um pouco a tensão! – concordei. Vi os olhos dele escurecerem, sua expressão se aqueceu e eu respirei fundo. Aquele olhar quente e sexy de Braden me pegava toda vez. Ele sorriu de um jeito sedutor e se aproximou de mim lentamente. – Braden, estamos em um espaço público – dei uma risada nervosa e me afastei – onde nós dois trabalhamos – ele continuava se aproximando e eu senti a parede contra minhas costas. – E sei que aquela porta não tranca – eu disse, com a voz trêmula.

– Humm – ele falou, colocando os braços em volta de mim e apertando meu traseiro delicadamente. – Então, será que essa seria uma pegada rápida ou uma carícia prolongada? – ele sussurrou. – E enquanto fazemos isso, tenho acesso exclusivo à sua bunda, Gabrielle? – perguntou, enquanto lentamente aproximava sua boca da minha.

– É claro que... – murmurei, e no mesmo segundo ele me beijou. A tensão e a adrenalina foram se formando durante toda a semana, e, como se alguém tivesse aberto a porteira, apenas nos soltamos e enlouquecemos. Ele me prendeu contra a parede com o quadril, e eu pressionava o meu contra o dele como uma assanhada sem pudores. Nossas línguas iniciaram um tipo de batalha totalmente diferente. Passei uma perna em volta dele para ter mais fricção, ele alcançou a bainha da minha saia e começou a puxá-la para cima, enquanto eu coloquei as mãos em seu cinto. Abri-o rapidamente, apesar de não conseguir ver o que estava fazendo e de estarmos nos contorcendo um contra o outro. Era incrível como minha coordenação motora fina funcionava bem quando eu estava altamente motivada. Puta merda, estávamos mesmo enlouquecendo. Eu provavelmente ficaria excitada toda vez que olhasse para aquela parede. Isso poderia ser estranho, levando em conta que eu entrava lá para negociar acordos.

Eu estava vestindo meias 7/8 e calcinha, porque não tenho coordenação para lidar com meias-calças antes de tomar café. Ele afastou a parte inferior da minha calcinha e senti seus dedos escorregarem para dentro e começarem a acariciar meu clitóris. Interrompeu o beijo, respirando com força.

– Meu Deus, Gabrielle, você está muito molhada – disse ele com a voz rouca. Coloquei minha mão dentro da calça dele e, depois, por baixo do elástico da cueca.

– Acho que tenho sua atenção também – eu disse, agora oficialmente ofegante. Não conseguia ver o que havia lá embaixo, mas certamente podia sentir. Acredite, era duro não perceber, com o perdão do trocadilho. Agarrei-o e escorreguei minha mão por sua extensão, da base até a ponta. Era uma jornada e tanto. Ele gemeu e sussurrou em meu ouvido.

– É isso, querida. Preciso entrar em você agora mesmo. Vou te comer contra essa merda de parede mesmo.

De repente, alguém bateu à merda da porta e nós dois congelamos.

– Pois não? – falei, tentando fazer minha voz parecer normal.

– Gabrielle, precisam de você no escritório principal.

– Diga que já estou indo – gritei, rezando para que não abrissem a porta.

– Ok.

Passos desapareceram pelo corredor. Ambos soltamos um suspiro de alívio. Depois de ofegar por alguns segundos e deixar o coração sair da boca e voltar para minha cavidade torácica, ele deu um passo para trás e disse, rouco:

– É melhor assim. Fico dizendo que quero poder ter um tempo livre com você, e aí te empurro na parede de uma sala de entrevistas da defensoria pública, depois do caso de um apalpador brincalhão.

– Ah, isso não é romântico o bastante para você? – eu ri, ainda meio sem fôlego.

– Além disso, teríamos de pensar em uma outra saída mesmo assim, porque estou sem camisinha. Não vou tão preparado assim para o tribunal – disse ele em tom de brincadeira enquanto fechava o cinto.

– Eu tomo pílula – disse, e vi que ele hesitou. – E sou saudável – acrescentei. Ele continuou sem falar nada. – É claro que eu entenderia se você quisesse algum tipo de verificação.

– Confio em você. Só por garantia, acho que devia te mostrar um teste dizendo que sou saudável, e sou. Faço exames regularmente e sempre usei camisinha.

Fiz que sim com a cabeça, e então a ficha caiu.

– Sempre? Quer dizer que nunca não usou?

– Nunca – respondeu ele. – Com as minhas ex-namoradas, era mais para garantir que elas não ficassem grávidas. Decidi que, se eu não tinha planos de me casar com elas, devia fazer minha parte para garantir que não engravidassem.

– Bom, por mim tudo bem. Não é um problema.

– Não tão rápido – ele começou a caminhar. Acho que fazia isso quando estava refletindo sobre algo. Eu estava começando a conhecer bem sua linguagem corporal. – Não há motivo para achar que a sua pílula não seria eficiente, e sou um promotor de vinte e sete anos, então, mesmo que ela não funcionasse direito, eu poderia lidar com isso.

Não tive certeza do que ele quis dizer com "lidar com isso", mas eu nunca esquecia de tomar a pílula, mesmo quando tecnicamente não precisava dela, já que tornava as visitas mensais do "chico" muito mais fáceis; então, não me preocupava sobre a pílula não funcionar. Finalmente, ele pareceu chegar a uma conclusão.

– Acho que eu gostaria de tentar confiar apenas nela, quero dizer, na pílula, se for tudo bem por você.

– Por mim tudo bem. Obrigada por confiar em mim. Confio em você também. Mas acho que teremos que continuar essa conversa pré-sexo outra hora, porque se eu não voltar para meu escritório a cidade toda vai parar; pelo menos fui treinada para acreditar nisso.

QUINTA-FEIRA

ESTADO CONTRA GARCIA

Eu podia sentir meu rosto vermelho e o pulso acelerado. Sabia que meus olhos brilhavam e piscavam de paixão. Estava tão excitada que quase tremia. Conhecia o olhar que Braden estava lançando a mim, chamas azuis. Era um olhar que dizia que ele me desejava. Bem aqui, agora. Dei um passo em sua direção e ele um na minha... e, então, ambos percebemos que nenhum de nós ia dar um passo atrás e que agora estávamos literalmente com os pés encostados e praticamente um em cima do outro. Nos afastamos e começamos a circular – circular mesmo –, como boxeadores no ringue.

– A faca foi encontrada em meio às posses do sr. Garcia enquanto ele dormia em Fairmount Park. Esse caso remete à Doutrina do Campo Aberto, desenhada no caso Oliver contra Estados Unidos, e à linha de casos que a interpretam – a voz de Braden estava baixa e tensa.

– Foi encontrada em uma sacola de papel que pertencia a ele. Ele tinha o direito à privacidade, que é controlado pelo caso Katz contra Estados Unidos e pelos casos que o interpretam – rebati.

– Ok! Já ouvi argumentos o bastante e tenho os resumos sobre o assunto – o juiz Channing parecia vagamente desconfortável. Ele, provavelmente, podia adivinhar que havia mais coisas do que evidências sendo suprimidas aqui. – Vamos fazer um intervalo. Nos reuniremos novamente em quinze minutos – ele bateu o martelo e foi para sua sala. Braden passou os dedos pelo cabelo e começou a andar. Fui até a mesa de defesa para tomar fôlego.

– Acho que preciso de um cigarro – disse Adam, ruborizado.

– É, isso foi como assistir pornografia – acrescentou Jess. Braden e Adam olharam para ela. – É o que imagino.

– Se você não trepar com ela logo, vocês dois vão parar na Suprema Corte – Adam brincou.

– Ou na cadeia – emendou Jess.

– Braden, quer discutir aquela... – eu disse, um pouco desesperada. Tínhamos só quinze minutos, mas àquela altura eu não achava que isso fosse uma opção.

Aparentemente, nem ele.

– Sim – ele disse, antes mesmo de eu terminar de inventar algo para supostamente discutirmos. Pegando-me pela mão, ele me puxou para fora do tribunal e foi em direção à sala de entrevistas da promotoria.

– Meu escritório é mais perto – falei, sem ar.

– Nossas portas trancam. Eu verifiquei – ele disse, soltando minha mão enquanto quase corríamos pelo corredor.

Chegamos ao escritório da promotoria e entramos na área de espera... para encontrar todas as salas de entrevista ocupadas. "Merda! Merda! Merda!". Ficamos ali, esperando impacientes enquanto uma versão de elevador de "Karma Chameleon" tocava ao fundo. Olhei para o relógio. Tínhamos doze minutos. Uma porta se abriu e um promotor e um defensor público, ainda discutindo algo, saíram. Vi o promotor público assistente de cinquenta e poucos anos que acusara o sr. Harris, o ladrão de loja, se levantar e ir naquela direção. Antes que pudesse dar um passo sequer, Braden passou por cima de uma mesa de café e mergulhou em direção à porta. O promotor assistente e o defensor público que estavam saindo olharam atordoados para ele.

– E aí, Rob, tudo bem? – Braden perguntou com um sorriso.

– Tudo ótimo, Braden. Está com pressa?

– Sim! Na verdade é um assunto meio urgente. Não se importa, né, Gerald? – gritou ele ao promotor mais velho.

– Pode ir, eu posso esperar – disse ele, parecendo um pouco confuso.

Eu sorri e acenei.

– Dra. Ginsberg? – Braden me chamou, tentando parecer despreocupado.

– Olá, Mike – saudei o defensor público, enquanto me apressava em direção à sala.

– Gabrielle. Não trouxe nenhum arquivo?

– Não preciso de nenhum – falei com um sorriso largo. – Tenho tudo aqui – dei um tapinha em minha testa e entrei correndo na sala de entrevista. Braden fechou a porta atrás de nós e a trancou. Ele olhou rapidamente para o relógio enquanto tirava o paletó, e o jogou na mesa.

– Temos dez minutos. Acho que nossa melhor aposta é a manual.

Eu fui para cima dele. Puxei-o na minha direção e me encostei na parede. A boca dele estava na minha em um segundo e estávamos praticamente nos devorando, nos beijando de forma muito selvagem. Ele puxou minha saia para cima e eu abri suas calças. Ele afastou a parte inferior da minha calcinha e escorregou dois dedos para dentro, circulando meu clitóris com o dedão enquanto eu me contorcia contra sua mão. Coloquei a minha dentro de sua calça e o libertei, agarrando e acariciando sua impressionante ereção. Eu ainda não conseguira ter uma visão do dote de Harvard, mas sabia que era grande.

Interrompi nosso beijo para tomar um pouco de fôlego e então ataquei o pescoço dele, mordendo e lambendo e beijando enquanto dava ritmo às minhas carícias. Acrescentei minha outra mão para pegar suas bolas, delicadamente.

– Sim ou não? – perguntei ofegante.

– Sim – gemeu ele. – Aperte um pouco, mas cuidado – fiz o que ele pediu e sua respiração ficou irregular. Seus dedos escorregavam para dentro e fora de mim enquanto ele mantinha contínua a pressão em meu clitóris, e eu ofegava e tentava não gemer. Precisei enterrar minha boca em seu pescoço para me manter em silêncio. Caso não saiba, tentar gozar em um espaço público, em dez minutos, não é exatamente algo fácil para uma mulher. Eu sabia que teria de me esforçar para conseguir.

Tentei relaxar o corpo e apenas deixar o orgasmo se formar. Por sorte, ele tinha dedos muito hábeis. Se alguém conseguia me excitar assim, esse alguém era ele. Senti que estava quase lá e simplesmente deixei as sensações me tomarem, esvaziando minha mente de tudo e apenas me focando na sensação intensamente prazerosa entre minhas pernas. A respiração de Braden estava muito pesada e eu sabia que ele provavelmente podia gozar a qualquer momento, mas estava me esperando. Eu só... precisava... deixar.

Resfoleguei e meus músculos interiores se apertaram e pulsaram enquanto um tremor percorria meu corpo. Assim que ele me sentiu gozar, gemeu e gozou na minha mão. Forte. Graças a Deus havia uma caixa de lenços na mesa. Ficamos ali ofegando por um momento, e então ele me beijou levemente nos lábios.

– Eu precisava disso – ele falou, enquanto sua respiração voltava ao normal.

– Eu também – conseguimos nos limpar o bastante para ir até o banheiro do saguão, com um minuto sobrando, e estávamos entrando no tribunal quando o juiz se sentou. Ambos estávamos mais calmos e relaxados. Ele ainda não estava pronto para deliberar, então continuamos de onde havíamos parado e terminamos nossos casos. Depois, recolhemos nossas coisas e nos preparamos para ir embora.

– Então, vocês dois tiveram uma conferência de caso produtiva? – perguntou Adam, com um sorriso.

– Devem ter tido, a julgar pelo jeito como pareciam felizes quando voltaram – comentou Jess.

Um guarda entrou e exclamou.

– Precisamos de um defensor público para um cara na cela! Sr. – ele verificou o arquivo – DeWayne Johnson.

– Ah, conheço esse caso – falou Adam. – É o cavaleiro do "clube social" North Philly que foi acusado de homicídio triplo.

– Eu vou – eu disse.

– Espere aí! – Braden me parou. – Não pode ir bater um papo com um criminoso na cela.

– Por que não?

– Ele é violento.

– Deve ser por isso que ele está sendo acusado de homicídio triplo, Braden, e apesar disso vou observar que é inocente até que se prove o contrário, mesmo que ele seja um gângster.

– Deve haver um defensor homem por aqui.

– Já entrevistei homens violentos e, de qualquer jeito, esse cara é só um atirador. Estou confiante de que tiraram a arma dele quando o prenderam.

– É, mas vão trancar você lá com ele. Quando abrirem a porta, ele pode te machucar.

– Bem, não vão deixar ele sair para ir me ver. Onde você acha que encontro meus clientes? Em alguma cafeteria?

– Não sei por quê, mas acho que nunca pensei sobre você fazer esse tipo de coisa. Achei que seu escritório só mandasse homens ou, pelo menos, nenhuma mulher de vinte e seis anos. É um caso sério e eles deviam enviar um defensor sênior, de qualquer forma.

– Só vou ver o que ele precisa, e então, se eu não puder ou não dever lidar com isso, vou receber ajuda, mas faço isso o tempo todo. Metade dos advogados no meu escritório são mulheres, e é melhor mandar uma de vinte e seis anos do que uma de sessenta. Além disso, meu trabalho não é mais perigoso que o seu. Você vai até as cenas do crime e é o cara que tenta prender os bandidos.

– Acho que sim – no entanto, ele não parecia feliz com isso. – Vou te ligar hoje à noite.

– Para ter certeza de que saí viva?

– Quero falar com você sobre uma coisa e também continuar nossa conversa do outro dia.

Às nove horas daquela noite eu estava sentada em minha cama, tomando chá de ervas e assistindo ao programa de leilões de antiguidades, como toda mulher de vinte e seis anos... Ok, isso não é bem verdade... mas era o que eu estava fazendo quando Braden ligou.

– Dr. Pierce.

– Dra. Ginsberg. Tenho outro tipo de assunto privado para discutir com você. Sei que amanhã a escolha é sua, mas meus pais querem que passemos o final de semana lá. É estranho demais para você? Sei que acabamos de começar a sair e temos planos de enlouquecer amanhã, então, se for estranho demais, pode me falar.

– Seus pais vão estar no quarto quando enlouquecermos?

– É provável que nem estejam em casa. Eles costumam sair às sextas depois do jantar. Meu irmão mais novo e minha irmã também, e tenho certeza de que vão nos convidar para ir junto, mas prefiro ficar em casa e fazer sexo quente e selvagem com você.

– Tem certeza de que eles querem que eu vá também? Talvez só queiram passar um tempo com você antes do evento beneficente.

– Acho que eles querem especialmente que você vá. Já mencionei que eles acham que vinte e sete é uma boa idade para começar a pensar em sossegar o facho? Como eu disse, se for pressão demais depois de apenas dois encontros, entendo completamente. É que eles estão muito animados por eu estar em um relacionamento de mais de algumas horas de duração. Já faz tempo que isso não acontece.

– Tudo bem por mim, acho. Às vezes fico um pouco estranha com pessoas que não conheço bem ainda, mas vou tomar um bom banho e acho que posso ficar apresentável.

– Meu irmão Drew é muito mais socialmente estranho que você.

– Obrigada – eu ri. – Provavelmente eu e ele vamos nos dar bem.

– Tenho certeza de que ele vai querer se dar bem com você. É um pegador de vinte e três anos.

– Você deve ser o herói dele.

– Vou ser depois de ele te conhecer. Então vou dizer a minha mãe que tudo bem, e que você pode ficar comigo. Sinto muito por não ser o mais sexy dos locais para finalmente dormirmos juntos.

– Braden, nos fizemos gozar em uma sala de entrevistas no tribunal hoje.

– Esse é um bom ponto – ele riu. – Aliás, preciso dizer que aquele foi um trabalho em equipe bem impressionante. Está na cama?

– Sim, estou vendo o leilão de antiguidades.

– Eu também. Então agora podemos dizer que já vimos tevê, juntos, na cama.

– Quando Mark e Adam perguntarem? – houve um silêncio do outro lado da linha. – Alô? Ainda está aí?

– Sim, estava só pensando em você na cama comigo. Hoje foi só um quebra-galho. Preciso que amanhã à noite chegue logo. Sob outras circunstâncias, é possível que eu fique meio desconfortável em te conhecer biblicamente pela primeira vez na casa dos meus pais, mas estou desesperado. Estou começando a ficar muito distraído e nem sempre em momentos convenientes. Então, podemos terminar a conversa pré-sexo, para não termos que nos preocupar com isso depois?

– Claro – respondi.

– Você tem uma posição preferida?

– Qualquer uma que eu estiver a fim no momento. E você?

– Todas. Quantos parceiros sexuais você já teve?

– Seis, incluindo o primeiro, mesmo que tenha sido uma vez só.

– Sua primeira vez foi casual?

– Não era só um cara que conheci em uma festa de república. Era um amigo. Achei que fosse mais que isso, mas ele estava feliz demais em ser pegador.

– Quantos anos você tinha?

– Dezoito. Eu era uma caloura na Yale, e ele, do segundo ano. É estranho, você me lembra ele um pouco. Não vai dormir comigo e depois decidir que é melhor sermos só amigos, vai?

– Não. Sempre deixo bem claro logo de cara se só quero algo casual, e não costumo acabar ficando amigo das mulheres com quem faço isso.

– Quantos anos você tinha?

– Dezesseis, mas minha namorada tinha dezoito.

– Você ficou com uma tia – provoquei.

– Por que te faço lembrar dele? – ele disse, voltando ao outro assunto. Parecia muito interessado nisso.

– Não sei. Ele era alto e excepcionalmente bonito, como você. Parecia ter tido muito boa educação e ser de classe alta. Era muito popular e ficava com várias. Planejava estudar Direito. Mas você também é diferente de várias maneiras. É muito mais engraçado e eu e você temos vários interesses em comum. A cabeça dele era a de quem tem dezenove anos. Você apenas anda com caras que parecem ter dezenove anos.

– Ele devia ter esclarecido as coisas antes de dormir com você.

– Eu também devia. Na defesa dele, acho que ele não sabia que eu era virgem, e não acho que planejou nada. As coisas meio que só aconteceram. Além disso, será que é mesmo surpreendente que um cara de dezenove anos não queira se amarrar? Eu devia ter pensado nisso antes, como fiz com você.

– É, quando você chegou em mim, estava negociando como uma traficante. Que bom que a Jessica estava certa e eu quis concordar com tudo que você pediu.

– Bem, eu queria concordar em transar com você. Então, você é o sortudo número sete.

– Prometo que você será a sortuda. Vou deixar você ir agora para descansar. Amanhã a adrenalina e a testosterona vão ficar correndo pelo meu corpo.

– Durma bem.

– Nós dois dormiremos melhor amanhã à noite.

Sexta-feira

ESTADO CONTRA **FRANKLIN**

– Meritíssimo, minha cliente não tem antecedentes criminais. A maconha nesse caso era para uso pessoal e representou um lapso de julgamento, nada mais. Gostaríamos de tentar um acordo com a promotoria em um esforço para evitar a acusação.

– Dr. Pierce? – perguntou o juiz Channing.

– Normalmente não seria um problema, meritíssimo, mas havia muita maconha envolvida neste caso: quase quinhentos gramas – Braden checou mais uma vez suas anotações e olhou para minha cliente.

– Mas não havia materiais para embalagem, nem materiais cortantes, nem grandes quantias de dinheiro, nem armas, nada que indicasse que minha cliente estava traficando, então, qualquer que seja a quantidade, a evidência aponta para uso pessoal.

O juiz Channing se virou para minha cliente com uma expressão assustadora.

– Srta. Franklin, quantos anos tem?

– Faço oitenta e dois em julho, senhor juiz, e sigo jovem como antes – ela sorriu.

– Obviamente – disse ele, de um jeito duro. – E toda essa maconha era apenas para a senhora?

– Bem, era todo o meu estoque, querido – respondeu ela com sinceridade. Eu me encolhi um pouco.

– A dra. Ginsberg explicou-lhe que não pode mais fazer isso?

– Sim – ela deu um grande suspiro. – A encrenca não vale a pena. Vou voltar para o uísque.

– Isso é bom. Quer dizer, bem... isso é... aceitável. Ok, vou aconselhar a promotoria a chegar a um acordo para trabalhos comunitários.

– Entendido, meritíssimo – Braden respondeu.

A srta. Franklin saiu cambaleando e eu voltei à mesa. Braden se aproximou para me entregar a ordem.

– Parece uma garota divertida – ele falou.

– Vou te propor favores sexuais pela liberdade da velhinha – brinquei baixinho.

– Aceito.

– Dr. Pierce! Chame o próximo caso – vociferou o juiz Channing.

– Estado contra Wagner! – Braden chamou.

Meu cliente, que vestia um gorro com abas que cobriam as orelhas e uma camiseta com o desenho de um burro sorridente, com os dizeres "Perdi meu traseiro em Las Vegas", avançou. Minha mente ficou aturdida com o fato de que, naquela manhã, ao abrir o armário, aquilo tenha se mostrado para ele como a coisa mais apropriada para usar no tribunal.

– O que é isso? – perguntou o juiz Channing, lançando um olhar irritado para meu cliente.

– Meritíssimo – começou Braden –, o Estado declara que, no dia 14 de abril deste ano, o sr. Scott Wagner deteve o sr. Franklin Jordan com o que se revelou ser uma arma de brinquedo, e exigiu que ele o levasse a vários caixas eletrônicos para sacar dinheiro de *sua própria* conta. Ele é acusado de sequestro.

– Estou requisitando avaliação psiquiátrica, meritíssimo, e peço que meu cliente seja solto sob fiança.

– Concedido! Corte adiada. Tirem-me daqui – o juiz Channing se levantou e saiu sem se despedir. Eu tinha certeza de que ele estava se aproximando da aposentadoria.

Braden se virou para mim com um sorriso. Aquele sorriso sempre fazia minha barriga se remexer, e provavelmente isso aconteceria mesmo que ficássemos juntos até eu ter a idade da srta. Franklin.

– Vou devolver esses arquivos, depois vou voltar para casa para terminar de fazer a mala e ficar ansioso para te conhecer carnalmente hoje à noite.

– Gosto de um homem com objetivos.

Recolhemos nossos arquivos.

– Finalmente vou saber como ficamos ao natural – disse ele com um sorriso perverso.

– Goze desse momento – brinquei.

– Nossa, essa foi muito ruim!

Pegamos nossas pastas e saímos da sala, indo em direção ao elevador.

Discutimos alguns detalhes sobre os casos do dia no elevador e depois nos despedimos na porta que dava acesso ao prédio das cortes criminais enquanto íamos para nossos respectivos escritórios. Pude jurar que ouvi ele assobiando enquanto se afastava. Mesmo que estivesse sendo menos óbvia, também estava bem feliz com a ideia de estar entrando novamente no mundo dos sexualmente ativos. O fato de essa reentrada ser com Braden era ainda mais incrível para mim. Esse homem tinha aparecido em quase todas as fantasias recentes que acompanhavam aqueles momentos "privados" bem especiais que eu tinha sozinha em meu quarto, à noite, com meu amiguinho movido a bateria.

Oito

Voltei ao meu escritório e arquivei minha papelada. Jess ainda não tinha chegado. Meu celular tocou e vi o número de meu pai. No começo da semana, eu tinha falado com minha mãe, então sabia que ele já estava a par dos assuntos.

– Então, querida, onde conheceu esse cara? No tribunal?

– É. Estamos sempre com o mesmo juiz. Passei um tempo interessada nele e Jess ficava dizendo que achava que ele também gostava de mim, então, certa noite o vi e flertei com ele.

– Você flertou com ele? – ele parecia duvidar.

– Sim, flertei. Eu posso flertar. Posso não fazer muito isso, mas sou capaz.

– Ei, não estou reclamando. Estava começando a me preocupar, achando que você ia virar uma daquelas mulheres cheias de gatos. Estou feliz que encontrou alguém de quem gosta. A propósito, gosto também da política do pai dele. É um cara inteligente. Claro que não posso dizer isso a ninguém depois daquela matéria, ou então podem ficar te enchendo, ou algo assim.

– O que quer dizer?

– Graças aos meus amigos do *Times*, os extremistas acham que estou tentando controlar o governo, e os loucos das teorias da conspiração pensam que já o controlo. Agora minha filha está saindo com o filho de um senador. Quem sabe o que podem inventar?

– Não ligo para o que dizem. Não sigo conselhos de loucos da teoria da conspiração, nem de extremistas.

– Apenas tome cuidado, docinho, e se alguém te incomodar, me avise. Não estou exatamente duro de grana. Poderia providenciar segurança para você, ou pelo menos um bom sistema de alarme. Se nada der certo, te compro um cachorro legal.

– Agradeço, mas estou mais preocupada em não dizer nada estúpido quando conhecer a família dele do que com um cara que acha que viu o Jim Morrison trabalhando em uma lanchonete.

– Ei, não fique nervosa. Qualquer um seria sortudo em ter você.

– Obrigada, papai.

– Sua mãe e eu ficaremos muito felizes se der certo. Pelo menos saberíamos que esse cara não estava atrás do seu dinheiro. Provavelmente ele poderia até mesmo te ajudar a pensar no que fazer com ele.

– Que bom. Então talvez vocês possam se preocupar um pouco menos. Te amo. Diga à mamãe que mandei um oi.

– Ok, docinho, também te amo. Divirta-se com o cara que escolheu.

Às cinco e meia em ponto eu estava ajeitando minha mala e meu porta-terno no porta-malas da BMW do Braden. Mesmo na hora do *rush* não demoraria muito para chegarmos à casa dos Pierce, no subúrbio. Braden ainda estava de muito bom humor, e eu tinha a sensação de que não era apenas porque ele ia se dar bem mais tarde. Suspeitei que ele estava genuinamente feliz por ver a família. Eu esperava que isso significasse que ele tinha pais muito legais. Ele dissera que sua família era excepcionalmente próxima e eu também esperava que ele estivesse certo sobre eles não se importarem em dormirmos no mesmo quarto.

– Então suas ex-namoradas dormiam no mesmo quarto que você?

– Nunca convidei nenhuma para ficar na casa da minha família. Devo te avisar que meus pais provavelmente vão achar significativo que eu tenha te convidado, e pode ser que fiquem dando algumas dicas.

– Acredite, você não sabe o que é receber dicas até conhecer Ben e Judy Ginsberg.

– Ah é? – ele olhou para mim novamente com um olhar de quem estava achando aquilo divertido.

– Não fique surpreso se for chacoalhar a mão do meu pai e ele te der um bolo de panfletos de faculdade para os nossos futuros filhos.

– Ele não tem uma arma ou coisa assim, tem? – brincou Braden.

– Está brincando? Meu pai considera comida apimentada uma arma letal. Além disso, é um empresário. Ele destrói pessoas apenas financeiramente.

– Bem, isso é um alívio.

– Para dizer a verdade, meu pai é meu herói. Sempre digo que ele é o cara mais romântico do universo porque vem de uma família incrível. E ele se casou com minha mãe por mais que a família dela seja completamente louca.

– Ele deve amá-la.

– Ama sim, e ela o ama – eu sorri.

– Gostaria de conhecê-los.

– Vou te apresentar a eles. Só tenho de te esconder do resto dos meus parentes.

– Acho que você vai gostar dos meus pais. São pessoas legais e também se amam muito.

– Obrigada por me apresentar a eles, isso é bem legal.

– Já vou pedindo desculpas por tudo que sair da boca do meu irmão.

– Rá! Você tinha de conhecer minha *bube*![1] É minha avó. É a pessoa mais ofensiva que conheço.

Não muito depois, saímos da estrada e começamos a passar por estradinhas mais de interior, salpicadas de belas casas. Num certo

1 Termo iídiche para se referir de forma carinhosa às avós judias. (N.T.)

ponto, subimos por uma longa entrada de garagem e nos aproximamos de uma casa no estilo georgiano, com fachada de pedras cinzas e guarnições brancas. A casa da minha família, no Upper East Side, era de pedras marrons, bastante estilosa, mas esse lugar era lindo. Parecia ser muito espaçoso, e chutei ter pelo menos cinco ou seis dormitórios.

Enquanto saíamos do carro, um grupo de pessoas saiu para nos ver. Todos foram imediatamente em direção a Braden e houve muitos abraços. Mesmo que Braden não morasse muito longe dali, eles obviamente eram uma família próxima. Não havia dúvida alguma de que eram seus parentes. Aquele era um grupo atraente de pessoas altas e loiras. O pai de Braden era muito bonito e distinto, com mechas douradas misturadas com o cabelo grisalho, e ele não tinha aquele comportamento agressivamente amigável que muitos políticos têm. Parecia ser mais sossegado e genuinamente caloroso. A mãe de Braden era linda. Tinha cabelos loiro-escuros e os mesmos olhos azuis de Braden. Olhos que, no momento, estavam fixos em mim, e que, ainda bem, pareciam amigáveis.

– Você deve ser Gabrielle – disse a mãe de Braden, com uma voz delicada. – Minha nossa! Você é linda – ela me deu um sorriso caloroso. – Sou Claire, e estamos muito felizes por você estar aqui – ela se aproximou e meu deu um abraço amigável. Aquelas pessoas gostavam mesmo de abraçar.

– Acho que você notou que essa é minha mãe e esse é meu pai. Esse é meu irmão, Drew, e essa é minha irmã, Beth – Beth parecia uma versão mais jovem de Claire, e Drew parecia uma versão mais jovem de Braden, que parecia uma versão mais jovem de seu pai.

– Uau – disse Drew. – Ela é gostosa – Braden se virou e olhou para ele. – Que foi? A mamãe disse que ela é linda!

– É um prazer te conhecer – Beth interrompeu o irmão, vindo me abraçar.

– Estamos muito satisfeitos em receber você, Gabrielle – disse o pai de Braden, me abraçando, é claro. – Sou Tyler – uau. Eu podia chamar o senador Pierce de Tyler.

– Obrigada pelo convite, foi muito gentil.

– Eles ficaram muito animados de saber que você vinha! – disparou Drew. – Esperam que Braden finalmente sossegue.

– Drew – Tyler falou, em um tom de advertência.

– O que eu disse agora? – perguntou Drew, parecendo irritado. Ele começou a vir na minha direção e Braden o parou.

– Aonde acha que vai?

– Todo mundo abraçou ela.

– Você já disse oi.

– Na verdade, se você lembrar, eu disse que ela é gostosa e você ficou ofendidinho.

– Drew, por favor, me ajude com as malas deles – disse Tyler, intervindo. – Braden, por que não nos ajuda enquanto mamãe e Beth deixam Gabrielle à vontade e a conhecem melhor?

– Você precisa de nós dois pra isso? Talvez eu também queira conhecê-la melhor – Tyler e Braden olharam para o caçula com uma expressão dura. Eu definitivamente começava a entender o que Braden dissera sobre Drew.

Segui Claire e Beth pela entrada de chão de mármore e através de uma das portas de madeira escura. Depois, fomos por um corredor ao lado de uma grande escada e chegamos a uma sala de estar com janelas grandes que davam para o gramado posterior. A sala era pintada com uma combinação de borgonha e creme e, além de ser muito bonita, era também aconchegante e convidativa. Havia uma lareira e acima dela se encontrava um retrato de um homem loiro com uma vestimenta colonial. É, os Pierce estavam ali fazia tempo.

– Por favor, sente-se e fique à vontade – disse Claire, sorrindo.

Sentei-me em um sofá de dois lugares e Claire e Beth, por sua vez, se acomodaram no que estava à minha frente. Conversamos um pouco e as enchi de detalhes sobre minha família e minha vida. Fiquei sabendo que Beth tinha vinte e cinco anos e trabalhava no departamento de educação do Museu de Arte da Filadélfia, e que Drew era estudante de Direito na Georgetown, em Harvard, como

Braden fora. Sendo a filha do meio, Beth era próxima dos dois irmãos. Ela me assegurou de que, por mais que Braden e Drew ficassem de briguinhas, e tivessem uma diferença de idade de quatro anos, eles eram próximos. Claire contou que passava a maior parte do tempo envolvida com ações de caridade e com a administração da fundação da família. Tive a impressão de que ser a mulher de um senador também tinha uma grande quantidade de responsabilidades.

– Então você e Braden se conheceram no tribunal? – Claire indagou.

– Sim, frequentemente trabalhamos em casos do mesmo juiz.

– Ele é um bom advogado? – Beth perguntou.

– Sim, um advogado muito bom – Beth e Claire sorriram uma para outra e eu notei que estavam orgulhosas, o que achei muito bonitinho.

– Ele é tão bom namorado quanto advogado? – Beth questionou.

– Acabamos de começar a sair, mas até aqui ele tem sido muito amável e fácil de lidar. Me disse coisas bem doces também.

– O Braden?! – Beth riu e olhou para a mãe, que sorria com felicidade.

No mesmo instante ouvimos os rapazes voltando do andar de cima e Claire avisou que era hora do jantar. Adentramos uma sala de jantar formal, com uma mesa lindamente arrumada. Estávamos todos instalados quando a empregada trouxe a sopa. Drew falou:

– Então vocês dois vão dormir juntos?

Beth largou a colher e Claire quase se engasgou com a água que estava bebendo.

– Drew! – disseram todos os Pierce, em uníssono.

– Que foi? Só quis saber se eles estão dividindo um quarto. É algum segredo ou coisa do tipo?

– Não é da sua conta – Braden falou, irritado.

– Só fiz uma pergunta! – ele engoliu uma colher de sopa. – Estava pensando...

– A resposta é não – emendou Tyler.

– Por que não?

– Porque seu irmão tem vinte e sete anos e é um promotor, e você tem vinte e três e é um estudante de Direito – respondeu o pai.

– E daí? Depois vocês vão ficar achando que eu nunca vou casar, mas não me deixam trazer uma menina pra casa comigo.

– Você pode trazer uma garota para casa – respondeu Braden. – Só não pode dormir com ela.

– Ok, Braden! – advertiu o pai. – Por favor, lembre-se de que você tem vinte e sete anos.

– Sério, gente, isso não está nem perto de uma conversa educada – interrompeu Beth.

Para ser sincera, eu estava achando a conversa bem divertida, de verdade. Drew me fazia rir um pouco. Mas agora o assunto era o evento beneficente, e continuamos falando sobre isso até a sopa acabar e o jantar ser servido.

A conversa, então, mudou novamente e agora falávamos sobre os planos de cada um para a noite. Drew e Beth tinham planos de ir a uma balada com um grupo de amigos em comum, e Tyler e Claire planejavam sair para ver um filme. Braden e eu fomos convidados pelos dois grupos para irmos juntos, mas ele educadamente recusou por nós dois, citando uma semana estressante e nossa vontade de descansar antes do evento beneficente no dia seguinte. Drew bufou em deboche e Beth o chutou por baixo da mesa de um jeito não muito sutil.

Na hora da sobremesa, eu estava começando a antecipar nervosamente a noite que nos aguardava. O fato de Braden estar passando os dedos pela parte interna da minha coxa há vários minutos não estava exatamente ajudando a me acalmar. Já passava das sete e meia da noite. Não ia demorar muito para todos saírem. Quando terminamos a sobremesa e o café, Drew e Beth foram se arrumar e Claire e Tyler foram para a sala íntima. Braden e eu nos juntamos a eles. Eu estava mais quieta do que de costume, mas até aquele momento da visita eu não fizera nada de esquisito, e os Pierce estavam sendo tão legais que comecei a relaxar com eles.

– Sabe, Braden, é possível que haja muitos rostos familiares amanhã, e não sei se você vai gostar de vê-los todos – disse Claire. – É provável que Marla esteja lá, por exemplo.

– Ah, ótimo! – ele se encolheu e se virou para mim. – Marla é uma víbora superficial e narcisista que eu namorei há uns anos. Ainda não consegue acreditar que terminei com ela.

– Não acredita do tipo "como ele pôde fazer isso?" ou do tipo que acha que você ainda é namorado dela? – perguntei, um pouco nervosa.

– Ela não acha que ainda sou seu namorado, mas se recusa a acreditar que alguém não gostaria de ser namorado dela, incluindo eu. – Eu já estava vendo que ia adorar essa Marla.

– Cameron estará lá com certeza – Tyler acrescentou.

– Fantástico – ele se virou novamente para mim. – Cameron é meu primo. Marla me traiu com ele. Eu provavelmente devia ser grato por isso, já que queria mesmo uma desculpa para terminar com ela, mas isso não estava nos planos, sabe?

– Isso foi há muito tempo, Braden. Gostaria que vocês dois esquecessem tudo isso – disse Claire.

– É, vamos ver. Acho que talvez eu fale um pouquinho com ele. Há uma coisa que quero lhe perguntar.

– Provavelmente os Masons estarão lá com a filha, a Felicity – ela continuou.

– Os Masons querem casar a filha comigo – Braden explicou. – A mãe, a sra. Mason, é uma esnobe tão calorosa quanto uma geleira, e sua filha, Felicity, me lembra a Vandinha Addams, só que ainda mais sombria. O pai deve ser um holograma.

– E você vai se casar com a adorável Felicity?

– É mais fácil eu me casar com o Cameron.

– Cole Stephenson certamente estará lá – observou o senador, parecendo desconfortável.

– Precisamos ficar longe dele, com certeza – disse Braden, olhando para mim com ar de nojo. – Ele é deputado, um completo animal político. Venderia a alma para ser eleito a uma cadeira no congresso. Também é um alpinista social e um depravado. Os olhos dele não vão sair do seu decote.

– Parece uma festa legal.

– A maioria do pessoal que estará lá é bem legal – Claire disse, como se estivesse se justificando.

– Eu só vou sorrir e concordar – respondi.

– Braden devia fazer mais isso. Esperamos que você seja uma boa influência – Claire disse para mim.

– Talvez eu seja uma má influência – falou Braden, sorrindo para mim de um jeito que me fez olhar para o relógio. Já eram quase oito e meia. Claire notou meu gesto e rapidamente olhou para o próprio relógio.

– É melhor irmos, Tyler. Não quero perder o começo do filme.

Claire e Tyler nos deram boa noite e se retiraram. Assim que saíram, Braden se virou para mim com um sorriso safado. Sem falar uma palavra, me sentou em seu colo e começou a passar o nariz em meu pescoço. Fiz o mesmo com ele. Encontramos o caminho para a boca um do outro e começamos a nos beijar. Assim que nossas línguas começaram a se entrelaçar deliciosamente, ouvi Drew.

– Meu Deus, Braden, não pode nem esperar a gente sair de casa?

Braden largou a cabeça no encosto do sofá em um gesto de irritação. Saí do colo dele e senti que estava ficando vermelha enquanto voltava para meu lugar e ajeitava a saia do meu curto vestido de verão.

– Quantas merdas de sala há nessa casa, Drew, para você estar bem nessa aqui?

– Apenas agradeça por nós todos estarmos de saída para que vocês possam "descansar" a sós – ele fez o gesto das aspas para deixar claro que não achava que iríamos descansar.

– Vocês não precisavam sair – eu disse, um pouco envergonhada. Será que os Pierce haviam planejado as saídas deles porque íamos transar?

– Não escute ele! – Braden falou. – Eles sempre saem nas noites de sexta quando estão aqui.

– Desculpe, Gabrielle – Drew riu. – Só estou enchendo o Braden. – Ele se sentou em uma cadeira ao nosso lado e deu um gole em um refrigerante.

– Ele está com inveja.

– Pode crer que sim. Você vai dormir com a sua namorada hoje e eu vou sair com a minha irmã. Teria algo de errado comigo se eu não estivesse com inveja, cara.

– Pare de pensar sobre a minha vida sexual.

– Apenas garanta que eu não me lembre dela mais tarde. Não se esqueça de que meu quarto é ao lado do seu e as paredes são finas.

– Você não devia estar em algum lugar agora?

– Caso esteja se perguntando, a Theresa já foi embora e a mamãe e o papai foram ao cinema. Devem voltar lá pela meia-noite. Beth e eu estamos saindo em cinco minutos. Mas não sei a que horas estaremos de volta.

– Obrigado por me atualizar – Braden disse, secamente.

– Só estou tentando ser útil – Drew deu um sorriso de deboche.

– Acho que te vemos lá fora – Braden falou, se levantando e indo até a porta. Drew se levantou e foi até a entrada, onde Beth o estava esperando.

– Tenham uma boa noite – disse Beth com um sorriso e acenando.

– Curtam o descanso – falou Drew, imitando o gesto da irmã e cantarolando.

Assim que a porta se fechou comecei a andar na direção de Braden, mas ele levantou uma mão, sinalizando para eu esperar. Um minuto depois, Drew voltou.

– Que foi? – ele riu. – Esqueci meu celular! – ele foi até a escrivaninha, onde um celular se encontrava ao lado de um grande vaso de flores. – Não se preocupe, Braden. Agora estou indo de verdade. Pode descansar em todos os quartos da casa se quiser – ele saiu de novo e Braden foi até a janela e os viu partir. Depois, virou-se na minha direção com um sorriso muito feliz. Ele andou até mim, pegou minha mão e me levou para o andar de cima.

Nove

Ao chegarmos ao topo da escada, andamos por um longo corredor e Braden parou na frente de uma porta à esquerda. Ele a abriu e se afastou para eu entrar, vindo logo atrás de mim. Braden acendeu um abajur ao lado da cama e apagou a luz do teto, deixando o clima muito mais íntimo. Foi até o aparelho de som, encontrou algo no iPod e alguns segundos depois ouvi B.B. King cantando aquele blues sexy chamado "Need Your Love So Bad". Ele se aproximou lentamente de mim, olhando em meus olhos com uma expressão positivamente pecaminosa. Engoli seco e respirei fundo.

– Sabe quanto quero você, Gabrielle? – ele me perguntou delicadamente quando chegou perto.

Parecia que minhas pernas iam desmoronar, e eu não tinha certeza de ver algum tipo de estado de consciência em meu futuro imediato. Eu já estava excitada demais para ficar nervosa, então libertei minha assanhada interior – note que eu disse "assanhada".

– Me mostre – sussurrei.

Ele colocou as mãos na minha cintura e me puxou com força contra ele. Eu imediatamente soube quanto ele me queria. A resposta estava se pressionando contra meu abdômen. Ele se inclinou e me beijou de uma forma quase faminta; sua língua explorava todos os cantos e roçava sensualmente na minha. Senti-me um pouco dominada, mas gostei. Seus lábios se afastaram da minha boca e foram em direção ao meu ouvido.

– Isso dá uma ideia melhor? – sussurrou ele, de forma sedutora.

– Me dá muitas ideias. O que vai fazer sobre isso? – minha assanhada interior obviamente decidira que gostava de ficar solta.

– Mocinha atrevida – ele deu um sorriso mau. – Pode ser que eu tenha que te dar uns tapas.

Ele se abaixou, se ajoelhou, tirou meus sapatos e jogou-os para o lado. Depois, passou as mãos por minhas pernas e por baixo da minha saia, escorregando os dedos para dentro da minha calcinha, que ele puxou para baixo. Ela caiu no chão, tirei os pés de dentro dela e a chutei para longe. Fixando aquele seu olhar quente, ele pôs as mãos atrás de mim, abriu o zíper de meu vestido e abriu meu sutiã. Os dois caíram no chão com um simples movimento. Se houvesse uma categoria olímpica de despir mulheres, ele seria um sério candidato ao ouro. Tinha uma habilidade incrível. Houve algumas noites na faculdade em que fiquei bêbada, e ele poderia ter sido de grande ajuda. Eu só o observava em um fascínio perdido em desejo, enquanto ele se afastava e, começando nos meus pés, percorria meu corpo lentamente com os olhos.

– Você é linda por inteiro, Gabrielle – Braden disse, com a voz rouca. – Tire a minha roupa.

Minhas mãos tremiam, mas consegui passá-las por baixo de sua camiseta e tirá-la. O fato de ele ser mais alto que eu ajudava. Quando ela caiu no chão, quase caí junto. "Deus do céu!", eu nunca vira um corpo como aquele. Todos os músculos eram bem definidos. Era o primeiro cara com quem eu ficava que não tinha uma pança onde dava para ler "cerveja". Engoli a saliva e deixei escapar um suspiro entrecortado enquanto olhava para ele, e vi que ele sorria para mim como quem acha graça.

– Você é tão... ah, meu Deus – sete anos de ensino superior, e aquilo foi o melhor que consegui dizer.

– Devo entender que você também gosta do meu corpo?

– Pode entender o que quiser tendo esse corpo, senhor.

Depois, movi minhas mãos trêmulas em direção à calça dele, abri o botão e desci o zíper, empurrando-a para baixo. Ela caiu no chão e ele saiu de dentro dela. Em seguida, chutou para longe os sapatos e tirou as meias, o que foi bem adequado. Meias não são muito sexy, e aquilo nos levou bem mais rápido ao evento principal. Tudo o que sobrara era uma cueca azul listrada. Eu tinha mesmo a sensação de que ele era um cara que usava cueca boxer. Tomei bastante fôlego e olhei nos olhos dele. Depois a abaixei com cuidado, pois tinha aprendido antes que arrancá-la, simplesmente, podia ser perigoso quando se tratava de um homem excitado. E e ele saiu de dentro dela, continuando a me olhar nos olhos. Olhei para baixo e pela primeira vez vi, de fato, o que eu andara manejando naquelas salas de entrevistas no tribunal. Meus olhos se arregalaram e meu queixo caiu. "Minha Nossa Senhora!", Harvard era mesmo muito bem dotada!

Em pé, ali, em toda sua glória nua, ele estava tão bonito que eu podia ter vendido ingressos para visitação. E havia várias coisas sexy, elogiosas, eróticas e até mesmo românticas que eu podia ter dito naquele momento, mas, em vez disso, olhei bem para a virilha dele e disse:

– Não tenho certeza de que vai caber – oi?

O cérebro dele também não estava recebendo a quantidade adequada de sangue, então demorou um pouco para aquele comentário entrar. Sem trocadilhos. Quando entrou, ele pareceu achar muita graça.

– Não se preocupe, querida. Vamos garantir que caiba.

Ele me empurrou até meus joelhos atingirem a beirada da cama. Depois, me sentou, apoiou minhas costas no colchão, ajoelhou-se na minha frente e colocou meus joelhos sobre seus ombros. "Jesus amado!", Harvard estava se afundando.

Ele mordiscou e lambeu até em cima minha coxa direita, ou talvez a esquerda, eu não estava sendo exatamente coerente no momento. Então terminou a perna. Sua língua entrou em mim e eu entrei em órbita. E não exatamente em silêncio – você acha que foguetes são silenciosos? Ele me segurava enquanto meus quadris se mexiam contra ele, e eu gemia alto. Então, como se lambesse um sorvete que derretia, ele lentamente arrastou a língua mais para cima, e eu pude sentir todas as minhas terminações nervosas acenderem.

Enquanto sua boca me colocava em um frenesi com pequenas carícias, lambidas e movimentos circulares, o volume do meu prazer continuava a crescer. Seus dedos deslizaram para dentro de mim e seus lábios cobriram meu clitóris. Quando ele começou a realmente chupá-lo, comecei a gritar. Eu estava feliz por Drew ter detalhado o itinerário da família, porque, naquele ponto, até os vizinhos sabiam o nome de Braden. Soltei o cobertor que eu estivera agarrando com força e enterrei as mãos em seu cabelo, ainda tentando cavalgar em sua boca e em sua mão, completamente delirante de prazer. Juro por Deus que, àquela altura, não sabia mais nem meu nome. Nunca na vida eu estivera tão perto de desmaiar.

Ele parou por um minuto, parecendo estar um pouco sem fôlego.

– Gabrielle, querida, você vai gozar. Quer terminar assim ou com meu pau dentro de você?

– Sim, por favor – gemi. Senti seu sorriso em mim e ele voltou a me deixar louca, e foi então que sua pergunta finalmente entrou em minha cabeça, onde meu cérebro ainda flutuava. – Dentro de mim! Quero seu pau dentro de mim! Por favor! – resfoleguei desesperada. Ele deu um gemidinho feliz, subiu na cama e me puxou com ele, enquanto se sentava com as costas apoiadas na cabeceira.

– Vem sentar no meu colo – ele disse.

Tecnicamente, as pessoas me diziam aquilo desde que eu era criança, mas, acredite, ninguém jamais dissera daquele jeito. A Gabrielle interior entoou um coro de Aleluia. Ele não precisava pedir duas vezes. Engatinhei até ele, coloquei as pernas à sua volta e ele me apoiou em meus joelhos e mergulhou o rosto em meus peitos, selando meu mamilo e chupando-o vigorosamente, depois fez o mesmo com o outro. Àquela altura, eu só conseguia gemer e gemer. Minhas pernas tremiam tanto que precisei passar os braços em volta dos ombros dele para não cair quando ele se posicionou na minha entrada.

– Olhe para mim, Gabrielle – ele mandou, e fixei os olhos nele, atordoada. Ele me deu o mais sexy de seus olhares que eu já tinha visto. – Vamos ver se cabe, querida – disse, com uma voz que fez parecer que ele mal estava se controlando. Suas mãos agarraram meus quadris e me empurraram para baixo, enquanto ele deslizava lentamente para dentro de mim, centímetro por centímetro. Não é preciso dizer que coube perfeitamente. Ele estava enterrado em mim até o talo, e apenas nos fitamos em um silêncio espantado por um segundo.

– Meu Deus! – ele finalmente disse, ofegante, e sua voz estava tensa. – É tão bom sentir você que nem acredito. Acho que quero morar aqui – ele parecia estar curtindo a nova experiência.

Eu era incapaz de expressar qualquer coisa coerente naquele momento, então, em vez de soltar qualquer gracejo sagaz em resposta, eu disse algo como "oohhhaaahhhh". Fique à vontade para reproduzir isso.

Ele dobrou os joelhos, segurou meus quadris e começou a se mexer embaixo de mim, dando estocadas, deslizando-me para cima e para baixo em seu pau, com golpes suaves, puxando meus quadris levemente para a frente, para que meu clitóris ficasse em contato direto com seu osso púbico toda vez que ele entrava inteiro em mim. Vi todos os tipos de luzes claras e coloridas piscarem diante dos meus olhos. Ou eu estava mais sexualmente estimulada que nunca na vida, ou a polícia estava estacionada no quintal dele (o que era uma possibilidade real, com toda a gritaria que eu estava fazendo). Lembrei-me vagamente de que eu estava por cima e de que provavelmente deveria contribuir com o esforço. Comecei a me mexer para cima e para baixo por conta própria, primeiro lentamente, e então aumentando a velocidade gradualmente.

– Ah, Gabrielle – ele gemeu. – Isso, querida. Assim mesmo. Isso! Puta merda! Você é tão gostosa! – senti-me escalando rapidamente em direção a um incrível orgasmo. – Vamos, querida – ele encorajou. – Dá pra mim.

Finalmente cheguei ao cume, celebrei loucamente, e rapidamente caí do topo antes mesmo de conseguir cravar a bandeira. Meu corpo tremeu e ele, juntamente com todos em um raio de um quilômetro, me ouviu gritar seu nome mais uma vez. Uau, ele sabia até mesmo quando eu ia gozar. Que cara esperto. Desmoronei em cima dele, tremendo e encharcada de suor, e ele me abraçou forte e acariciou meus cabelos. Que cara doce, também. Eu queria indicá-lo a um prêmio. Toma essa, Vinnie Virillo. É assim que um homem de verdade faz.

Quando consegui parar de ofegar e um pouco de oxigênio voltou ao meu cérebro, me dei conta de que ele ainda estava bem duro e enterrado fundo em mim. Seria uma falta de educação deixá-lo assim. Além disso, eu não era de desperdiçar. Havia várias pessoas indo dormir com tesão naquela noite.

– Então, o que quer fazer agora, Harvard? – perguntei, trêmula. Ele sorriu para mim com um olhar atordoado e me beijou com desejo. Depois me deu um tapinha na bunda.

– Levante-se, mocinha atrevida, e segure na cabeceira – minha barriga se remexeu. Uma coisa sexy daquelas devia vir com um aviso de advertência. Levantei-me, fiquei de quatro de frente para a parede e segurei na cabeceira, como ele instruíra. Ele se ajoelhou atrás de mim e puxou meus quadris para eu me inclinar um pouco mais. Então, afastou mais meus joelhos e, com uma mão pegando em meu peito e outra acariciando meu clitóris, inclinou-se e começou a beijar meu pescoço enquanto se posicionava novamente na minha entrada.

Quando entrou em mim, gemi e me empurrei de volta contra ele. Ele começou a balançar os quadris, entrou em um rimo regular e, depois de um certo tempo (O que foi? Acha que eu fiquei olhando no relógio?), senti que ia gozar de novo. Ele continuava impressionando com suas habilidades múltiplas, balançando e afagando e golpeando e beijando, quando sussurrou em meu ouvido.

– Ah, querida, sua buceta é gostosa demais. Quase não consigo aguentar.

E naquele momento, no qual ouvir Braden Pierce falar sacanagens durante o sexo era o suficiente para me deixar totalmente enlouquecida, perdi totalmente o controle de novo enquanto meus músculos se apertavam e eu tremia e gemia. Quando a última onda de sensações passou, ele pediu para eu me deitar com as costas no colchão e subiu em mim, apoiando-se em seus braços. Ele se abaixou e me beijou profundamente, e então entrou outra vez em mim. Gemi e ele começou a se mexer, primeiro devagar, depois mais e mais rápido. Eu apenas passei as pernas em volta de seus quadris e me segurei na cavalgada. Eu o observava acima de mim com fascínio; seus olhos estavam escuros, suas pupilas dilatadas, seu rosto ruborizado, seu cabelo úmido, um fio de suor o cobria. Ele era de tirar o fôlego.

– Gabrielle! – ele proferiu com a voz rouca e de repente gemeu e ficou em silêncio. Eu o senti estremecer e então ele desabou em mim. Aguentei seu peso por alguns segundos, mas ele rapidamente rolou para o lado e me puxou na direção de seu peito. Ouvi seu coração martelar sob mim enquanto sua respiração gradualmente diminuía. – Tão bom – ele disse, parecendo estar atordoado.

– Bem, você tinha razão. Coube – eu ofegava. Decidi que realmente gostava da minha assanhada interior.

– Tão bom – disse ele novamente. – Sem palavras – nossa respiração aos poucos voltava ao normal.

– Uau, estamos transando há quase uma hora – eu disse, finalmente olhando para o relógio. Eu ainda estava de relógio? Jesus, eu era mesmo uma advogada.

– Isso quer dizer que ainda temos mais duas horas antes de meus pais voltarem.

– Quantos anos você tem? Dezessete?

– Posso fazer de novo quando me recuperar. Acredite, não será um problema. Gabrielle, nunca experimentei nada na vida que tenha sido tão bom assim.

– Nem eu. Braden, foi incrível. Jamais foi assim.

Ficamos deitados, nos acariciamos com o nariz, nos afagamos e nos demos doces beijinhos por toda parte. Então, nossos carinhos viraram longas carícias e logo Braden estava muito habilmente empregando suas habilidades orais de novo, enquanto eu o informava em voz alta mais uma vez e outra que sua língua era a oitava maravilha do mundo. Gozei assim dessa vez, mas como Braden era como o coelhinho da Duracell, ele continuou, mergulhando o rosto alegremente entre meus peitos, lambendo, mordendo e chupando com vontade.

Antes que fosse possível dizer "Harvard derrota Yale", estávamos indo com tudo outra vez. Dessa vez, não nos limitamos apenas à cama. Exploramos o chão, uma poltrona e, por último, sua escrivaninha, que o deixava em uma posição com um ângulo incrivelmente intenso e criava uma fricção maravilhosa bem onde eu precisava. Definitivamente tínhamos um vencedor, amigos. Eu estava impressionada por ele ser tão vigoroso. Não fazem mais homens assim. Vou falar pra você, aquela escrivaninha era uma peça de artesanato de muita qualidade. A parede em que ela estava batendo, no entanto, deve ter sofrido algum dano.

Minha voz estava um pouco rouca de tanto que gritei antes, mas a escrivaninha do sexo era tão inspiradora que consegui me expressar vocalmente em um volume alto uma última vez. Se não estou enganada, acho que implorei para Braden não parar, disse-lhe que nunca me sentira tão preenchida, falei que nunca tinha estado com alguém que me fodesse tão bem, e deixei altamente claro que ia gozar. Forte. Pode ser que eu não tenha dito exatamente todas essas coisas. Afinal, eu estava meio distraída. Claro, havia alguém que poderia verificar a exatidão de tudo se necessário, como descobri mais tarde.

Estávamos caídos, amontoados, exaustos, ofegando. Voltamos à cama, quase desmaiando, quando ouvimos Claire e Tyler chegarem e anunciarem que estavam em casa. Braden me beijou e sorriu.

– Preciso descansar de verdade agora – ele falou, parecendo já estar meio dormindo.

– Boa noite – respondi e, apesar de não ter certeza, óbvio, acho que fiquei inconsciente antes mesmo de terminar de falar.

Dez

Acordei, na manhã seguinte com uma sensação de contentamento que não sentia em... Bem, ok, nunca havia sentido. Contentamento nunca foi muito o meu nome do meio. Na verdade, meu nome do meio era Sara, mas deveria ser Medo.

Mexi-me para me esticar e meu braço bateu em algo quente e duro. Abri os olhos e vi um lindo cara loiro olhando para mim. A ficha caiu um segundo depois em meu cérebro ainda meio dormente: aquele lindo loiro era meu. Não era um sonho. Graças a Deus.

– Há quanto tempo está acordado? – perguntei.

– Não muito.

– E o que está fazendo?

– Vendo você dormir, e pensando.

– Pensando em quê?

– Em como nunca antes quis observar uma mulher dormindo.

– Bem, sou muito boa nisso, faço desde sempre.

Ele sorriu e fez cócegas nas minhas costelas, o que, é claro, me fez grunhir e roçar em todo seu calor e sua rigidez. E, acredite, havia muita rigidez. Hummm. Teríamos de garantir que aquilo também não fosse desperdiçado.

– Em outros tempos eu só estaria sozinho em casa pensando "uau, a trepada de ontem à noite foi muito boa" – ele continuou –, mas com você estou pensando "ela é tão linda, quero acordar com ela todas as manhãs. E, uau, a trepada de ontem à noite foi muito boa".

– Também gosto de dormir com você. Você é quentinho e aconchegante – me aninhei mais perto dele. – E preciso dizer de novo, foi o melhor sexo da minha vida. Vamos fazer muito, muito sexo. Vamos fazer todo o sexo que for possível.

– Por mim está ótimo. Vou precisar disso com frequência. Não estou brincando, Gabrielle, também foi o melhor sexo da minha vida, e, sinceramente, já fiz sexo pra caramba – ele sorriu. – Não acredito que encontrei alguém tão compatível comigo.

– Somos bem compatíveis mesmo, não? E não só na cama.

– Não! No chão, na cadeira e especialmente na escrivaninha.

Sentei-me e lancei-lhe um olhar indignado, e ele começou a rir. Ele adorava me provocar. Começou a passar um dedo pelo meu abdômen e minhas terminações nervosas se acenderam como se fosse a rede elétrica de uma metrópole. Em seguida, ele apalpou meu seio, fazendo de novo aqueles deliciosos pequenos círculos em volta de meus mamilos com o dedão.

– Acho que você vai ter que me carregar até lá embaixo – eu disse, ofegante, enquanto ele começava a mordiscar meu pescoço.

– Tudo bem. Drew vai ficar muito feliz em poder fazer comentários rudes – disse ele, subindo em mim e se inclinando para me beijar lenta e minuciosamente.

Corri minhas mãos por suas costas. Seu corpo dava uma sensação tão boa que eu tinha vontade de ficar tocando-o para sempre. Só não daria para fazer isso no tribunal, não pegaria muito bem. Ele se sentou, pegou em meus calcanhares e repousou-os em seus ombros, inclinando-se e deslizando profundamente para dentro de mim.

– Ah, querida! Lembro bem desse lugar – ele suspirou e gemeu. – Não estou te machucando, estou? – perguntou, com a respiração pesada.

– Não, está maravilhoso – respondi, ofegante. – Devo ter uma vagina grande ou coisa assim.

– Não é grande – ele riu. – Ela apenas se ajusta fácil. Você é bem apertada. Ah, puta merda. Muito apertada. Adoro quando você faz isso.

– Muita caminhada; bom tônus muscular.

Ele ajeitou o ângulo e, inacreditavelmente, pareceu ir ainda mais fundo.

– Me diga se assim é demais.

– Não, está ótimo – pronunciei. – Gosta de fazer ao natural? – perguntei, gemendo.

– Está brincando? Do outro jeito é ótimo, mas comparado a isso... é como tomar banho de meias – a respiração dele começava a ficar intensa e um fio de suor se formou em sua testa.

– Gosto de ser sua primeira – ergui os quadris para encostá-lo nele enquanto ele deslizava para dentro e fora de mim, e peguei em sua linda e rígida bunda.

– Eu também. É uma coisa bem primitiva. Como se estivesse reivindicando você como minha parceira. Marcando território. Coisa de macho, sabe? – ele estava com aquela expressão maravilhosamente atordoada no rosto.

– Hum, gosto de ser reivindicada. Isso, bem fundo. É bom demais.

– Não consigo falar muito mais. Sem sangue no cérebro.

Dali em diante apenas fiquei curtindo assistir ele observando nossos corpos se unindo enquanto me dava estocadas lentas e profundas, voltando tanto com os quadris para trás que quase tirava tudo de dentro de mim, e depois colocando tudo de novo até eu tê-lo inteiro em meu interior. Ele parecia fascinado, quase hipnotizado, por aquilo, e eu adorava vê-lo experimentando tanto prazer. Eu ainda ficava maravilhada em saber que era o meu corpo que fazia aquilo com ele. E então ele finalmente colocou a mãos entre nós e começou a acariciar meu clitóris, e todo o sangue abandonou meu cérebro também.

Senti um orgasmo profundo e intenso se formar e apenas relaxei e deixei acontecer. Uma sensação incrivelmente poderosa percorreu todo o meu corpo e meus músculos interiores se apertaram, me dando um delicioso nó na barriga. Braden começou a se mexer mais e mais rápido, metendo em mim de um jeito muito bom.

Alguns minutos depois, senti-o parar e estremecer, com a respiração audível e pesada.

– Ah, Gabrielle! – ele gemeu. – Gozo tão forte com você.

Descansamos um nos braços do outro por algum tempo, nos aninhando e nos abraçando preguiçosamente. Então ele sugeriu que tomássemos um banho. No chuveiro, ele me agarrou outra vez. Mesmo que eu pudesse descer a escada para o outro andar por conta própria, só descemos uma hora depois. Acredite, não há nada como começar o dia com um cara de vinte e sete anos, altamente motivado e em ótima forma.

Descemos pouco antes do meio-dia. Obviamente havíamos perdido o café da manhã, mas pelo menos chegamos bem a tempo para o almoço. Graças a Deus. Eu estava faminta. Braden realmente sabia como abrir o apetite de alguém. Além de uma dor muito boa entre minhas pernas, uma coisa parecia diferente naquela manhã: ele parecia querer manter contato físico comigo o tempo todo.

Ele continuamente me tocava, abraçava, acariciava e afagava. Ficamos por um tempo com seus pais, na sala de visitas, enquanto eles falavam sobre o enredo do filme de suspense que haviam visto na noite anterior e nos faziam perguntas sobre quão realístico era. Durante todo o tempo, Braden ficou abraçado comigo, brincando com meu cabelo. Depois fomos até a outra sala de estar, onde Beth e Drew estavam ouvindo música.

– E aí, grandão – disse Drew, e algo em sua voz fez o olhar de Braden voar até ele. Lembrando agora, eu devia ter notado aquilo.

Beth nos contou histórias engraçadas sobre a noite que passaram fora, enquanto Braden segurava minha mão, alisava minha perna, massageava meus ombros e assim por diante. Pessoalmente, eu estava adorando aquilo. Ele podia me tocar quanto quisesse. No entanto, Drew finalmente disse alguma coisa, é claro.

– O que você acha que vai acontecer se parar de tocar na Gabrielle por um minuto, Braden? – ele observava os dedos de

Braden enquanto estes me acariciavam atrás do joelho, e ele quase ficou um pouco ruborizado.

– Gosto de tocar nela. Cuide da sua vida.

– Ah, eu sei que você gosta de tocá-la, Braden – ele e Braden se olharam de uma forma que parecia expressar um tipo de comunicação silenciosa. A Gabrielle interior decidiu que uma certa ignorância obstinada era, às vezes, a melhor escolha. – Do jeito que você está olhando para ela, acho que em breve vocês estarão prontos para um "cochilo" – ele falou. Drew adorava fazer aquele gesto das aspas com os dedos.

Beth parecia, ao mesmo tempo, se divertir e estar enormemente envergonhada quando se levantou para ver se o almoço estava pronto.

– Vou precisar de um pouco de comida antes. "Cochilar" requer energia – disse Braden calmamente, fazendo também as aspas com os dedos.

– Você é mesmo um comedor e tanto. Na verdade, é um espanto. Alguns de nós conseguiram sair da cama a tempo de tomar café da manhã – Drew continuou, destemido.

– E alguns de nós estavam "ocupados".

– Você também deve estar com fome, Gabrielle. Mesmo que tenha ficado completamente saciada ontem à noite, tenho certeza de que está cheia de apetite agora – o caçula disse, sorrindo e me lançando um olhar que quase apagava os quatro anos de diferença entre ele e Braden. Uau, eles poderiam ter sido gêmeos. Ei, espere, eu conhecia esse olhar... Gabrielle interior decidiu que a negação também era uma ferramenta muito conveniente. O olhar que Braden estava dando ao irmão parecia flutuar entre homicida e estado de pânico.

– Por que não batemos um papinho mais tarde, Drew? – Braden perguntou, sorrindo.

– Eu adoraria – Drew respondeu, parecendo o Gato de Cheshire de Alice no País das Maravilhas.

No mesmo instante, Claire apareceu à porta.

– O almoço está pronto, pessoal. Vamos entrar.

Levantamos e Braden continuou segurando minha mão enquanto seguíamos para a sala de jantar. Quando nos sentamos, sua mão encontrou um apoio confortável em minha coxa. Houve mais conversas sobre o filme e sobre a balada de Beth e Drew, mas eu e ele estávamos distraídos com outras coisas, como sorrir estupidamente um para o outro. Em certo momento, foi Drew novamente quem se meteu em nosso feliz devaneiozinho.

– Ei, Braden, cara! A mamãe está falando com você! Pare de se apaixonar por um minuto e preste atenção.

– Sim? – Braden disse, objetivamente.

– Só estava informando que vocês precisarão estar prontos e aqui embaixo às cinco horas. E queria dizer à Gabrielle que um cabeleireiro e um maquiador virão, caso ela queira usar os serviços deles.

– Obrigada – eu disse, com um sorriso. Claire era muito legal.

– Está bem. Ei, pai? – Braden disse. – Queria saber se posso falar sobre uma coisa com você mais tarde – Tyler pareceu imediatamente atencioso.

– Por que não pode falar com ele agora? – perguntou Drew.

– Tenho perguntas para fazer a ele.

– Não acha que deveria ter lhe perguntado sobre isso ontem à noite? – Drew sorriu.

– Drew! – Tyler olhou de forma ameaçadora para o filho mais novo. – Tudo bem, Braden. Por que não conversamos depois do almoço?

– Gabrielle! – disse Claire, com um largo sorriso. – Devíamos conversar mais, e adoraria te mostrar algumas fotos do Braden quando bebê.

Drew olhou curiosamente para a mãe e depois se virou para a irmã.

– Oh-oh, você não acha que ele... – ele começou a falar para Beth.

– Eles estão saindo há só uma semana. O papai não teve essa conversa com você? – Beth cortou-o, sussurrando entre dentes cerrados e por trás de um sorriso.

Quando o almoço chegou ao fim, Braden relutantemente tirou a mão de mim e seguiu o pai para fora do recinto. Claire me levou de volta à sala de visitas, enquanto Beth e Drew tomaram seus rumos.

– Tchau, Gabrielle – exclamou Drew com um sorriso. Ele estava excepcionalmente amigável essa manhã. A Gabrielle interior decidiu que às vezes era melhor não contemplar as coisas muito profundamente. Ajeitei-me, enquanto Claire se sentava e fixava os olhos em mim com um olhar materno, caloroso e feliz.

– Então, Gabrielle, Braden está obviamente bem apaixonado por você. Nunca o vimos assim antes.

– Ah – eu sorri. – Bem, também estou bastante apaixonada por ele – disse, um pouco surpresa.

– Deixe-me pegar aquelas fotos. Braden era um menininho tão lindo!

Ela se levantou e foi até uma estante de livros, na qual pegou um álbum grosso, de capa de couro. Durante os quarenta e cinco minutos seguintes, vi fotos do loirinho mais adorável e precoce que já vira na vida, dando seus primeiros passos, vencendo pequenas competições, ficando em primeiro lugar em concursos de soletrar, interpretando Ebenezer Scrooge na peça de Natal da igreja, andando em sua bicicleta de meninão, partindo átomos e conquistando pequenas nações.

Sentia-me como uma barra de chocolate no sol, toda derretida e melosa. Estava liquidada. Precisava me casar com aquele cara um dia, porque de jeito nenhum eu o largaria. A não ser que, você sabe, ele quisesse muito ir embora. Ir embora, é isso. Eu não ia ficar igual à Glenn Close em *Atração fatal* e começar a tocar a trilha sonora de *Madame Butterfly* centenas de vezes e ferver coelhinhos como ela fervia... Mas, bem, divago.

Ele e o pai voltaram e pareciam felizes e relaxados. Fiquei me perguntando sobre o que tinham conversado. Braden ofereceu para dar uma volta lá fora e aceitei. Depois de ver o adorável menininho Braden, estava ansiosa para tocar de novo em meu meninão Braden. Ele parecia compartilhar do mesmo sentimento, uma vez que veio para perto de mim como um míssil guiado por calor.

Era um dia lindo, quente e claro, e lá fora pude ver que uma grande barraca fora montada no gramado posterior da casa. Saímos pelas portas francesas nos fundos da casa e descemos uma lance de escada que levava a uma piscina e a uma Jacuzzi. Havia uma casinha perto da piscina, não muito distante da barraca. Continuamos andando e vimos o progresso do trabalho dos funcionários que estavam arrumando as coisas para o evento beneficente. Tudo estava adorável. Quem imaginaria que dava para fazer tudo aquilo com uma barraca? Queria ter levado aquelas pessoas comigo quando era escoteira e fui forçada a participar do *Survivor: acampamento das escoteiras em Catskills.*

Vi que um palco havia sido montado. Haveria um leilão naquela noite, e uma banda se apresentaria. Achei que a noite poderia ser divertida. Caminhamos de volta para o outro andar, andamos por ele e, depois, demos a volta na casa, indo até a entrada. Braden fez um tour comigo por ela também. Era realmente uma linda casa. Além das salas de visitas, de estar e de jantar que eu já vira, havia uma enorme cozinha e uma biblioteca aconchegante no primeiro andar. No porão havia uma sala de ginástica e uma sala de jogos com um bar particular completo, que dava para o pátio perto da piscina. Como eu imaginara, havia seis quartos no andar de cima. O lugar inteiro era lindamente decorado com peças clássicas e um óbvio bom gosto, mas ainda assim conseguia criar a atmosfera calorosa de uma casa de família.

– Está ficando tarde – ele observou. – Quanto tempo você leva para ficar pronta?

– Provavelmente não mais que uma hora. Mas queria sua opinião sobre que joias devo usar. Você disse que o evento é formal, mas não quero que pareça que estou tentando impressionar.

– Que tipo de joia você trouxe? – ele me olhava de um jeito curioso.

– As minhas boas – respondi, e ele achou graça.

– Tenho certeza de que são adequadas, mas dou minha opinião, se você quer.

Subimos para o quarto dele. Agora, à luz do dia e não estando distraída com outras coisas, vi que suas paredes estavam cobertas de fotos do time de remo da Harvard, junto com vários prêmios e até mesmo um conjunto de remos. Braden realmente gostava de barcos. Precisaria me lembrar disso. Fui até minha mala e tirei a caixa, que revelou um lindo colar que meus pais haviam me dado.

– Esse foi o presente que ganhei dos meus pais quando terminei a faculdade de Direito – segurei-o para mostrá-lo a Braden. Olhei para cima e vi que ele parecia um pouco surpreso.

– São diamantes?

– Não são bonitos? – eu adorava ver as pedras brilhando no escuro.

– São lindos. Você simplesmente jogou eles na mala e os trouxe?

– Sim, por quê?

– Só estou perguntando – ele olhou de um jeito que não consegui interpretar. – Seus pais se preocupam muito com você? – perguntou ele meio do nada.

– Para dizer a verdade, sim – admiti. – Por quê?

– Só estava pensando. Por que não vamos até Nova York em breve?

– Talvez meus pais venham para cá. Já disse que tenho parentes bem excêntricos? Minha *bube*, por exemplo. É minha avó. Ela é meio... brusca.

– Vai se dar bem com Drew.

– Minha prima Rachel é meio amargurada por conta do divórcio. Tem trinta e dois anos e dorme com caras de vinte e poucos.

– Ela vai se dar *muito* bem com Drew.

– E tem o meu tio Ira, o Rei da Lavagem a Seco. E minha tia Ruth. Ela parece um pouco a Fran Drescher, mas com uma voz ainda mais anasalada e um sotaque nova-iorquino mais forte.

– Todos têm parentes constrangedores. Você tem de conhecer meu primo Derek, o Larry Flint da Main Line. Na verdade, pensando bem, você não devia conhecer meu primo Derek. Nunca.

– Braden, você vai conhecer essas pessoas e jamais vai considerar ter filhos comigo. Preciso esperar até você estar loucamente apaixonado por mim antes de infligir minha família em você.

– Gabrielle, não se preocupe tanto – ele riu. – Não ligo se você tem parentes excêntricos. Estou namorando e potencialmente copulando com você, não com eles.

– Ok, ok, vamos viajar para Nova York em breve, mas não diga que não avisei. Mas, voltando à minha pergunta original, esse colar é demais?

– Não. Vai ficar ótimo. É muito bonito e de muito bom gosto. Combina com você. – Ele sorriu, se aproximou de mim e pegou meu rosto com as duas mãos, se inclinando para me beijar delicadamente. Ouvi alguém bater na porta e Beth chamou.

– Gabrielle? Desculpe incomodar, mas o cabeleireiro e o maquiador estão te esperando.

– Vá lá – Braden me encorajou. – Vou me arrumar enquanto isso.

– Ok, já estou indo – falei.

Despi-me rapidamente e encontrei meu roupão. Enrolei-me nele, saí do quarto e segui Beth pelo corredor até seu quarto. O cabeleireiro e o maquiador cuidaram da minha produção por cerca de meia hora, e devo admitir que o resultado foi ótimo. Meu cabelo foi arrumado em um coque alto, com mechas soltas, e meus olhos estavam com aquela maquiagem esfumada sobre a qual Jessica vivia falando. Quando voltei para o quarto de Braden, ele estava no banheiro, e aproveitei para colocar meu vestido de festa. De vez em quando eu ostentava, sim e, no minuto em que vi aquele vestido, sabia que precisava tê-lo. Era bege, um tom claro e brilhante, com faixas de cetim, o corpete era ajustado e a saia de chiffon era esvoaçante. Era tão macio que seu toque em minha pele chegava a ser sensual.

– Fecha meu zíper, Braden? – chamei. Ele saiu do banheiro e minha boca ficou seca. Estava vestindo um smoking, lindo de morrer.

Esse homem nascera para usar roupas formais. Seus olhos passearam pelo meu corpo, me apreciando dos pés à cabeça.

– Você está muito linda – ele veio até mim e lentamente subiu meu zíper. E então, enquanto me ajudava com o fecho do colar, ouvimos outra batida na porta.

– Ei, Braden! A mamãe e o papai querem saber se vocês estão prontos – berrou Drew.

– Não somos surdos – disse Braden, abrindo a porta.

– Achei que pudessem estar "ocupados" – ele deu uma risadinha baixa. Depois me viu. – Nossa! Gabrielle, você está gostosa pra caramba nesse vestido, querida.

– Por acaso chamou ela de querida? Se fizer isso de novo, bato em você. Muito. Agora pare de ficar babando nela – falou Braden, empurrando o irmão de volta para o corredor. – Vamos descer em um minuto – ouvi um certo rosnado enquanto Drew se afastava.

– Mas ele está certo. Você está mesmo gostosa pra caramba nesse vestido, querida, e eu posso babar em você – disse Braden, sorrindo e beijando minha mão.

Onze

Ele se segurava enquanto descíamos. O resto da família aguardava na sala de estar um cara chamado Alan, assessor de imprensa de Tyler. Aparentemente havia jornalistas do *Main Line Today*, da *Philadelphia Magazine*, da *Vanity Fair*, do *Philadelphia Inquirer* e de outros jornais, querendo fazer algumas perguntas e tirar umas fotos. Acho que era o que acontecia quando seu pai era um senador e resolvia dar uma festa.

Fomos até a sala de visitas, onde os jornalistas e os fotógrafos aguardavam. Braden flutuava ao meu lado de forma protetora, mantendo o braço em volta da minha cintura. No começo, as perguntas eram todas sobre a fundação e o trabalho que ela desenvolvia, mas então, de forma inesperada, veio uma pergunta do jornalista da *Vanity Fair*.

– Dra. Ginsberg, você não é a filha de Ben Ginsberg, o diretor executivo que foi recentemente citado no *Times*? – vi os outros jornalistas de revistas se animarem e ficarem atentos. O pessoal dos jornais não pareceu tão interessado. Mesmo outros tipos de repórter devem ter achado aquele artigo meio nada a ver.

– Sim, ele é meu pai – respondi, antes de Alan se intrometer.

– O senador ainda não teve a oportunidade de conhecer os pais de Gabrielle.

– Seu pai gosta da política do senador Pierce? – indagou o cara do *Main Line Today*.

– Bem, na verdade...

– Acho que a dra. Ginsberg não declarou ou endossou nada a respeito – Alan respondeu por mim a questão política.

– Então, extraoficialmente – se meteu uma mulher da *Philadelphia Magazine* –, é possível que essa seja a união de uma dinastia política com um império de negócios?

– Império? – meu pai tinha um império? Primeiro ele era um fabricante de reis, agora chegava a imperador. Essas pessoas conheciam meu pai? Ele mal conseguia combinar meias sem a ajuda da minha mãe. Meu avô sim, estava mais para imperador. Provavelmente ele estava financiando uma importante expansão no céu enquanto falávamos.

– Calma, calma – Alan riu. – Não acha que isso é colocar um pouco de pressão nos garotos?

– Os garotos deles estão entre as pessoas mais ricas do país – disse o jornalista da *Vanity Fair*. Meu pais tinham tanto dinheiro assim? Mas eles eram tão... normais. Jesus, eu devia ter levado aqueles aulas sobre dinheiro mais a sério.

– Gabrielle, seu pai espera ver você casada com o filho de um presidente? – perguntou o cara do *Main Line Today*. Ele estava brincando? Meu pai ficaria feliz só de eu não virar uma louca dos gatos. Aquela conversa inteira era surreal. Alan parecia estar prestes a acabar com tudo.

– Ok, pessoal, temos de finalizar isso – disse ele, com um sorriso e um leve espasmo.

Por que eu tinha a sensação de que ninguém mencionara a Alan que Braden estava saindo com a filha de um fabricante de reis? Eles tiraram algumas fotografias de última hora e eu sorri, obedientemente, pensando se agora me tornaria uma daquelas garotas que apareciam no Google com Braden. Pelo menos serviria para eu dar uma variada.

Fomos em direção ao gazebo. Os Pierce formariam uma fila para recepcionar os convidados e eu pude ficar à vontade, pelo menos até certo ponto. Alan ficava em volta para garantir que nenhum jornalista tentasse me encurralar, e percebi que os membros da equipe e segurança também me observavam. Isso era legal da parte deles. Acho que pensaram que o pai de Braden ficaria muito irritado se a única mulher por quem seu filho mostrara interesse em namorar nos últimos dois anos fosse importunada em sua festa.

Fiquei de lado, observando os convidados chegarem e se misturarem. Eram o tipo de gente que eu via como "as pessoas bonitas", embora claramente nem todas fossem realmente bonitas. Eu não precisava ter me preocupado em usar minhas joias, nem ter me importado muito com o fato de que meu vestido custara o que alguns de meus clientes ganhavam em um mês. Eu me mesclava àquela multidão. A fila de recepção estava começando a se desfazer quando ouvi uma voz familiar do meu passado dizer meu nome. Congelei. Não podia ser. Não tinha como. Eu devia estar enganada. Endireitei-me, coloquei um sorriso no rosto e virei-me para encará-lo.

– Cam? Uau, como vai? – tentei parecer que estava bem, sob controle, mas minha voz saiu estridente e anormalmente alta. Parecia um menino na puberdade.

– Gabrielle. É você mesmo. Achei que fosse, mas você está meio diferente.

– Bem, muito tempo se passou. Naquela época estávamos na faculdade. Muita coisa aconteceu desde então. Formei-me e fui para a faculdade de Direito. Terminei e há dois anos trabalho com isso. Tenho certeza de que estou um pouco diferente. Estou diferente. Muito diferente, em vários sentidos. Quer dizer, como eu poderia ser a mesma? Quem é o mesmo oito anos depois? Uau. Acredita que já passaram oito anos? – as palavras se atropelavam em uma corrente contínua. Eu falava tão rápido que mal podia me entender. Ele parecia confuso, mas obviamente ativera-se à palavra "Direito".

– Também sou advogado, na Findlay Clay – ele disse, pronunciando o nome de uma das empresas mais prestigiosas da cidade. Não era de se impressionar que nunca tivéssemos nos encontrado. Aquele mundo do Direito ficava muito longe do meu. De repente, o nome da firma me deu um estalo.

– Esse Clay é...?

– Meu pai... e meu avô... e meu bisavô. Onde você trabalha?

– Sou defensora pública – respondi, de um jeito quase desafiador. A Gabrielle interior pulava e gritava "Ai, merda! Ai, merda! Ai, merda!" como um macaco boca-suja.

– Que interessante!

"Ahn?" Do jeito que falou, parecia que ele realmente achava isso. É, é interessante. Ele devia conhecer o assustador Miúdo.

Nesse momento, Braden chegou por trás e passou o braço em volta de mim de forma possessiva.

– Pelo jeito você conheceu meu primo Cameron.

Puta merda! Eu devia ter imaginado isso (a propósito, às vezes falo muitos palavrões quando fico nervosa). Era por isso que um me lembrava o outro! Como não pude ver as semelhanças? Idiota! Idiota! Idiota! Eu estava toda tensa e notei que Cameron ficara tenso também. Que ótimo. E não, eu não achava isso ótimo de verdade.

– Conheci a Gabrielle na faculdade – agora vi que Braden era quem ficara tenso. As coisas só melhoravam. Todos tensos sob um gazebo, ou melhor, um barraco armado (também faço piadas idiotas quando estou nervosa. Ok, faço isso também quando não estou nervosa). – Éramos amigos – foi tudo o que ele disse, apesar de olhar fixamente para mim. Ele não me humilharia. Agradeço a Deus pelos pequenos milagres. – Então vocês estão saindo?

– Sim – Braden respondeu. – Exclusivamente.

– Entendo. Bem, você é um homem de sorte. Gabrielle é incrivelmente legal, e atenciosa, e doce, e pura... – ele se encolheu assim que percebeu o erro. – De coração. De coração puro. E apesar de ela não ter percebido, eu não era bom o suficiente para ser... amigo dela.

– Sem dúvida – Braden falou, de forma cínica.

Eu precisava de um drinque. Ou de vários. Por que ninguém ganhava uma merda de um julgamento agora?

– Bem, enfim, como eu estava dizendo ao Cam... eron. Já se passaram oito anos – eu disse de forma significativa pra Braden. – É bastante tempo e muita coisa mudou.

– É. Você é ainda mais bonita agora do que naquela época – Cam disse, sorrindo. O sr. Encantador. Eu queria abandonar meu bom senso e bater nele.

– Bem, é porque estou feliz. Muito feliz. Finalmente estou saindo com o cara que fiquei desejando pelos últimos seis meses – olhei para Braden com um sorriso adorável.

– Seis meses? Mesmo? – Braden indagou. Aquilo pareceu amolecê-lo um pouco.

– Devo entender que você se interessou por mim há menos tempo?

– Ah, comecei a imaginar você pelada uns três segundos depois de te conhecer, mas eu sou homem e você é gostosa.

– Bem, eu sou libidinosa e você é gostoso também – ele parecia significativamente mais animado agora.

– Fico feliz que esteja feliz, Gabrielle. Quero que seja feliz. É tudo o que sempre quis – ele certamente tinha um jeito engraçado de demonstrar isso.

– Bem, obrigada. Também quero que eu seja feliz – sorri.

– Talvez possamos ser amigos de novo – ele sugeriu.

– Ele já não tinha sugerido uma vez que vocês fossem amigos? – perguntou Braden – bem, pelo menos ele só pôde tirar sua virgindade e te dar um fora uma vez. – Bem. Se havia alguma dúvida de que Braden tinha sacado tudo, aquilo afastava qualquer uma.

– Gabrielle! – Cameron exclamou, como se estivesse sentindo alguma dor física.

– Braden! – exclamei, puta.

– Que foi? – de repente, a semelhança entre Braden e Drew foi bizarra.

– Gabrielle, essa nunca foi minha intenção. Eu nem sabia – ele parecia estar passando mal.

– Eu entendi isso, Cam. Veja, foi há muito tempo e agora somos todos adultos – dei a Braden um olhar de advertência. – Vamos apenas esquecer tudo isso e seguir em frente – percebi, naquele momento, que eu realmente queria seguir em frente. Já fazia tempo demais que eu ficava pensando sobre algo que acontecera quando eu tinha dezoito anos.

– Podemos ser amigos novamente? – ele perguntou, parecendo muito sério.

– Você quer ser meu amigo? Claro. Podemos ser amigos e espero que vocês dois tentem se dar bem também.

– Por que não? Não é a primeira vez que ele dorme com uma namorada minha.

– Braden! – olhei para ele, e então caiu a ficha do que disse. – Espere aí, sou sua namorada?

– Você quer ser minha namorada?

– Bem, sim.

– Então é minha namorada. E sei que você merece alguém melhor que eu, mas não ligo, porque sou egoísta e quero você.

– Ok, então já que ele é meu amigo e você é meu namorado, quero que façam uma trégua. Isso significa que chega de alfinetar, Braden.

– Achei que você gostasse da minha língua afiada. – Ele me olhou com cara de mau, o que fez minha barriga se remexer.

– Não faz ideia de quanto gosto da sua língua, Braden. Não há palavras para descrever como gosto dela, apenas sons primitivos, mas quero tentar deixar toda essa merda para trás, então coopere comigo.

– Tudo bem. Paz, Cameron. E obrigado por me dar uma desculpa para terminar com a víbora.

– Paz, Braden. Sem problemas. Aliás, ela está aqui.

– Será que você não estaria a fim...

– Está louco?! Estou surpreso que dessa vez meu pinto não tenha congelado – vi os dois trocarem olhares de quem está se divertindo. Era um progresso. Mais ou menos. – Então, será que essa é uma má hora para dizer que o motivo por eu ter achado interessante você ser defensora pública é que minha empresa vai me enviar à Associação dos Defensores para aprender como fazer casos *pro bono* para eles? – Cam sorriu.

– O quê?

– Minha empresa... – "Ai, Jesus". Era tudo o que eu precisava; um cara de uma grande e tradicional empresa vindo até meu trabalho para organizar portfólios financeiros para traficantes de drogas.

– Ah, você vai adorar aquilo, Cameron! – Braden riu. – Espere só até conhecer seus novos clientes. Por que não fala para ele sobre o sr. Sanchez, Gabrielle? Ele estava interessado em ganhar dinheiro.

– Ando entediado e achei que isso pudesse ser animador – Cam disse isso inocentemente, e Braden riu mais ainda. Isso ia virar um banho de sangue.

– Ok, Cameron. Se você conseguir ir até o fim, vou considerar que você já cumpriu sua penitência e nunca mais vou mencionar a víbora – Braden sorriu.

– Negócio fechado! – Cam parecia genuinamente feliz. Há muito tempo ele esperava ser perdoado.

– Se quiser, pode ficar na minha cola e na da minha amiga Jess – ofereci. Que se dane. Talvez aquilo ajudasse todos a superar aquela esquisitice toda. – Costumamos ficar na mesma sala de audiência de Braden e seu amigo Adam.

– Sério? Bem, talvez deixem que eu faça isso – ele parecia realmente feliz. Há muito esperava que eu o perdoasse também. – Estou ansioso para isso! Vou dizer oi para a tia Claire e o tio Tyler.

Nos despedimos e, quando ele se afastou, Braden virou-se para mim.

– Tive a impressão de que o cara com quem você ficou pudesse ser o Cameron. Sempre nos dizem que parecemos um com o outro. A idade dele bate com o que você disse, e ele frequentou a Yale e a faculdade de Direito.

– Honestamente, eu não sabia, Braden. Foi há muito tempo e ele era mais jovem. Juro que minha atração por você não tem absolutamente nada a ver com ele. Ele era bonito e eu tinha dezoito anos. Agora você me excita e eu sou adulta – levantei a mão e passei o dedo por seu rosto.

– É mesmo? – ele sorriu.

– Mesmo – eu disse, sugestivamente.

– Bem, talvez a gente possa...

Doze

Ele nunca terminou a frase, pois uma loira platinada usando um vestido Valentino, que provavelmente custou o suficiente para manter um vilarejo no terceiro mundo por meses, chegou toda agitada e ficou parada na minha frente como se eu não estivesse ali, e então tentou iniciar uma conversa com Braden. Se é que se podia chamar aquilo de conversa.

– Braden! Aí está você! Te procurei por toda parte.

– Por quê? Não tenho nada para falar com você. Não tinha nada para falar com você nem quando estávamos namorando.

– Ah, pelo amor de Deus! Supere isso. Estou ficando cansada desses seus dramas.

– De que merda você está falando? – ele exclamou. Nesse ponto eu já havia dado um passo para trás e me colocado ao lado de Braden. Obviamente aquela era a ex dele, a adorável Marla.

– Deixa de besteira. Se quer começar a pensar em concorrer a um cargo, vai precisar da esposa certa e, para sua sorte, estou disponível.

– Você está louca! Eu jamais me casaria com você. Nem mesmo gosto de você.

– Minha família tem dinheiro e influência. Não precisamos gostar um do outro. Não precisamos nem trepar, apesar de que me comer não era um problema para você.

– Eu tinha dezenove anos! Não teria problemas em comer ninguém!

– É, ok, que seja. Se não tomar cuidado, vai me perder.

– Te perder? Eu não consigo me livrar de você! Parece que não entra nessa sua cabeça vazia, iludida e narcisista que eu não tenho interesse algum em você. E por que você acha que eu estaria interessado em um cargo político?

– Por que mais você trabalharia para a promotoria? Eles nem pagam bem.

– Eu tenho dinheiro. Poderia trabalhar de graça se quisesse. Como você conseguiu ser incluída na lista de convidados?

– Concordando em doar uma nobre quantia à merda de fundação da sua família.

– Bem, Marla, obrigado pela doação, mas agora eu tenho uma namorada de verdade e de quem eu realmente gosto.

Confesso que até então eu estava me sentindo extremamente esquisita, estando em pé ali e ouvindo aquela conversa enquanto ambos me ignoravam completamente. Assim que Braden fez essa pequena revelação, porém, Marla pareceu me notar pela primeira vez.

– Ela? – Marla perguntou, com desdém, olhando-me dos pés à cabeça. – Essa ratinha com joias falsas e uma imitação de um vestido da Carolina Herrera?

– Ei! Esse é um Carlos Miele original e esse é um colar de diamantes do Harry Winston. Quem é você para falar de falsificações, com esse cabelo loiro aguado, bronzeamento artificial e tetas de plástico, moça?

– Ouviu isso, Braden? – guinchou Marla.

– Ouvi sim – ele respondeu, obviamente achando graça. – É isso aí, querida – ele se inclinou e me beijou. – Agora, Marla, acho que é melhor você ir embora. Já gastou mais de mil dólares torrando meu tempo e minha paciência – chamou um dos seguranças e explicou que Marla já permanecera além do tempo conveniente de sua recepção. Saímos andando enquanto ela era levada até a saída reclamando alto e fazendo ameaças de processo.

– Ela é mesmo um doce – sorri.

– É, é um encanto. Eu devia estar louco. Ai, merda – disse ele olhando para cima e tentando, aparentemente tarde demais, nos desviar para a outra direção. Segui seu olhar e vi um homem que parecia ter algo entre trinta e tantos e quarenta e poucos anos. Ele usava roupas do estilo "bonitão" e tinha dentes tão brancos que cegavam, e uma expressão que, de algum jeito, me lembrava o Lobo Mau quando dizia "para te comer melhor, querida!". Não muito longe dele havia uma mulher que parecia ter quarenta e poucos anos. Ela poderia ser bem atraente se não tivesse uma cara tão... má. Seus cabelos eram pretos com mechas grisalhas, e seu lábios finos tinham uma expressão cruel. Parecia alguém que se enturmaria bem em uma sessão na qual bruxas fossem queimadas na fogueira. Eles se aproximavam de nós rapidamente. Na cola deles vinham, também, um homem mais velho, aflitivamente magro e com cara de anêmico, e que talvez tivesse quarenta anos... ou cinquenta... ou sessenta, e uma jovem soturna de cabelos pretos retintos e pele branca como lírio. Ela estava toda de preto, incluindo o batom. Aqueles dois pareciam preferir ter seguido na outra direção, ou para qualquer outro lugar que não fosse aquele.

– Braden! Como é que vai?! – disse o cara de dentes brancos, pegando a mão de Braden e chacoalhando-a quase freneticamente. Ele parecia um boneco Ken demente.

– Você está muito elegante hoje, Braden – disse a mulher com cara de fria, com uma voz ainda mais fria. – Não está, Felicity? – perguntou ela à jovem soturna. Eu nunca vira alguém com um nome mais inapropriado. Perto dela, Vandinha Addams parecia a Doris Day.

– Sim, mãe – respondeu Felicity sem nem mesmo olhar na direção de Braden. O senhor magrinho não disse nada. Por um momento, quase não o vi ali. Ele se misturava bem à parede branca do gazebo.

– E você deve ser a fabulosa Gabrielle Ginsberg – continuou o sr. Dentes Brancos, que eu suspeitava ser Cole Stephenson, o tal político lascivo, enquanto falava diretamente aos meus peitos. "Fabulosa?"

– Gabrielle – falou Braden, me puxando mais para perto dele – estes são os Masons e este é...

– Cole Stephenson, ao seu dispor – disse o sr. Dentes Brancos balançando a cabeça, como um daqueles bonecos montados em mola. Ele tinha um sorriso brega e fazia aquele gesto de apontar com os dedos indicadores para indicar que ele era um cara entusiasmado... e louco. – E esta é a filha do fabricante de reis – ele deu um sorrisinho como se tivesse dito algo sagaz.

A sra. Mason, por outro lado, parecia querer me dar um chute, ou me mandar para o inferno. Felicity também olhava para mim, mas eu não conseguia interpretar direito sua expressão. Pelo menos não parecia envolver ira. Na verdade, talvez ela estivesse admirando meu colar. Suspeitei que a expressão vazia em seu rosto era o mais perto que ela chegava de expressar aprovação, ou alegria, ou felicidade, ou qualquer coisa. O sr. Mason não dizia nem fazia nada. Tive a impressão de que ele não falava e não fazia nada nunca. Talvez fosse um holograma.

– Ginsberg? – disse a sra. Mason, de um jeito que fez parecer que estava dizendo "raiz podre" ou "verrugas genitais". – Acho que não conheço esse nome.

– Bem, há aquele poeta famoso, Allen Ginsberg, e Ruth Bader Ginsburg, da Suprema Corte de Justiça. Mas não tenho parentesco.

– O pai de Gabrielle é um figurão na Big Apple – inseriu Cole, piscando para mim. Encolhi-me. Ele me lembrava um vendedor de carros usados que à noite era ator pornô. – Temos sorte em ter alguém com a óbvia sofisticação dela entrando em nosso pequeno círculo de caipiras. – Os olhos dele viajavam pelo meu corpo como se ele fosse um cão faminto de olho em um bife. Mesmo que estivesse me dando medo, quase ri alto quando disse que eu era sofisticada, e os Pierce, uns caipiras.

– Nova York, hmm – aparentemente a sra. Mason não gostava de nova-iorquinos. – Tenho certeza de que é muito sofisticada – tive certeza de que ela acabara de me chamar de vadia. Não quis considerar quaisquer outras coisas que ela estivesse pensando, pois, provavelmente, eram ofensivas em vários níveis diferentes.

Vi Beth acenando para nós no fundo e cutuquei Braden para deixá-lo ciente.

– Ah, desculpem por ter que ir! – ele disse, com cara de quem não lamentava nada. – Mas minha irmã precisa de nós.

Ele me puxou rapidamente e fomos em direção ao palco. Chegando lá, Beth disse a Braden que precisaria de ajuda com o leilão que estava para acontecer. Ele hesitou.

– Não sei se quero deixar você sozinha com essas pessoas – ele disse para mim.

– Não te culpo, Braden – falou Beth, olhando para Cole e se encolhendo. Acho que Cole fazia muita gente se encolher. – Gabrielle, você poderia me ajudar levando estas listas para casa e deixando-as na escrivaninha da biblioteca. Quer dizer, se não se importar. Te manteria ocupada, mas te deixaria longe daqui, e realmente me faria um favor. Há informações importantes nessas listas e não quero perdê-las.

– Claro, sem problemas – peguei os papéis e saí em direção à casa. Quando cheguei lá, encontrei-a repleta de pessoas do bufê de comida, da decoração e do entretenimento. Deixei os papéis e fui de volta até a barraca.

No meio do caminho, fui encurralada por Cole Stephenson.

– Então, Gabrielle, isso entre você e Braden não é sério, né? Quer dizer, ele é meio mulherengo, sabe?

Eu não podia acreditar em como aquele cara era descarado.

– Bem, agora ele é homem de uma mulher só – eu disse, tentando passar por ele.

– Bom, se não der certo, eu gostaria de uma chance com você. – *Uma chance comigo?* – Sabe, algumas pessoas acham que um dia vou estar na Casa Branca, então pode-se dizer que estou à procura da minha primeira dama – ele sorriu para mim, mostrando os dentes. Ou talvez seja melhor dizer que ele sorriu para os meus peitos. Tive vontade de tomar um banho.

– Por mais sedutor que seja, sinto dizer que não estou interessada – novamente tentei sair correndo, mas ele era rápido com manobras evasivas. Parecia que estávamos fazendo algum tipo de dança esquisita.

– Epa, espero não tê-la ofendido! Só quis dizer que você é uma mocinha que não deve ser desperdiçada. Com seus contatos e seu dinheiro – ele olhou para o meu colar – e meu entendimento de política, o céu é o limite, querida.

– Estou muito feliz com Braden.

– No momento, mas ele nem sempre aprecia mulheres bonitas como eu. Eu trataria você como uma princesa. Lembre-se disso – eu não esqueceria nem que tentasse. Provavelmente teria pesadelos com isso. E, então, do nada uma tropa muito improvável surgiu.

– Dra. Ginsberg. Será que pode me ajudar? Tenho uma pergunta sobre um assunto legal – disse Felicity Mason. Ótimo. Eu odiava dar conselhos legais de graça, mas naquele momento eu até escreveria o testamento dela com giz de cera em um guardanapo para me livrar de Cole.

– Claro! Pode me chamar de Gabrielle. Vamos caminhar e conversar – escapamos do Lobo Mau.

Quando estávamos a alguns metros de distância, perguntei de que ajuda ela precisava.

– Nada. Só queria ajudar você a sair de perto dele. Ele é um cretino.

– Ah, então não sou só eu que acho isso.

– Não. Todo mundo acha, mas só alguns dizem. Para outros, ele é de certo interesse.

– Entendo – na verdade eu não entendia, mas não sabia o que dizer.

– Tome cuidado com ele, e não só com ele. Marla não é tão idiota quanto parece, e...

– Aqui, Gabrielle! – ouvi Braden chamar enquanto nos aproximávamos do gazebo.

Agradeci a Felicty pela ajuda, fui até Braden e me aconcheguei nele.

– Encontrei Cole.

– O que ele queria?

– Me dizer que você é mulherengo e que, se não der certo, queria ter uma chance comigo porque é possível que ele esteja procurando uma futura primeira dama.

– Eu mato ele.

– Não vale a pena o esforço. Ele é um completo imbecil, Braden. É meio assustador saber que as pessoas o elegeram.

– Acho que há umas dez pessoas na cidade onde ele mora, e nove delas são parentes.

– Isso explicaria, mas eu não ficaria surpresa de ouvir que foi uma corrida apertada.

Tive mais alguns encontros irritantes com a sra. Mason durante a noite. Eu tinha a sensação de que alguém estava me vigiando, alguém que não era da equipe de segurança. Em mais de uma ocasião a vi sorrir desdenhosamente para mim, como se eu tivesse acabado de sair de um bolo com enfeites nos peitos. Sério, o que eu tinha feito para aquela mulher?!

Treze

O jantar foi um sucesso, e o leilão foi ainda melhor do que o esperado, arrecadando bastante dinheiro para a fundação. Eu até mesmo usei um pouco do meu fundo de garantia e comprei uma viagenzinha de fim de semana que incluía uma estadia em um hotel simples e ingressos para o festival de vinhos.

– Então, quer dividir uma cama e um pouco de vinho comigo nessa viagem? – perguntei a Braden.

– Sem dúvida! No momento, porém, eu gostaria de fazer uma viagem com você até a casa da piscina. Eu estava pensando que talvez você gostasse de ter um *rendez vous* comigo lá, e aí poderíamos ver se consigo excitar sua versão adulta.

– Na casa da piscina? – eu ri como uma menina colegial.

– Há uma mesa de massagem lá que eu gostaria de apresentar a você – ele sorriu de um jeito muito sexy e minha barriga se remexeu. – Mas tem gente andando por todo lado, e é muito perto daqui. Teremos que ir rápido e silenciosamente. Mas não vou dar uma de Vinnie Virillo com você, prometo.

– Ok! – sorri em antecipação, ele pegou minha mão e saímos pelo lado do gazebo. Passava um pouco das oito horas e começava a escurecer, mas ainda podíamos enxergar muito claramente. Passamos por pessoas que iam e vinham, e ouvi risadas e conversas vindo de várias direções.

Quando chegamos à casa da piscina, Braden deu um olhar furtivo ao redor, rapidamente encontrou a chave e abriu a porta. Estava um pouco escuro do lado de dentro, mas havia luz suficiente entrando pelas janelas, então consegui enxergar bem quando meus olhos se ajustaram. Segui-o para dentro de pequena sala ocupada por uma mesa de massagem e prateleiras cheias de toalhas e vários frascos de óleos perfumados e cremes.

Ele me puxou em seus braços e começou a me beijar com entusiasmo, fazendo todas aquelas coisas maravilhosas que fazia com a língua. Estou dizendo, aquela língua podia ganhar prêmios. Eu gemia baixinho enquanto suas mãos corriam por todo o meu corpo. Aquelas mãos eram muito talentosas também. Ele interrompeu o beijo e sussurrou em meu ouvido.

– Tire a calcinha.

– Não estou usando. Gosto da sensação desse vestido contra minha pele nua. – Primeiro ele pareceu um pouco atordoado. Depois, vi seu olhar se incendiar e um sorriso convencido se formar em seus belos lábios.

– Curve-se e agarre a borda da mesa – ele ordenou com a voz grossa e baixa.

Fiz o que ele pediu, e ele levantou minha saia até a cintura, puxou meus quadris um pouco para trás e depois me deu um tapa forte na bunda. Ah! Senti seus dedos deslizarem pela minha entrada e, em seguida, recuarem para começar a massagear a porta dos fundos, se é que me entende.

– Braden? – perguntei um pouco nervosa.

– Não se preocupe. Não esta noite. Estou só testando as águas – ele disse, parecendo achar graça. Seus dedos deslizaram para a frente novamente. – Você está tão molhada – disse ele, acariciando-me toda. Traçou um caminho até meu clitóris, que agora latejava. – E inchada – em seguida, dois dedos deslizaram para dentro de mim. – E pronta. Essa é minha garota – ouvi-o abrir o zíper, senti ele se posicionar atrás de mim, e então ele agarrou meus quadris e enfiou em mim profundamente enquanto eu ofegava e arqueava as costas. Uma mão deslizou para dentro do corpete do meu vestido e segurou meus seios, beliscando meu mamilo com um pouco mais de força. Ele estava sendo um pouco mais bruto, mas eu não me importava. A outra mão voltou a acariciar meu clitóris incessantemente, sem tirar a pressão. Depois, ele começou a rebolar e entrei em um estado de completa euforia sexual. A sensação era tão boa e tão intensa que eu quase não aguentava. Ou, no caso, quase não aguentava ficar em pé. Minhas pernas começaram a tremer, e eu esperava que elas não desmoronassem. Ele beijava meu pescoço e mordia minha orelha, enquanto eu gemia e tentava engolir meus sons. Após me enlouquecer por vários minutos, ele começou a falar.

– Você é tão gostosa, querida – ele sussurrou em meu ouvido, e eu imediatamente senti que começava a escalada. – Tão quente e tão molhada – meu corpo ficou tenso. – Ah, assim mesmo, querida. Tão apertada. Eu adoro quando você agarra meu pau assim – ele grunhiu, e eu estava quase lá. – Gabrielle, essa é a melhor buceta que eu já comi – ok, era agora! Pessoal, tínhamos um vencedor! Eu gritei, não aguentei, e meus músculos se apertaram duramente, pulsando, com ritmo, enquanto meu corpo tremia. Ele ficou comigo até eu passar pelas ondas finais e, em seguida, suas mãos voltaram para meus quadris e ele agarrou e bateu em mim forte e rápido, até que senti ele congelar e me segurar forte contra si. Ele soltou um gemido baixo e uma respiração ofegante. – Ah, puta merda!

Caramba! Essa foi uma trepada e tanto! Ficamos parados por alguns minutos, apenas recuperando o fôlego, e então ele me virou e me beijou profunda e ternamente.

– Há um banheiro ali, caso precise – disse ele em voz baixa enquanto fechava o zíper.

Olhei para cima e imediatamente fiquei alerta.

– O que é isso? Pensei ter visto algo na janela, mas provavelmente não era nada.

– Com certeza não era nada. Se alguém estivesse ali, as pessoas notariam e se perguntariam por que ele estava espiando pela janela da casa da piscina, certo?

– É, provavelmente você tem razão. Mas é melhor voltarmos. Obrigada pelo *rendez vous* – eu sorri. – Foi divertido.

– Acredite, Gabrielle, você não tem de me agradecer.

Dei um pulo no banheiro e me limpei. Quando voltei, ele estava com uma expressão quase orgulhosa no rosto.

– Se sentindo meio possessivo, né?

– Acho que é coisa de macho. Considere suas partes femininas oficialmente meu território.

Quando voltamos ao gazebo, a banda estava no palco e as pessoas dançavam músicas antigas. Vi Beth, Drew e Cameron sentados em um canto. Beth acenou para nos juntarmos a eles, fomos até lá e nos sentamos. Drew tinha uma expressão presunçosa; Beth parecia feliz e Cam parecia... bem, bêbado, para ser perfeitamente honesta.

– Mamãe está me chamando, já volto – disse Beth, levantando e saindo apressada.

– Então, Gabrielle, o que achou da casa da piscina? – perguntou Drew com um sorriso de quem sabia de algo. Braden e eu olhamos para ele com surpresa.

– O que é isso, está nos perseguindo? – ele perguntou. – Você precisa arranjar outros *hobbies*.

– E vocês dois precisam aprender a sair de fininho melhor. Vocês casualmente deram o fora com a metade da festa vendo. Aqui vai uma dica, irmãozão: ninguém achou que vocês estavam indo dar um mergulho.

– Estava vendendo ingressos para um lugar na janela?

– Não, mas eu deveria ter pensado nisso! – Drew riu.

– Achei mesmo que eu tivesse visto alguém por uma das janelas – Cam disse com a fala arrastada. – Mas tenho visto um monte de coisas estranhas desde que tomei aquele último poncho de rum.

– Você está bem, Cam? – perguntei, um pouco preocupada. Cameron estava um pouco verde.

– Eu? Ah, sim – ele endireitou-se. – Só andei tomando alguns... algumas dúzias de coquetéis.

– Todas as mães da alta sociedade, com filhas solteiras, estão perseguindo ele – Drew deu um sorrisinho.

– A sra. Mason decidiu até mesmo que Cam pode ser uma boa alternativa a Braden para dar a mão de Felicity em casamento.

– Sorte sua – Braden brincou.

– Falei com ela mais cedo e ela realmente parece ser uma pessoa bem legal – eu disse. – Se eu tivesse aqueles pais, provavelmente também me vestiria de preto e teria aquela expressão soturna.

– Você é tão legal, Gabrielle – divagou Cam, com um olhar um pouco vidrado. – Você sempre foi tão legal com todo mundo. Sabia o nome de todos os sem-teto.

– Então, vocês planejam trepar em mais algum lugar esta noite? – indagou Drew. – Acho que há um espaço na pista de dança – Braden olhou para ele.

– Ei! Se você estivesse saindo com ela, estaria fazendo isso a cada chance que tivesse, e você sabe disso. Gabrielle é muito gostosa e tem uma incrível... – Cameron disse algo incoerente a Drew. Ok, hora de cair fora dali!

– Posso ter esta dança? – interrompi, rapidamente voltando-me para Braden. Ele sorriu e levantou-se para me levar até a pista. Mesmo que ele estivesse sentindo a necessidade de reivindicar sua parceira e marcar território na casa da piscina, agora estava sendo muito doce e gentil. Rimos um pouco e sorrimos estupidamente um para o outro, dançamos ao som de "Blue Moon" e "Dream a Little Dream of Me". Quem diria que romance poderia ser algo tão bom? Bem, acho que praticamente todo mundo, menos eu, até agora. Claire e Tyler pareciam completamente apaixonados, olhando nos olhos um do outro.

A noite fora um grande sucesso. (Felizmente, Cam tinha ido com parentes, então não precisou voltar dirigindo.) Quando as coisas finalmente se acalmaram, voltamos para a casa. A família de Braden e eu tomamos um chá na cozinha e compartilhamos histórias sobre a noite por um tempo. Apesar do começo difícil, aquela acabou sendo uma das melhores noites de sábado que eu tivera em muito tempo. Ok, foi uma das melhores de todos os tempos, apesar de a disputa ser grande com aquela viagem à Disney que fiz quando tinha seis anos. Eram quase três da manhã quando todos finalmente foram para a cama e, agora que a adrenalina fora embora, eu começava a me sentir muito cansada. Desejamos boa noite a todos e entramos no quarto de Braden.

– Agora que finalmente posso tirar esse vestido de você, acho que estou muito cansado para fazer qualquer coisa a respeito – ele disse, caminhando até mim e me ajudando com meu zíper e meu colar.

– Já tivemos um *rendez vous*, Homem de Ferro. Também estou cansada demais. Que tal se apenas ficarmos abraçados, e então vemos como nos sentimos de manhã?

– Parece bom.

Começamos a nos despir e a nos aprontar para deitar. Levei um tempo para tirar a maquiagem e escovar meu cabelo e, quando saí do banheiro, vi que Braden estava sentado na cama, lendo e me esperando. Fiquei ali olhando aquilo por um minuto.

– O que foi? – ele perguntou, olhando para cima com um sorriso.

– Só estava pensando como é legal ver você lendo na cama.

– É legal ver você fazendo qualquer coisa na cama – puxou as cobertas de forma convidativa e eu me aconcheguei. Ele pousou o livro e apagou a luz, puxando-me em seus braços.

– Eu disse à sua mãe que estava bem apaixonada por você.

– Bem, eu disse ao meu pai que estava bem apaixonado por você. Era sobre isso que eu estava falando com ele depois do almoço.

– Eu me perguntei mesmo sobre o que vocês estavam conversando.

– Eu só tinha algumas perguntas sobre relacionamento. Confio no julgamento dele. Meus pais são muito felizes juntos.

– Meus pais também, e eles ainda flertam um com o outro, mesmo depois de tantos anos casados.

– Eu gostaria muito de conhecê-los.

– Que tal no próximo final de semana?

– Combinado – mesmo sem conseguir vê-lo, eu sabia que estava sorrindo.

Catorze

Na manhã seguinte, todo mundo desceu atrasado, e nos encontramos para o café da manhã na sala de jantar. Depois, arrumamos nossas coisas e nos preparamos para ir embora. Mesmo que vivêssemos a apenas meia hora de distância, todos se abraçavam e prometiam ligar, visitar e mandar e-mails. Beth e Claire também me fizeram prometer almoçar e ir às compras com elas. Vi como aquilo deixava Braden feliz. No carro, a caminho de casa, ele tinha um sorriso satisfeito no rosto.

– Você e Jessica vão só ficar juntas hoje à noite?

– Sim, ela vai estar curiosa sobre o fim de semana – e, pessoalmente, eu queria tagarelar sobre Braden e sua família e conversar com ela sobre a imbecil da Marla, o assustador Cole e a malvada sra. Mason. Quanto ao Cam, decidi que apenas mencionaria a coincidência de que um velho amigo de faculdade era primo de Braden, e comentar que ele poderia acompanhar nosso trabalho em um futuro breve.

– Eu vou fazer aquele programa de domingo à noite de sempre com Mark e Adam.

Perguntei-me se ele conversava com Adam e Mark do jeito que eu conversava com Jess. Provavelmente não. Provavelmente haveria algumas piadas sugestivas e depois eles iriam comer pizza, beber cerveja e assistir futebol. Aquele parecia ser o padrão deles. Braden me levou de volta ao meu apartamento e me ajudou com minhas malas, dando-me um caloroso beijo de despedida e dizendo que me ligaria mais tarde para desejar boa noite. Enquanto eu atravessava a porta da entrada, Jess se arremessou na minha direção como uma bala de canhão humana.

– Foi bom? – intimou ela entre mordidas do sorvete que estava segurando.

– O fim de semana? Sim, foi divertido – respondi com um sorriso. Ela me deu um olhar de "não fica de sacanagem comigo".

– E como foi o sexo?

– Foi incrível – ela me seguiu até meu quarto e se sentou na minha cama enquanto eu desfazia as malas. Ela escutava avidamente enquanto eu fazia um resumo básico, e fazia sons apreciativos e comentários. Na verdade ela corou um pouco quando contei sobre a casa da piscina. Acho que não imaginava que Braden podia ser tão safado. Também contei tudo sobre o resto do final de semana, dos comentários engraçados de Drew até os comentários detestáveis de Cole. Passamos a maior parte da noite nos divertindo e gargalhando, e acabamos com o pote de sorvete.

A segunda-feira chegou e passou sem muito alarde. Visitei clientes na prisão e me atualizei com a papelada. Braden ligou para dizer boa noite e eu já estava ansiosa para vê-lo novamente. Na terça-feira de manhã, Jess e eu chegamos ao trabalho, como de costume, com um café na mão. Estávamos nos sentando às nossas mesas para começar a preparar os casos para o dia seguinte quando o chefe da defensoria pública, Chuck Collins, parou em nosso escritório, com Cam logo atrás dele. Seu pedido fora concedido. Ele acompanharia Jess e eu e dividiria o escritório conosco por algumas semanas. Jess pareceu perfeitamente feliz com isso, e eu suspeitei de que o fato de Cam ser um cara muito bonito e sexy deixava essa tarefa um pouco menos pesada.

Em pouco tempo Cam e Jess estavam rindo juntos, o que eu interpretei como um bom sinal. Eu estava tão absorta em meu trabalho que nem ouvia o que eles falavam.

– Algum caso interessante para amanhã? – perguntei, querendo saber o que era tão engraçado.

– Nada de espetacular. E aí na sua lista?

– Tenho um muito bom. Uma confissão de culpa do sr. Maximillian Davis. Mas não vou deixá-lo para você – sorri.

As horas passaram rapidamente. Braden passou ali ao meio-dia e nós quatro até conversamos no caminho para o almoço no mercado.

– Então, Cameron, já deu algum conselho de investimento a algum criminoso? – Braden perguntou com um sorriso de deboche.

– Ainda não, mas tenho ideias precisas para expandir seus portfólios.

– Bem, tenho certeza de que vai ser uma experiência interessante para você. Espero que consiga estar lá amanhã quando formos trabalhar com a confissão de culpa do sr. Davis.

– Pegamos todos os melhores, não?

– Ahn, oi? Também tenho minha cota de casos bons – Jess entrou na conversa.

– Espero que vocês duas deixem Cameron se divertir um pouco também – Braden sorriu.

– Mal posso esperar – Cam respondeu, sorrindo o sorriso dos felizes ignorantes.

Quando chegamos, passamos por várias barracas procurando algo bom para comer. Quando todos escolhemos nossos almoços, encontramos um lugar para sentar e devorar a comida.

– Então, você e Gabrielle eram amigos na faculdade? – Jess perguntou a Cam.

– Sim, estávamos na mesma classe de literatura e ela obviamente era boa. Eu, obviamente, não, então pedi-lhe ajuda para estudar.

– E não tinha nada a ver com o fato de que ela era gostosa – Braden disse, secamente.

– Braden! – revirei os olhos.

– Tinha algo a ver com o fato de ela ser gostosa – Cam disse, com uma risada que quase me fez engasgar com o curry. – Mas tinha mais a ver com o fato de ela ser muito inteligente.

– Então você achava ela gostosa e inteligente? – Jess perguntou.

– E engraçada e muito legal – Cam acrescentou, olhando para mim e sorrindo, mas, no entanto, parecendo um pouco desconfortável. Voltou sua atenção para o prato de comida tailandesa.

– Então por que você nunca chamou ela para sair? – perguntou Jess.

Ai, meu Deus! Eu ia matar a Jessica! Cam hesitou.

– Bem, eu era meio pegador... e, além disso, quando nos conhecemos ela estava namorando um cara. Jonathan Parker, certo? – ele me perguntou. – É estranho, mas por algum motivo sempre achei que ele fosse gay.

– Ele, ahn, bem – eu tossi. – Ele era. Quer dizer, ele descobriu que era. Gay, quero dizer – eu disse, e Cam quase cuspiu o refrigerante que estava tomando.

– Descobriu que era gay? Ele ainda não sabia?

– As pessoas nem sempre percebem isso de cara. Percebem?

– Não tenho certeza, mas acho que a maioria das pessoas percebe em algum ponto, embora talvez elas ainda não tenham aceitado isso – ele respondeu, com bastante tato.

– Por quanto tempo você namorou um gay? – Jess interrompeu.

– Só uns meses.

– E isso nunca passou pela sua cabeça? – ela perguntou, incrédula.

– Bem, admito que achava estranho que ele fosse tão tímido com, você sabe, contato físico. Eu não falava muito a respeito porque não queria pressioná-lo.

– Então vocês nunca tiveram nada físico no relacionamento?

– Éramos carinhosos. Ficávamos de mãos dadas e nos abraçávamos. Ele colocava o braço em volta de mim e nos dávamos beijinhos no rosto. Na época eu ainda não havia tido quase nenhuma experiência sexual, então eu era bem ingênua – vi Cam desviar o olhar, desconfortável. Braden também não parecia muito confortável.

– E o que vocês faziam quando saíam? – ela quis saber.

– Saímos para ir ao cinema, dançar... Coisas desse tipo.

– Querida, tem certeza de que estavam namorando? Quero dizer, do jeito que você fala, parece que você era uma mocreia para ele – disse Jess, parecendo meio perplexa.

Vi Cam e Braden olharem um para o outro e lutarem bravamente para não rir. Eles mal se seguravam. Pelo menos estavam se aproximando, de alguma maneira.

– Acho que estávamos namorando, sim. Tenho de admitir que não fiquei muito surpresa quando ele me disse que era gay, mas achei que era algo que ele tinha acabado de descobrir. Não queria forçá-lo para conversar sobre isso, caso ele não estivesse pronto – de repente, a ficha caiu. – Meu Deus... Eu tinha um namorado imaginário.

Essa foi demais. Eles não aguentaram. Aqueles dois cretinos racharam o bico! Cam virou a cabeça e Braden cobriu o rosto com as mãos, mas não conseguiam esconder seus ombros que balançavam silenciosamente. Finalmente eles se recompuseram.

– Só para constar, nós realmente estamos namorando – disse Braden, recuperando o fôlego, o que quase fez Cam entrar em outro ataque de riso.

– Fico feliz que vocês dois achem isso tão divertido – calmamente continuei a comer o meu almoço. Na verdade eu estava agradecida por aquele pequeno ataque de riso, porque tinha evitado que Cam respondesse à pergunta de Jess. Eu realmente não queria discutir aquilo no momento.

Terminamos nosso almoço e Braden me deu um beijo de despedida e sussurrou em meu ouvido que em breve teríamos um almoço privado. Depois, voltamos aos nossos respectivos escritórios. Trabalhamos durante toda a tarde e, finalmente, no final do dia, eu e Jess demos tchau a Cam e fomos para casa. Chegando lá, paramos na caixa de correio para pegar as correspondências e subimos.

Quinze

Entramos e eu ia jogar a correspondência na mesa da entrada, mas algo chamou minha atenção: saindo da pilha havia um envelope endereçado a mim, com uma letra desleixada que não reconheci. Não havia remetente. Mas que diabos? Eu fiquei ali fitando o envelope, começando a me sentir um pouco apreensiva por algum motivo.

– Jess – chamei.

– Qual é o problema? – ela perguntou, aproximando-se de mim.

– Não é nada demais. É que há uma carta endereçada a mim sem remetente. Não reconheço essa letra.

Rasguei o envelope com cuidado e tirei um bilhete de dentro. Jess inclinou-se para lê-lo comigo. Havia uma única folha de papel branco, em que alguém tinha escrito uma mensagem curta com a mesma letra desleixada:

Você não deve ficar com ele. Termine agora, antes que se machuque.

– Quem você acha que escreveu isso? – ela perguntou, parecendo estar chocada.

– Bem, Marla parece não bater muito bem da cabeça, e com certeza é malvada o bastante. Ela também é obcecada por conseguir Braden de volta.

– Ok, é uma boa possibilidade – Jess concordou.

– Cole foi assustador e definitivamente estava dando em cima de mim. Ficou dizendo que se não der certo com Braden eu deveria considerar sair com ele. Essa carta é tão ambígua. É difícil dizer se o autor está me alertando para o meu próprio bem ou me ameaçando.

– Boa observação. Ele poderia estar tentando deixar você longe de Braden. Eu diria que é outro bom suspeito.

– E há também a sra. Mason, que ficou me dando olhares maldosos a noite toda. Ela quer que Braden fique com sua filha, mas eu também tenho certeza de que ela não gostou de mim de forma geral. Acho que me viu como uma intrusa em sua pequena comunidade da elite da Filadélfia.

– Ela me parece mesmo bem malvada. Mas pode não ser ninguém que estava no evento. Há um monte de pessoas estranhas por aí. Lembra daquele artigo do *Times* que você me falou, que parecia uma teoria da conspiração? E se for alguém que cai nessas coisas?

– As revistas de fofoca que cobriam o evento em detalhes ainda não saíram, e acho que não saiu nada de muito específico nos jornais. Tudo foi realmente apenas sobre a fundação. Então não é muito de conhecimento público que estamos namorando. É só um palpite, mas tenho a sensação de que foi um daqueles três.

– Talvez você devesse ir à polícia.

– Ainda não. Não posso falar que suspeito de alguém.

– Por que não?

– Não posso sair por aí acusando um deputado de fazer uma coisa dessas sem qualquer prova, e acho que os Masons são grandes financiadores da fundação da família Pierce. Não quero correr o risco de fazer alarde com base em alguns olhares maldosos. Quanto a Marla, sua família é rica e tem muitos contatos, e não quero que ninguém seja processado.

– Tudo bem, mas ainda assim você deve contar à polícia. Talvez devesse contar ao seu pai também.

– Isso só o deixaria preocupado, e ele iria querer comprar um pitbull para nós ou contratar um guarda-costas para mim, algo assim. Meus pais se preocupam comigo o suficiente. Na verdade, tenho outra coisa em mente, mas precisaria da sua ajuda.

– Oh-oh. Já não gostei do jeito que você falou.

– Lembra de um julgamento de falsificação que tive, aquele em que precisei contratar um especialista em caligrafia?

– Sim?

– Bem, ainda tenho o contato dele. Acho que deveria contratá-lo para comparar a letra deste bilhete com as amostras que eu conseguir desses três que mencionei.

– E como é que você vai conseguir amostras da caligrafia deles, sabichona?

– Vou segui-los até que uma oportunidade se apresente, mas preciso de sua ajuda, porque todos eles me viram, mas não conhecem você.

– Não podemos ficar seguindo pessoas por aí indefinidamente. Será que essas pessoas sequer moram por aqui?

– Acho que todos eles moram perto dos Pierce, mas vou verificar isso – eu disse, pegando o meu notebook. Fiz uma rápida pesquisa e descobri que o bairro de Cole era bem perto da cidade, e que ele tinha uma casa lá e outra em Harrisburg, a capital do estado. Marla tinha uma casa na cidade e os Masons moravam a poucos quilômetros dos pais de Braden.

– A casa da Marla é aqui mesmo, na cidade. Seria mais fácil começar por ela, e o momento mais provável de Marla sair de casa seria em uma sexta-feira ou sábado à noite.

– Então o que você vai dizer a Braden? Que não pode levá-lo para conhecer seus pais porque quer seguir a ex-namorada dele por aí?

– Não. Vamos precisar de uma ajuda extra.

– Mas você vai contar a Braden sobre a carta, né?

– Ainda não. Ele é igual ao meu pai. Vai ficar todo preocupado e megaprotetor. Ele pode se meter em encrenca indo atrás de um deles, ou mesmo dos três de quem suspeito. Ele pode até suspeitar de Cam estar com ciúmes ou algo assim, e eu não acho que tenha sido ele – de repente, algo me ocorreu. – É isso! Cameron pode nos ajudar.

– Mas a Marla conhece ele também. Talvez devêssemos pedir ao Mark.

– Mark contaria ao Braden. Ele vai estar com você, que Marla não conhece, e ela não vai estar esperando vê-lo. Mesmo que ele a encontrasse, porém, grande coisa. Ele poderia apenas dizer que estava em um encontro.

– O que te faz pensar que ele vai concordar em passar os fins de semana seguindo a Marla?

– Acho que ele está entediado. É por isso que direito penal parece algo emocionante para ele. Você pegou o número dele? – perguntei.

– Peguei – disse ela, meio tímida. – Apenas caso algo aconteça, sabe?

– Tipo o quê? O tribunal pegar fogo ou coisa parecida? – provoquei.

– Algo assim – ela pescou o telefone da bolsa.

– Ligue para ele e pergunte se é muito tarde para convidá-lo para jantar conosco. Pode dizer que precisamos falar com ele.

Quando desligou, ela falou que, embora ele tenha parecido surpreso, disse que ficaria feliz em se juntar a nós.

Ele tinha uma casa na Society Hill, outro bairro no centro da cidade, bem perto do nosso. Fiquei surpresa por não ter esbarrado com ele antes. Pedimos comida de um restaurante chinês local e, quando chegou, saí para buscá-la. Quando voltei, Cam tinha chegado, e ele e Jess riam e conversavam de um jeito animado. Pus a mesa e nos sentamos para comer.

– Então, a Jessica disse que há uma coisa que você quer conversar comigo.

– Sim. Recebi essa carta hoje – eu disse, mostrando-a a ele.

– Quem enviaria uma coisa dessas?

– Tenho um palpite de que foi ou Marla, ou Cole, ou, talvez, a sra. Mason.

– Bem, qualquer um deles seria capaz disso, mas não poderia ser qualquer um?

Expliquei meus motivos e ele me entendeu. Em seguida, esbocei meu plano.

– Então você gostaria que Jessica e eu a seguíssemos?

– Pensei que talvez vocês pudessem pelo menos descobrir aonde ela costuma ir. Depois, poderíamos fazer um plano para conseguir uma amostra de sua caligrafia. Essa seria apenas uma espécie de fase de coleta de informações. O que acha?

– Acho interessante. Uma coisa meio James Bond – ele riu. – Mas você vai contar para o Braden, certo?

– Não imediatamente. Tenho medo de que ele fique preocupado e chateado e peça para investigarem um ou mais deles. Isso poderia ter todos os tipos de complicações. Também não vou contar ao meu pai, ou, antes mesmo de nos darmos conta, haverá mais alarmes nesta casa do que em uma base do exército.

– Não sei se me sinto bem em fazer qualquer coisa pelas costas de Braden – Cam disse, expressivamente.

– Prometo que vou contar a ele. Só espero ter antes algo para começar. Não quero mesmo preocupá-lo e, sinceramente, não me sinto como se estivesse em perigo. Defensores públicos e promotores às vezes recebem cartas de assédio. Acho que é o mesmo tipo de coisa.

– Bem, acho que não é como se eu estivesse espionando por aí com você, e sim mais com a sua colega de apartamento – ele sorriu. – Ok, time, estou dentro!

– Ótimo! Ok, tenho o endereço da casa de Marla. Acho que nesta sexta vocês dois podem só ver se descobrem a que tipo de lugares ela vai. Talvez isso nos dê uma ideia.

– Você vai ver seus pais? – perguntou Cam.

– Sim, Braden e eu vamos para Nova York de trem na sexta, depois do trabalho, então vocês estarão sozinhos, mas podem me ligar a qualquer hora. Se eu não atender imediatamente, ligo de volta assim que puder.

Terminamos o jantar e Cam ficou por mais algum tempo antes de voltar para casa. Quando ele foi embora, Jess se virou para mim, e eu tive a sensação de que estava prestes a ser interrogada.

– Ok, qual é?

– Qual é o quê?

– A história toda com você, Cameron e Braden. Tenho a impressão de que tem mais coisa do que o que você contou até agora – Jess era muito observadora. Era difícil esconder qualquer coisa dela.

– Vamos nos aconchegar – disse eu, indo para a sala de estar e me afundando em minha poltrona favorita. – Cam e eu éramos amigos na faculdade e eu tinha uma enorme queda por ele. Acabamos ficando uma noite e eu queria algo mais, mas ele não.

– Uau. Está brincando – pude ver que ela se solidarizava genuinamente comigo.

– E ele e Braden tinha uma certa tensão, porque quando Braden namorava Marla o Cam ficou com ela também.

– Meu Deus! Parece que ele era um babaca!

– É estranho, mas não acho que ele era. Sei que parece ingênuo, mas eu sinceramente acho que ele é um cara legal e que havia motivos para todas as merdas que fez. Acho que por muito tempo ele se sentiu mal pelo que houve entre eles.

– Você sempre dá às pessoas o benefício da dúvida.

– Talvez um dia eu descubra a explicação completa. Realmente acho que existe uma.

– Então você acha que vão se dar bem, agora que você está namorando Braden?

– Acho que sim. Espero que sim. Foi há muito tempo e eu gosto do presente muito mais do que do passado. Agora vou relaxar e assistir ao canal educativo. Vai passar um programa especial sobre a Carta de Direitos.

– Sua doida. Me perdoe por não te acompanhar.

– Não se esqueça de aparecer para o apelo do sr. Davis amanhã. Acho que vai te entreter mais.

Dezesseis

– O senhor entende as acusações de que se declara culpado, sr. Davis? E entende que tem direito a um julgamento? – perguntou o juiz Channing.

– Sim, senhor – respondeu o sr. Davis.

– Ok, resuma os fatos, dr. Pierce.

A Gabrielle interior revirou os olhos.

– No dia 14 de maio deste ano, no município da Filadélfia, o réu, sr. Maximillian Davis, de setenta e cinco anos de idade, estava operando um veículo, viajando na direção sul na Broad Street, dentro dos limites da cidade. Vários motoristas ligaram para a emergência para notificar as autoridades de que um veículo, correspondente à descrição do veículo do sr. Davis, trafegava de forma irregular. O oficial Brian Picton, do Departamento de Polícia da Filadélfia, seguiu o sr. Davis em seu carro de patrulha e testemunhou-o desviar pelas pistas, bater em vários veículos estacionados e subir duas vezes na calçada. O sr. Davis em certo momento encostou o carro e o oficial Picton o prendeu. Quando foi interrogado na delegacia, depois de ter sido informado sobre seus direitos e de ter dispensado aconselhamento, ele explicou que estava, citando sua fala, "atendendo a uma ligação para sexo casual". Explicou ainda que, na sua idade, quando a vontade vem, ele precisa: abre aspas, – agir rápido –, fecha aspas. Ele recebeu dez acusações por dirigir na mão errada das vias, quatro por atropelamento e fuga, quatro por danificar veículos estacionados e duas por exposição ao risco por descuido.

– Uma ligação para fazer sexo, sr. Davis? – o juiz Channing perguntou, em tom de desgosto.

– Eu tenho necessidades, assim como o senhor. Eu apenas não tenho mais o poder de controle que tinha.

– Dra. Ginsberg? – o juiz Channing disse, dando ao meu cliente um olhar que a maioria das pessoas guardava para quando encontrava chiclete grudado na sola do sapato.

– O sr. Davis não tem antecedentes criminais. Ele teve um emprego remunerado na empresa *erética*... elétrica! Ele teve um emprego remunerado na empresa de energia elétrica por mais de cinquenta anos. Além disso, é um membro honrado de sua comunidade – ai, meu Deus. Eu falei mesmo isso? Vi Braden tentando manter uma cara séria. Eu dava àquele homem uma grande dose de alegria. Na verdade, eu enchia sua vida de gargalhadas.

– Ele estava tão preocupado em se manter íntegro que poderia ter matado alguém de sua comunidade – o juiz respondeu acidamente.

Braden agora mordia os lábios para não rir. Olhei para trás e vi Mark, Jess e Cameron também tentando manter a compostura. Já reparou como tudo parece muito mais engraçado quando você não pode rir? Bem, o tribunal é bem assim. Adam parecia que não ia se aguentar.

– Ele lamenta profundamente o que aconteceu, meritíssimo, e garante que isso nunca mais vai acontecer.

– Bem, pelo menos não a parte sobre dirigir mal! – ofereceu o sr. Davis.

– Obrigado por esclarecer isso – o juiz respondeu sarcasticamente. – Entendo que há um acordo com a promotoria?

– Sim, meritíssimo – respondeu Braden. – O Estado não tem qualquer objeção a uma pena de seis meses em liberdade condicional e à restituição para os veículos danificados.

– O tribunal aceita o pedido. Sr. Maximillian Davis, o senhor indicou que entende as acusações e que está se declarando culpado. Por este meio, condeno-o a seis meses em liberdade condicional e a restituir qualquer dano que os proprietários dos veículos em questão possam comprovar. Sem registro, por favor – o escrevente da corte parou de digitar. – Viagra, sr. Davis. Viagra! – ele bateu o martelo, só porque tinha esse poder.

– Sim, senhor. Obrigado, juiz! Vejo você mais tarde, gracinha – o sr. Davis sorriu e piscou, flertando comigo, antes de ir se reportar ao departamento de liberdade condicional.

Braden e eu não tínhamos mais nada pela manhã e arrumamos nossos arquivos. Todos decidimos almoçar juntos. Braden apresentou oficialmente Cam a Adam e Mark e fomos ao mercado novamente. Quando nos sentamos para comer, Mark puxou conversa.

– Então, Cameron, espero que tenha prestado atenção à forma como Gabrielle lidou com aquilo.

– A empresa *er*ética! – Adam riu.

– Meu Deus, não acredito que eu disse aquilo – murmurei.

– Ele é um membro honrado da comunidade – acrescentou Braden. – Essa foi ótima também.

– Você gostou, não? – sorri.

– Viu o que você tem de almejar, Cameron? – Mark perguntou. – Um dia você também pode representar idosos com tesão enquanto tenta parecer digno.

– Pena que ele não estava por perto naquele caso das freiras – disse Adam para Jess.

– Eu teria ficado feliz em deixar aquele para você – ela disse a Cam.

– Eu devia apresentar o sr. Davis à srta. Franklin – eu disse a Braden.

– Seria um encontro daqueles! – ele riu. – Eles poderiam ir até o asilo, ficar bem loucos e trepar – ouvir Braden dizer "trepar" me lembrou da conversa que tivéramos recentemente pelados na cama, pouco antes de eu trepar muito bem. Isso me fez sentir corada e mandou um choque de calor às minhas partes femininas. – Que foi? – ele me perguntou calmamente. Acho que não era exatamente difícil de adivinhar.

– Nada – eu disse, sentindo meu rosto ficar ainda mais quente.

– Acho que a Gabrielle quer que você diga umas safadezas para ela – Mark brincou.

– Braden vai fazer uma ligação para fazer sexo mais tarde – Adam entrou na conversa. – Apenas certifique-se de obedecer às leis de trânsito no caminho.

Braden olhou para mim e sorriu. Sabia perfeitamente bem que eu gostava quando ele me dizia sacanagens. Provavelmente só não tinha percebido que só o fato de dizer "trepar" já me deixava excitada.

– Quer que eu te ligue para fazer sexo mais tarde?

– Fique à vontade, se você quiser – eu disse, examinando meus rolinhos primavera com intenso interesse e sentindo que se meu rosto corasse mais eu começaria a brilhar.

– Mas se você vai falar sacanagens, certifique-se de que vai fazer isso silenciosamente – Jess provocou Braden. – Deixa eu te lembrar mais uma vez que há uma menor de idade no apartamento ao lado.

– Mais uma vez? – Mark perguntou com um sorriso curioso.

– De acordo com Drew, é a Gabrielle que você deve advertir – Cameron acrescentou.

Até tu, Cameron? Espere um minuto!

– O que você quer dizer com isso? – perguntei, repentinamente preocupada. Vi Braden balançando a cabeça para Cameron, mas obviamente já era tarde demais. – O que ele quer dizer? – perguntei a Braden. Quando confrontado com o óbvio, nem a ignorância determinada nem a negação são suficientes.

– Oh-oh – Adam riu.

– Braden? – eu estava ficando muito preocupada.

– Ahn, Drew e Beth chegaram em casa um pouco mais cedo do que pensávamos – ele mesmo parecia um pouco preocupado, mas eu tinha a impressão de que era porque ele achava que eu poderia ter um ataque cardíaco. – Beth ficou lá embaixo para esperar meus pais – continuou ele. – Mas Drew subiu para o quarto.

– Eu não ouvi... – de repente, meu rolinho primavera não parecia muito apetitoso. – Ele não te encheu sobre isso – eu disse com a voz fraca.

– Encheu sim. Você só não notou porque ele estava fazendo isso sutilmente, e eu suspeito que você não quis saber. Ele me provocou sobre isso abertamente quando conversamos mais tarde, porém – ele disse, delicadamente.

– Como sabe que ele não estava inventando?

– Ele me perguntou onde eu arranjei a escrivaninha e se eu precisava de ajuda para consertar a parede.

– Entendi.

– Sua escrivaninha, é? – Adam disse, olhando para Mark.

– Não se preocupe com isso, Gabrielle – Braden disse, esfregando minhas costas. – Ele tem uns colegas de quarto bem selvagens. Deve ouvir essas coisas o tempo todo.

– E ele só estava brincando sobre todo mundo ver vocês indo para a casa da piscina. Ele foi um dos poucos que notaram – Cameron disse, tentando ajudar.

– Na casa da piscina também, é? Vocês chegaram a ir ao evento? – Adam perguntou.

– Foi durante o evento – explicou Cameron.

– *Durante* o evento? – Mark riu. – Uau, vocês dois são como coelhos.

– Está bem, está bem. Vão deixá-la traumatizada – Jess avisou. – Querida, não há nada demais. Você teve uma boa experiência com seu namorado na cama, e em uma escrivaninha, e em uma casa da piscina, e talvez você tenha gritado o nome dele algumas vezes e o irmão mais novo dele ouviu... – ela parou e olhou para mim. – Isso não está ajudando, né? – eu sacudi a cabeça, negando. – Enfim, aposto que seus pais estão animados com a visita de vocês – ela disse, mordiscando uma batata frita. Levei um minuto para trocar de marcha mentalmente, mas consegui.

– Ahn, sim. Sim, estão. Estão animados para conhecer Braden também – respondi, grata pela mudança de assunto.

– Estão? – ele pareceu feliz.

– Sim, estão. Não se esqueça, porém, de que avisei você sobre a *bube.*

Aquela tarde passou rápido enquanto eu preparava meus casos para o dia seguinte. Eram bem desinteressantes, apenas alguns traficantes, falsificadores, ladrões de bolsa, e outras coisas de costume. Não havia nenhum caso de agressão com burritos, ou de pegadores geriátricos. Cam trabalhava com Jess novamente, e eles riam e conversavam como velhos amigos.

– Então, o que as senhoritas vão fazer para o jantar? – Cam perguntou.

– Acho que só vou comprar alguma coisa no caminho e levar para casa – respondi.

– Não tenho nada planejado – Jess disse.

– Bem, podíamos sair e comer alguma coisa – Cam sugeriu.

– Claro – ela concordou. – Depois, podíamos sair para beber.

Com o canto do olho, vi Jess apontar furtivamente para mim e articular as palavras "ligação para sexo" e rir baixinho. Eu estava tão feliz pelas pessoas estarem tão por dentro sobre os detalhes íntimos da minha vida sexual...

– Acho ótimo – Cam tinha um entusiasmo que pareceu um pouco fora do comum.

Eles trabalharam até às seis e depois saíram juntos. Eu fiquei mais meia hora, depois saí, comprei uns frios e fui para casa. Às oito eu já tinha comido e tomado banho, e não havia nenhum sinal de Jess. Meu celular começou a tocar e vi que era Braden, ligando mais cedo do que de costume. Senti uma pequena antecipação nervosa enquanto atendia.

– Oi, lindo.

– Ainda quer essa ligação?

– Adoraria. A Jess saiu com o Cameron.

– Estarei aí em dez minutos.

Ele chegou em cinco. Abri a porta para ele entrar e vi que ele estava vestido casualmente, com jeans e uma camiseta, mas tinha um porta-terno com ele.

– Planejando passar a noite?

– Planejando me chutar para fora da cama? – ele se aproximou, se inclinou e me deu um beijo mentolado, mas ainda assim maravilhosamente quente.

– Hmm. Você é sempre bem-vindo na minha cama.

– Ótimo. Vamos lá agora, fazer bom uso da nossa privacidade enquanto ela dura.

– Ela pode voltar a qualquer momento. Não vou fazer nenhum barulho hoje.

– Ah, aposto que faço você fazer um pouco de barulho – Braden sorriu maliciosamente.

– Ah é? – comecei a me afastar em direção ao quarto.

– Sério. Além disso, eu não vou ficar quieto hoje. Vou sussurrar todos os tipos de sacanagem em seu ouvido – engoli em seco e senti que já começava a suar. Eu queria *tanto* que ele sussurrasse sacanagens no meu ouvido.

– Vem me pegar – eu disse na minha melhor voz atrevida, e depois me virei e corri para dentro do quarto.

Dezessete

Assim que a porta se fechou atrás de nós, ele já estava todo em cima de mim, e eu estava adorando. Ele praticamente me jogou na cama e me despiu em menos de um minuto. Antes que eu pudesse dizer "você é tão bom nisso", ele estava nu também e rastejava na minha direção, parando para passar a língua em volta do meu umbigo algumas vezes e, em seguida, ir lambendo o caminho até meus seios. *Oh, senhor!* Ele era muito bom nisso também. Começou a circular um mamilo com a língua e, em seguida, puxou-o para dentro da boca e começou a chupá-lo vigorosamente. Meus quadris se descolavam da cama tão forte e tão rápido que eu quase o joguei para longe, mas ele conseguiu se manter comigo. Se um dia ele quisesse desistir do Direito, poderia tentar uma carreira no mundo dos rodeios.

– Ah, meu Deus, isso! – eu gemia alto e o sentia sorrir. Dane-se isso de não fazer barulho. Ele foi para o outro peito e ficou nele por um tempo, enquanto eu dava minha contribuição me contorcendo, gemendo, passando minhas unhas em suas costas e agarrando seu cabelo. Ei, eu estava feliz por fazer minha parte. Hoje nós dois estávamos sendo bem indisciplinados.

– Prometa – eu ofegava – que você vai me dizer se ouvir Jess entrar em casa.

– Prometo – ele murmurou, deixando meu peito e mordiscando uma trilha na minha clavícula e ao longo do meu pescoço. Em seguida, apoiando-se sobre os braços e usando os quadris para criar todos os tipos de atrito, deliciosos entre nós, ele começou a sussurrar as coisas mais maravilhosamente sacanas no meu ouvido. Não vou mencionar tudo o que ele disse, mas quando ele chegou no "e então vou te foder bem forte até você gritar meu nome", eu já tinha perdido praticamente todo o autocontrole.

Ele era um homem de palavra também. Fazia tudo o que prometia. Primeiro ele ficou por cima, depois eu fiquei por cima, e então ele ficou por trás, segurando meu cabelo e dando tapas de brincadeira na minha bunda, tapas sacanas, mas não dolorosos, não como se fosse colocar uma mordaça na minha boca e me pendurar no teto. Era a primeira vez que fazíamos um sexo tão desordeiro. Na verdade, foi a primeira na vida que eu fiz um sexo tão desordeiro. Estou dizendo, aquela não era uma rapidinha de vovó. A não ser, é claro, que essa avó fosse uma louca por sexo assanhada como eu. Eu não sei o que exatamente tinha dado em nós, mas por alguma razão estávamos ambos com vontade de fazer malícias e selvagerias.

Também fizemos barulho. Na primeira vez que estivemos juntos, os sons do meu prazer tinham provavelmente ecoado por todo o segundo andar da casa dos Pierce, mas nesta noite Braden estava sendo quase tão barulhento quanto eu. Houve muitas arfadas, muitos gemidos e suspiros, e ele ainda me dizia coisas muito sacanas, e não mais em forma de sussurro. Felizmente, eu sabia que a família Evans, que morava ao lado, tinha ido visitar parentes com a filha Kaylee, de catorze anos. Realmente era melhor que Kaylee estivesse em outro estado naquela noite.

Finalmente, o grande momento chegou, e eu senti meus músculos se contraírem e meu corpo tremer. Acho que eu disse algo como "Ah, isso! Vou gozar, Braden!" – se estiver errada, porém, talvez possa perguntar à Jess, que aparentemente estava entrando em casa naquele exato momento. Braden também contribuiu com uma ou duas citações alguns segundos depois. Acredito que suas palavras exatas foram "Ah, puta merda, Gabrielle!", acompanhadas de um gemido.

Enquanto estávamos deitados e ofegantes, em uma massa suada de membros emaranhados, escutei quando Jess colocou uma música e pigarreou alto. Felizmente, eu estava muito acabada fisicamente para ter energia para ficar envergonhada. Além disso, acho que estava me acostumando com as pessoas saberem o que Braden e eu fazíamos na cama.

– Ahn, Gabrielle? – Braden disse, respirando com dificuldade.

– Sim? – consegui perguntar.

– Acho que Jessica está em casa.

– Obrigada.

Quando nos recuperamos, decidimos nos aninhar na cama e assistir tevê. Por volta das onze horas fomos para o meu banheiro e nos aprontamos para ir para a cama com planos de realmente dormir. Era um bom contraste doméstico em relação à primeira parte da noite, e nos aconchegamos com satisfação.

– Então, acho que podemos adicionar Jess à lista de pessoas que sabem como nossa vida sexual é boa – eu disse com resignação. Era possível que Kaylee soubesse como nossa vida sexual era boa lá da casa dos parentes.

– Não tenha vergonha, Gabrielle. Eu adorei, e o que dizemos um ao outro na cama é uma coisa nossa, não dos outros. A não ser que os meus pais estejam do lado de fora. Esse pensamento me assusta um pouco, por algum motivo.

– É compreensível. Ninguém quer associar os pais a sexo. Gostou mais porque fomos selvagens?

– Gostei de um jeito diferente. Mas com você gosto de todos os jeitos. Não mudaria nada.

– Estou maluca por você – inclinei-me e beijei-o ternamente.

– Você já é maluca – ele riu. Meu queixo caiu de indignação. – Estou só brincando, querida – ele disse, me puxando para me dar mais um beijo doce. – Sinto o mesmo por você – nos abraçamos bem forte por alguns minutos e adormecemos assim.

O despertador tocou às sete e eu e Braden saímos da cama. Era muito bom acordar com ele, mas não tão divertido quanto poder dormir. Maldito trabalho. Por que não podíamos apenas ser ricos e independentes? Bem, tecnicamente, acho que éramos. Então por que mesmo estávamos levantando? A imagem de uma certa loira da alta sociedade, sem habilidades aparentes, surgiu na minha cabeça. Ok, esse era o porquê.

– Café – murmurei.

– Café – ele concordou.

Vestimos uma roupa e fomos em direção à cozinha. Jessica já estava lá, parecendo toda radiante e alegre. Deus, eu odiava pessoas felizes de manhã.

– Bom dia, Gab. Olá, Braden – ela disse alegremente.

– Bom dia – Braden murmurou.

Eu disse algo como "mmndia."

– Sirva-se de um pouco de café. Vai passar o dia todo no escritório, Gab?

– Aham. Estava pensando que, se eu conseguir fazer bastante coisa, poderia tentar fazer uma pesquisa e descobrir como podemos conseguir aquelas amostras de que falamos.

– Ah, boa ideia. O plano, no momento, parece meio abstrato.

– Vou dar um jeito.

– Tem mais? – Braden perguntou, olhando para sua xícara vazia de um jeito comovente. Como? Ele tinha o quê... inalado o café?

– Meu Deus, parecemos viciados – respondi.

– Eu queria que eles fizessem um cafeína intravenosa – disse ele.

– Eu tomo só por causa do gosto – disse Jess de um jeito radiante. Dois pares de olhos cansados e que não acharam graça nenhuma se voltaram para ela.

– Só estou dizendo.

Todos nos aprontamos para o trabalho e saímos juntos, parando para comprar *bagels* e *muffins* no caminho. Despedimo-nos de Braden e fomos para os nossos respectivos escritórios.

– Desculpe se fizemos um pouco de barulho ontem à noite – eu disse timidamente.

– Só peguei o fim. Estava entrando em casa durante o grande final.

– Nunca fui assim antes. Pareço uma prostituta sem-vergonha com ele.

– Em outras palavras, você tem uma boa vida sexual.

– E como foram o jantar e os drinques? – perguntei enquanto atravessávamos a avenida, desviando de táxis e ciclistas que estavam, obviamente, em busca de sangue. Eu sabia navegar pelo tráfego da cidade no piloto automático.

– Foi divertido – ela respondeu, enquanto subíamos na calçada do outro lado da rua e passávamos ao redor de um carrinho de comida que estava bloqueando a maior parte da calçada. Ah, os meandros da viagem do pedestre urbano.

– Só divertido? Sem química sexual quente e picante?

– Acho que ele não está interessado em mim.

– Deve ser como quando eu não achava que Braden estivesse interessado em mim.

– Ahn, não – ela riu. – Sem ofensa, mas você é uma daquelas pessoas que são tão inteligentes que ficam avoadas, como professores que trombam em paredes. Eu, por outro lado, sou muito boa em ler os sinais que os caras dão. Cam e eu nos damos muito bem, e estou feliz por tê-lo como amigo, mas provavelmente isso é tudo, pelo menos por enquanto.

– Isso é muito surpreendente.

– Não muito. Acho que ele está atraído por você. Na verdade, acho que sempre foi. Talvez ele só não percebesse isso quando vocês estavam na faculdade – demos a volta em um grupo de pombos que estavam em torno de um pretzel como se estivessem em uma reunião, e quase não conseguimos desviar de um passeador de cachorros que devia estar acompanhado por todo o clube de raças caninas.

– Mas ele sabe que Braden e eu estamos juntos.

– Isso não significa que ele possa controlar os sentimentos. Mas tenho certeza de que, eventualmente, ele vai superar isso. Eu não me preocuparia.

Finalmente chegamos ao nosso prédio e pegamos o elevador até nosso andar. Cam estava lá, esperando no escritório.

– Trouxemos o café da manhã para você – eu disse, deixando um *muffin* de mirtilo em sua mesa.

– Obrigado! – ele me deu um sorriso reluzente. – E então, Braden te visitou ontem à noite? – ele perguntou despreocupadamente. Agora que Jess me colocara ideias na cabeça de novo, eu observava suas reações. Ele e Braden tinha acabado de fazer as pazes depois de oito anos de tensão. Eu queria ter certeza de que a trégua durasse.

– Sim. Assistimos um documentário. Somos viciados no canal educativo.

– Que casal mais selvagem e louco – Jess provocou. E ela sabia como podíamos ser selvagens e loucos.

– Braden sempre curtiu essas coisas. É um intelectual de armário. Ele devia ter virado acadêmico. – Em sua mesa havia uma pequena pilha de arquivos que ele folheava. Uma pilha de um defensor público bebê. Eu me lembrava daqueles tempos.

– Eu também – eu disse. – Ah, bem, agora é tarde demais.

– Você ainda pode fazer algo diferente – Jess entrou na conversa. – Talvez você possa trabalhar para algum tipo de grupo de historiadores ou em um museu. Eles precisam de advogados, não? – ela começou a fuçar na recém-chegada pilha de arquivos para defensores públicos adultos, que era tão grande que parecia ser capaz de esmagar um vilarejo inteiro.

– No momento, estou bem fazendo o que faço. Pelo menos sinto que estou ajudando as pessoas, e às vezes até mesmo arranjo um cliente inocente. Contei sobre a srta. Murphy, não contei?

– Gabrielle Ginsberg, a campeã das mulheres sexualmente frustradas e erroneamente acusadas.

– Eu devia colocar isso no meu cartão.

Uma pilha de arquivos chegou para mim também. Era muito legal saber que ninguém queria me deixar de fora. E o que eu precisava era, é claro, o último da pilha.

Naquela manhã trabalhamos preparando nossos casos e Jess levou Cam com ela para assistir audiências de violação de liberdade condicional à tarde. Consegui arranjar algumas horas para entrar em contato com meu especialista em caligrafia, Steve Flynn, um ex-agente especial do FBI, e falar sobre como conseguir as amostras. Steve me disse que mesmo que o autor do bilhete estivesse tentando disfarçar sua caligrafia, ainda haveria semelhanças. A amostra, porém, era pequena, então talvez ele não conseguisse chegar a uma correspondência definitiva. Disse-lhe que eu só precisava de algo que me apontasse a direção certa.

Dezoito

Sentei-me em frente ao computador e comecei a ver tudo e qualquer coisa que pudesse encontrar sobre Cole Stephenson. Havia *press releases* de costume e fotos publicitárias dele em vários eventos da comunidade. Finalmente, no entanto, minha pesquisa trouxe um link estranho para um quadro de mensagens chamado *O Tabloide das Fofocas Políticas.*

Vi que era um site de pessoas que compartilhavam fofocas sobre políticos, como outros faziam com celebridades. Politicamente, Cole era insignificante; então, não havia sobre ele a mesma quantidade de comentários que era possível encontrar sobre os políticos mais conhecidos, mas algumas de suas inclinações o fizeram ser interessante o suficiente para que falassem sobre ele. Cole estava envolvido em todos os tipos de boatos. E um que aparecia sempre era o boato de que ele curtia fetichismo. Não havia, porém, nada que viesse de fonte confiável. Todos "tinham ouvido" a história de alguém. Enfim, acho que "fofoca" era bem isso. Mas, caso você acredite, ele gostava de ser dominado por mulheres e tratado como um menininho mau.

Então cheguei a uma conversa particularmente interessante. Lá dizia que, segundo os boatos, ele era um convidado frequente em festas dadas pelo lendário Fanny Hill Club. Eu já ouvira falar do lugar, mas não sabia muito além do fato de, supostamente, ser um clube privado e *underground* de sexo para homens, com "filiais" nas principais cidades do país. Em seguida, decidi pesquisar mais sobre isso.

Novamente, tudo o que eu encontrava parecia ser informação de segunda mão, boato ou insinuação, mas os detalhes eram bem consistentes. O clube supostamente dava festas duas vezes por mês em locais secretos. Os convidados usavam máscaras e o lema era "vale tudo". As convidadas mulheres eram prostituas, e as festas costumavam ser organizadas por "madames".

Ocorreu-me que, se você fosse um político que curtisse sexo bizarro, não poderia exatamente apenas ir entrando casualmente em um clube de fetiche. Se quisesse ser amarrado com um monte de outras pessoas, teria de ser em uma festa privada. Portanto, se havia alguma verdade nos boatos sobre o fetiche, a possibilidade de Cole ser um membro do clube fazia sentido. Uma ideia estava se formando em minha cabeça. Era meio maluca, mas eu também era.

Jess e Cam voltaram um pouco mais tarde e eu contei a eles tudo o que descobrira.

– Esse clube existe mesmo? – Jess perguntou, duvidando. – Sempre suspeitei que fosse algum tipo de lenda urbana.

– É real – Cam respondeu. – Tenho um primo que foi a uma das festas – olhei para ele com uma sobrancelha levantada. – Não o Braden – ele disse rapidamente e sorriu. – Derek. Ele é meio que a ovelha negra da família – lembrei-me do comentário de Braden de que eu jamais deveria conhecer seu primo Derek.

– Acha que ele poderia te arranjar um convite? – perguntei.

– Ahn – Cameron riu. – Não sei. Quero dizer, mesmo se eu entrasse, como iria conseguir que Cole me desse uma amostra de sua caligrafia?

– Você não conseguiria, mas Jess e eu sim. Ele gosta de ser tratado como um menino travesso. Então talvez devêssemos tratá-lo como um – esbocei meu plano para eles.

– Ah, não! Não, não, não, nananina, necas, esquece – disse Jess.

– Ah, vamos! Qual é o problema? – tudo que eu queria era que ela se vestisse como uma dominatrix e espancasse um político lascivo para que ele escrevesse em um papel por que era um menino travesso. Era realmente pedir muito?

– Isso não pode ser uma pergunta séria.

– Ninguém vai saber quem é você.

– Ah! Bem, por que não disse antes? Não tenho problema algum em fingir ser uma prostituta, participar de uma festa *underground* de sexo e amarrar um estranho pervertido para conseguir uma amostra de sua caligrafia... contanto que ninguém saiba quem eu sou.

– Você está sendo sarcástica, né?

– Isso realmente vale a pena, Gabrielle? – ela me deu um olhar exasperado, mas eu sabia que a estava vencendo.

– Se for ele, digo-lhe que tenho provas, e que se quiser manter suas aspirações políticas é melhor ele nunca mais incomodar a mim ou ao Braden. Se não for ele, ele nunca vai saber e eu não correrei o risco de acusar erroneamente uma figura pública.

– Como vamos entrar? Achei que esse clube era apenas para homens, e que as clientes mulheres eram profissionais.

– Acho que você tem a opção de trazer sua própria profissional – disse Cam.

– Pode levar duas? – perguntei.

– Acho que isso não chocaria ninguém lá.

– Ele conhece minha voz. Você vai me ajudar ou não, Jess? – dei--lhe meu melhor olhar suplicante; o que eu reservava para aqueles raros momentos em que eu tinha um cliente empático, caso não fosse realmente inocente.

– Ah, ok – ela suspirou. – Por que não? Eu nunca fui a uma festa *underground* de sexo antes.

– Obrigada! Fico te devendo essa! E obrigada a você também, Cameron. Devo essa a vocês dois.

– Ah, não precisa me agradecer, Gab. Desde que reencontrei você minha vida não é mais chata – ele sorriu. – Mas o que você vai dizer ao Braden?

– Não quero mentir para ele. As festas são duas vezes por mês, certo? Ele tem um treino jurídico para o pessoal de aplicação das leis da Pensilvânia, em Pittsburgh, no próximo fim de semana. Vai ficar lá da manhã de sexta até a manhã de domingo, e há cinquenta por cento de chance de a festa ser no mesmo período. Vou ser um pouco ambígua sobre o que vou fazer e para onde vou. Preciso que você tenha uma conversa de homem para homem com Derek, Cam. Precisamos de detalhes. Muitos e muitos detalhes.

– Ok. Parece que temos um plano – Cam disse.

– Vamos lá, time – Jess disse, com firmeza.

Dezenove

– Meritíssimo, o sr. Whitley se declara culpado por atentado ao pudor – informou Braden ao juiz Channing.

Meu cliente estava ao meu lado e parecia bem arrependido. Tentei não ficar muito perto dele. Ele olhava para mim de uma forma que me deixava claramente desconfortável. A Gabrielle interior suspirou. Às vezes eu adorava meu trabalho. Lembrando: gosto de ser irônica.

– O senhor entende a acusação, sr. Whitley, e que você tem direito a julgamento?

– Sim, meritíssimo.

– E você deseja renunciar a esse direito e entrar com uma declaração de culpa?

– Sim, meritíssimo – o sr. Whitley respondeu solenemente. Ele realmente tinha a aparência de um cara digno. Estava até usando um terno. Mas aparências podem nos enganar.

– Dr. Pierce, por favor, me dê os fatos do caso.

Tentei não estremecer.

– Meritíssimo, nas primeiras horas da manhã de três de maio, no município de Filadélfia, o sr. Todd Whitley dirigiu seu automóvel pela pista do *drive thru* de um restaurante do Burger King, na Broad Street, onde LaTanya Wilson trabalhava no turno da madrugada. O sr. Whitley fez um pedido e se aproximou da janela. Quando a srta. Wilson se inclinou para pegar o dinheiro, viu que ele estava segurando seu órgão genital na mão e teria perguntado a ela: abre aspas – Ei, gata, quer segurar meu Whopper? – fecha aspas. Ele então foi embora e a srta. Wilson anotou a placa e contatou as autoridades.

– Sr. Whitley – disse o juiz Channing com uma voz de reprovação –, o senhor não pôde pensar em nada mais original do que isso? – o juiz Channing parecia estar com um caso grave de indigestão. – Não responda! Dra. Ginsberg? – ele perguntou, parecendo entediado e enojado.

– O sr. Whitley não tem antecedentes criminais. É um universitário que estuda hotelaria – mauricinho idiota. Tive o cuidado de não mencionar que ele era um cidadão exemplar. – Ele se arrepende de suas ações – é, claro. Eca.

– Sr. Todd Whitley, o senhor indicou que entende a acusação e que pretende se declarar culpado. Há um acordo com a promotoria?

– Um ano em liberdade condicional e aulas sobre agressão sexual, multas e despesas – respondeu Braden.

– O tribunal aceita o pedido e por meio deste condena o sr. Whitley a liberdade condicional de um ano, aulas sobre agressão sexual, multa de mil dólares e pagamento dos custos com despesas judiciais – o juiz bateu o martelo. – Corte suspensa – ele se levantou e saiu sem olhar para trás.

Meu cliente deu um sorriso assustador para mim e estendeu a mão para apertar a minha. Ele tinha de estar brincando. Dei-lhe um tapinha amigável no braço desejando boa sorte. Depois, fui até minha mesa para arrumar as coisas. Aquele tinha sido o último caso do dia.

– Ei, querida... – Braden sorriu.

– Não diga isso! – adverti. Ele riu e me entregou a ordem. – Vamos sair mais cedo – sugeri. – Só quero sair daqui e ir tomar um banho.

– Por mim tudo bem. Quer levar suas coisas para a minha casa? – ele ofereceu.

– Claro. A propósito, vamos ficar no mesmo quarto na casa dos meus pais também, e tenho de admitir que tenho as mesmas questões freudianas sobre eles nos ouvirem, então realmente vou tentar ser silenciosa esta noite.

– Tudo bem. De qualquer jeito, estou mesmo a fim de ficar mais silencioso hoje – ele se inclinou e me beijou suavemente, e eu sorri.

De repente, tive vontade de lhe dizer coisas legais sobre como eu me sentia.

– Estou feliz por você ir para casa comigo, e realmente quero que conheça meus pais. Eles são bem legais, mesmo que o resto da minha família não seja.

Braden me puxou para um abraço e ficamos assim por alguns minutos, até que ouvi um "aham" vindo da direção do banco. Nós dois nos afastamos rapidamente e olhamos para cima nervosamente. O juiz Channing obviamente deixara os óculos para trás em sua missão de dar o fora dali. Fiquei surpresa ao ver que parecia haver uma expressão mais amável do que o habitual, quase divertida em seus olhos.

– Ahn, se eu não disse antes, tenham um bom fim de semana.

– Obrigado, meritíssimo – respondi, com um sorriso.

– Sim, obrigado, meritíssimo, e para o senhor também – acrescentou Braden.

– E tentem não trazer muitos casos loucos ao meu tribunal na próxima semana – acrescentou ele, mas não com seu nível habitual de aspereza. Enquanto se virava, vi algo que pode realmente ter sido um sorriso.

Às seis da tarde o nosso trem parou na Penn Station e pegamos um táxi até a casa dos meus pais, no Upper East Side. Estar de volta a Nova York sempre me enchia de energia. Eu adorava o barulho, os cheiros, as luzes e as pessoas. Nova York sempre fazia eu me sentir tão viva. Paramos em frente à casa de três andares de pedras marrons, e meus pais estavam nos esperando na varanda com os braços em volta um do outro. Ben e Judy Ginsberg eram um casal tão legal. Braden e eu saímos do táxi e pegamos nossas malas. Meu pai veio para nos ajudar e colocamos nossas coisas na calçada enquanto minha mãe pagava o táxi. Mamãe e papai me puxaram para um gigantesco abraço e me encheram de amor. Em seguida, deram um passo para trás e olharam para Braden. Os dois estavam com um grande e brilhante sorriso estampado no rosto.

– Braden, esta é minha mãe, Judy, e este é meu pai, Ben. Mãe, pai, esse é Braden.

– Olá – meus pais disseram ao mesmo tempo.

Eu podia ver que eles não tinham muita certeza do que fazer com aquele lindo e loiro não judeu de um metro e noventa que sua filha levara para casa, mas seja lá o que fosse, queriam fazer direito.

– É um prazer conhecê-los – disse Braden, muito charmoso, mas também um pouquinho nervoso.

Meu pai se aproximou e apertou sua mão calorosamente.

– O prazer é todo nosso! A Gabby nunca trouxe alguém em casa para nos conhecer. Você deve ser especial para ela – meu pai era um cara tão legal, o que explicava como ele tinha se disposto a se casar com minha mãe e, automaticamente, entrar para a família louca dela.

Minha mãe veio e pegou as duas mãos de Braden.

– Uau, você é muito bonito, e é advogado! Que legal! Por favor, entrem, vamos tirá-los da rua – subimos os degraus e entramos na sala da frente. – Sente-se, fique à vontade. Posso te oferecer algo? Vinho, cerveja, suco? Temos um bom suco! Acabou de ser feito – eu tinha a sensação de que ela teria plantado as laranjas para ele se pudesse. Entrei atrás de todos e eu mesma arranjei onde sentar.

– Ah, estou bem, obrigado – respondeu Braden educadamente. Aparentemente ninguém se importava se eu queria suco.

– Então, vocês fizeram reservas para nós em algum lugar? – perguntei.

– Decidimos fazer o jantar do Shabbos aqui e convidamos a família – disse meu pai.

– Por favor, me diga que está brincando.

– Gabby, querida – minha mãe disse. – É melhor acabar com isso logo, confie em mim.

– Querida, eu os conheci no meu primeiro encontro com sua mãe – ele olhou para Braden. – Casei com ela mesmo assim – vi que Braden tentava não rir. – Tudo bem, pode rir! Nós rimos muito aqui. Isso nos mantém sãos e é isso que nos separa do resto da família de Judy.

– Quem vem? Exijo que me diga!

– Tio Ira, tia Ruthie e Rachel – minha mãe respondeu.

– Ok, tudo bem.

– E a *bube*, é claro.

– Ah, ótimo! – joguei minhas mãos para o alto, me levantei e comecei a andar de um lado para o outro.

– Você falou sobre a *bube* para o Braden, né, Gab? – meu pai perguntou, sorrindo nervosamente.

– Eu disse a ele que ela é obtusa.

– Obtusa? – minha mãe pareceu considerar isso. – Isso foi muito discreto, querida – ela se virou para Braden. – Braden, querido, minha mãe tem uma mente suja e a boca igual à de um pedreiro. Também não tem nenhum tato. Apenas ignore-a – ela deu-lhe um sorriso doce.

– Sério, apenas ignore Rose – meu pai reforçou. – Na noite em que eu a conheci, ela apertou minha mão e me perguntou quantas mulheres eu já tinha "schtupped". Ficarei feliz em traduzir qualquer coisa em iídiche que você não entenda, aliás – ele hesitou. – Apesar de que você deve entender o que essa palavra significa.

– Ahn, sim – disse Braden com uma risada. Por alguma razão, ele parecia encantado. Acho que estava se divertindo!

– Bem, vamos levar suas coisas para o quarto. Vocês vão ficar juntos, certo? – papai perguntou.

– Tudo bem? – indagou Braden.

– Ah, claro! Não nos importamos!

– Obrigada, pai – eu disse secamente.

– Bem, quer dizer, nos importamos sim, mas entendemos que Gabby pode fazer suas próprias escolhas, e nós preferimos vê-la dormindo com você do que com um bando de gatos.

Ele se virou e subiu a escada, com a gente em seu rastro. Andamos pelo corredor até meu quarto. Ele não mudara muito ao longo dos anos. A cama *queen size* coberta com almofadas macias, as estantes transbordando e a confortável cadeira de leitura, as fotos em preto e branco emolduradas de Dorothy Parker e Woody Allen penduradas na parede... Tudo ainda estava lá.

– Vou deixar vocês dois se acomodarem. Desçam quando estiverem prontos.

– Ok, pai – voltei-me para Braden. – Amanhã vamos sair para jantar.

– Fico feliz em comer aqui. É o jantar de Sabbath de vocês, certo?

– Sim, mas não somos super-religiosos. Acendemos velas, quebramos pão e bebemos vinho, mas não vamos te arrastar para uma sinagoga ou coisa assim.

– Eu acho interessante! Já jantei às sextas na casa da família do Adam.

– Já? Bem, isso é ótimo. Mas devo te avisar, estamos mais para Família Addams.

– Pare de se preocupar! Meu tio-avô Leland acha que ainda está no exército, mesmo já estando com setenta e oito anos – Braden se aproximou e ficou atrás de mim, passando os braços em minha cintura. – Acho seus pais ótimos. Entendi de onde vem seu senso de humor.

– Fico feliz por você gostar deles – eu sorri. Ele se inclinou e beijou meu pescoço.

– Senti sua falta ontem à noite – ele sussurrou. – Estou feliz por podermos dormir juntos aqui.

– Eu também – virei e puxei sua boca para um profundo e terno beijo. Após um momento, porém, me afastei.

– A galeria de loucos vai chegar logo. Vamos deixar isso para mais tarde. Provavelmente vamos precisar nos confortar quando eles forem embora.

– Ok – ele disse, colocando delicadamente meu cabelo para trás da orelha.

Como se tivesse programado, ouvi a campainha. Fiquei tensa. Era a hora. Tentei me lembrar das palavras de minha mãe. Era melhor acabar com isso logo.

Vinte

Descemos a escada e vi primeiro minha tia Ruth e meu tio Ira. Ruth aproximou-se de mim, puxou-me contra seus grandes seios e disse com a voz mais anasalada e o sotaque mais forte do Queens (e não me refiro ao britânico) que já se tinha ouvido:

– Gabrielle! Como está?

– Estou ótima, tia Ruth. Como você está?

– Fabulosa! Simplesmente fabulosa! Você está maravilhosa! Veja, Ira! Gabrielle não está incrível?

– Você está maravilhosa, Gabrielle. Perdeu um pouco de peso, não?

– Nah, não muito. Só ando bastante, então estou apenas um pouco mais definida, sabe? Ahn, deixe-me apresentá-los. Este é o meu namorado Braden. Braden, esta é a minha tia Ruth e este é meu tio Ira.

– É um prazer conhecê-los – disse Braden, parecendo maravilhosamente culto. Não era difícil parecer maravilhosamente culto ao lado de minha tia Ruth, no entanto.

– Ai, meu Deus! – Ruth grunhiu. – Gabrielle trouxe um cara em casa! E ele é tão bonito! – Eu queria rastejar para baixo do sofá e me esconder.

– Bem, essa é nova! – Ira acrescentou. – É um prazer conhecê-lo, Braden! Estávamos começando a nos perguntar se Gabrielle era lésbica, sabe? – ele riu. – Não que tenha algo de errado com isso.

– Não há nada de errado com isso! Conheço muitos gays! – Ruth se intrometeu. – Meu cabeleireiro é gay e ele é uma pessoa adorável! – por algum motivo ela parecia estar se desculpando ao explicar isso para mim.

– Onde está Rachel? – perguntei, antes que Ruth pudesse nomear todos os gays que conhecia.

– Ela e a *bube* ainda estão lá fora. Estão tendo um pequeno desentendimento e pedi para resolverem antes de entrar – ela disse, revirando os olhos.

– Talvez devêssemos verificar como estão as coisas – minha mãe falou. Sim, sem brincadeira. Elas poderiam ficar lá fora a noite inteira. Por outro lado... Bem, minha mãe foi para fora.

– Ben! – Ira disse. – Como vai o mundo dos grandes negócios?

– Ótimo, Ira! Como vai o negócio da limpeza a seco?

– Maravilhoso! Somos nós que deixamos seus caras bonitos! – meu pai riu como se Ira não dissesse isso toda vez que o vira nos últimos trinta anos.

– E o que você faz, Braden? – Ira perguntou.

– Sou promotor assistente – ele sorriu.

– Outro advogado! Bem, bom para você, Gabby! Você encontrou um com um bom emprego. Nós estávamos preocupados que você pudesse ficar desesperada a ponto de começar a namorar seus clientes. Então, quando vão se casar?

Eu queria beber cândida.

– Ahn, bem, não faz muito tempo que namoramos, tio Ira.

– Bem, Gabby, você não vai ficar mais jovem e acho que não quer deixar esse escapar, sabe o que estou dizendo, garota? – ele disse em voz baixa, como se estivesse compartilhando uma informação privilegiada comigo.

– Ira, por que você não vem comigo um minuto enquanto verifico o jantar? – meu pai se meteu rapidamente. – Quero ouvir tudo o que está acontecendo no mundo da limpeza a seco – o papai era um cara tão legal. Ele estava totalmente ajudando a equipe. Ira seguiu-o até a cozinha, falando muito sério sobre limpeza a seco. A porta da frente se abriu e minha mãe entrou, parecendo estressada. Mesmo assim, ela conseguiu colocar um grande sorriso no rosto.

Ela era ótima também. Meus pais estavam realmente me apoiando nessa.

– Gabrielle, querida, veja, sua prima Rachel está aqui!

Rachel, minha prima de trinta e dois anos de idade que pegava garotões cabeludos, com suas unhas impecáveis e sapatos Jimmy Choo, veio e me abraçou.

– Gabrielle, você está ótima!

– Você também, Rach! Este é o meu namorado, Braden.

– Que prazer – ela sorriu. Então, virou-se para mim e disse alto o suficiente para que todos ouvissem – Uau, muito gostoso. De onde saiu esse tem mais? – Meus olhos se arregalaram. Braden tossiu para disfarçar uma risada de surpresa.

Então ouvi, entrando pela porta, a voz dos meus pesadelos de infância.

– Gabrielle! Querida! É você?

– *Bube*! Sim, sou eu. – Minha avó e todo seu metro e meio de altura se arrastaram para dentro, apoiados em sua bengala. A bengala era um enfeite, claro; ela podia correr por um quarteirão inteiro quando precisava.

– Quase não reconheci você. Provavelmente porque nunca me visita. Também não reconheceria sua voz, porque também nunca me liga. Você morreria se me ligasse de vez em quando? Talvez possa escrever uma carta quando estiver se sentindo particularmente generosa.

– Me desculpe, *bube*.

Ela chegou à frente da multidão e apertou os olhos na direção de Braden. Por acaso ela tinha visão normal também.

– Quem é o viking?

– Este é Braden, o meu namorado, *bube*.

– Seu namorado? Achávamos que você fosse lésbica. Ele tem um emprego?

– É advogado.

– Um advogado que ganha dinheiro ou um advogado igual a você?

– Ele é promotor de justiça.

– Então um advogado como você, mas do lado certo – ela apertou os olhos novamente. – Ele não parece judeu.

– Ele não é judeu, *bube.*

– Por que não?

– Como assim "por que não?" – Rachel cortou. – Porque não é! E tenho uma notícia para você: não importa! Eu me casei com um judeu legal. – "Essa não! Lá vamos nós!" – Um médico! O topo da droga da cadeia alimentar judaica. E você sabe onde ele está agora? Mandando ver com uma *shiksa*[2] de vinte e três anos de idade! É onde ele está agora!

– Bem, você o fazia feliz na cama? – *bube* perguntou, e eu comecei a entrar em pânico.

– Ma! – minha mãe cortou. – Como pode perguntar isso? Não vai culpá-la porque o marido dela a trai, vai?

– Aposto qualquer dinheiro que ela não deu atenção oral a ele – *bube* anunciou.

– Ahn! Acho que não devemos... – tentei.

– Desculpe, mas muitas mulheres simplesmente não gostam de fazer sexo oral! Quer dizer, os caras fazem xixi por aquela coisa! – Rachel gritou.

– Viu? O que foi que eu disse? – *Bube* parecia convencida.

– Braden, acho melhor irmos verificar o jantar – eu disse, desesperada.

– Ahn – ele respondeu.

Peguei em sua mão e arrastei-o para a cozinha, onde Ira ainda estava falando sobre limpeza a seco e os olhos do meu pai estavam ficando vidrados.

– Sinto muito – eu disse a Braden, do fundo do meu coração.

---

2 Termo pejorativo, de origem iídiche e polonesa e assimilado pela cultura judaica, para designar mulher não judia. (N.T.)

– Está tudo bem! Não se preocupe tanto – eu podia ouvir Rachel e *bube* gritando uma com a outra no outro cômodo. A cabeça de minha mãe apareceu.

– Então, Ben, meu amor, a carne está pronta?

– Judy! Sim, querida, por que você não me ajuda? Não quero impor isso ao Ira aqui. Ira, por que não vai para a sala e relaxa? – Como se alguém pudesse relaxar com o arranca-rabo que estava acontecendo lá.

– Ok, se você não se importa.

– Não! De modo algum! Pode ir! Mesmo! – meu pai implorou.

Ira pegou um palito de cenoura e foi para a sala. Talvez ele já tivesse aprendido como acalmar as duas.

– Papai, eu e Braden podemos, por favor, ficar aqui e te ajudar também? Por favor!

– Sim, claro, querida! Não precisam voltar para lá.

– Então, Braden, espero que goste dessa carne, é peito bovino – minha mãe disse com um sorriso, enquanto Rachel gritava algo sobre como a *bube* devia ir e chupar todos os caras em seu clube de *bridge*.

– Eu gosto, obrigado – disse ele, tentando não rir. Meu pai se virou para ele com um olhar de divertimento exasperado, e naquele momento Braden Pierce e Ben Ginsberg criaram um laço.

– Ok, vamos começar o show. Gabby, quer acender as velas, querida? – papai perguntou.

– Ok. Ma, por favor, pode fazer eles ficarem quietos?

– Claro, querida – ela respirou fundo. – Ben, Gabby, amo vocês. Braden, querido, eu acho que você é maravilhoso. Ok! Vamos lá! – ela disse com uma determinação de aço. Fomos ao outro cômodo e minha mãe colocou dois dedos na boca e deu um assobio agudo. – Calem a boca! É hora de acender as velas e saudar o Sabbath!

Eu suspirei.

– Aqui está, Braden – meu pai disse, entregando-lhe um solidéu. Braden olhou para ele como se tivesse acabado de receber um presente. Não havia muitos caras loiros de olhos azuis e um metro e noventa que usavam quipás judaicos, mas ele conseguiu se virar bem.

Fomos para a sala de jantar e todos ficaram junto ao aparador enquanto eu acendia as velas e falava a bênção. Olhei para cima e sorri para Braden, que me observava atentamente. Ele realmente achava aquilo interessante. Também vi meus pais observando-o. O fato de ele achar aquilo interessante os deixou felizes. Alguém lá em cima deve ter ouvido minhas orações, porque meus parentes loucos pararam de gritar uns com os outros e se sentaram em silêncio. Era um milagre do Sabbath.

O jantar não foi tão ruim. A comida estava ótima e meus parentes fizeram a gentileza de convocar um cessar-fogo. Durante a maior parte do tempo, pelo menos. Houve alguns momentos constrangedores.

– Então vocês dois estão dormindo juntos? – perguntou *bube.*

– Ma! – minha mãe cortou.

– Está tudo bem. Parece que nos fazem muito essa pergunta – Braden disse com um sorriso.

– Bem, não é grande coisa se vocês estão, querida. Deus sabe que Ben "comia" bastante a Judy bastante antes de se casarem. Os dois estavam sempre mandando ver.

– *Bube,* por favor! – implorei. – Não quero ouvir sobre meus pais fazendo sexo durante a refeição do Sabbath! Nem nunca! Agora vou precisar de terapia.

– Mãe, já chega! – minha mãe estava ficando puta de verdade.

– Ei, pelo menos você não é um colegial igual aos namorados da Rachel – *Bube* respondeu, dando a Braden um sorriso maligno.

– Pela última vez! Meus namorados não estão no ensino médio, sua velha louca! *Um* deles era estudante universitário que fazia licenciatura.

– Bem, talvez sua prima possa te ensinar algumas coisas sobre como arranjar um namorado que já terminou a faculdade. Veja o viking aí! Aposto que ele recebe bastante atenção oral! – Quase desmaiei, juro. Então, me dei conta de que, apesar de talvez ele ter recebido muito dessa atenção no passado, eu ainda não tinha feito isso. Como se lesse meus pensamentos, Braden estendeu o braço e apertou a minha mão de forma tranquilizadora.

– Ok, ok, Rose – meu pai disse, começando a parecer também muito bravo. – A vida sexual da minha família não é conversa de jantar.

Como se também estivesse querendo ajudar, Ira entrou na conversa e tentou mudar de assunto. Infelizmente, era Ira.

– Então, Gabrielle, se você fizer um bom trabalho, talvez possa arranjar um emprego como uma advogada de verdade um dia.

– Um defensor público é um advogado de verdade. Na verdade, a maioria deles são melhores que os advogados particulares de defesa – Braden corrigiu, parecendo ele mesmo estar um pouquinho irritado. Que jantar agradável em família!

– Ouviu isso, Ira? – Ruth perguntou em um tom de castigo. – Ele não quis ofender, Gabby! Sabemos que livrar a cara de criminosos é muito importante!

Bube bufou. Aparentemente, ela não concordava com aquilo.

– De qualquer forma – Ira tentou de novo –, você está ótima, Gabby! Estava começando a ficar meio gordinha.

– Então, Braden, você tem irmãos ou irmãs? – Rachel cortou, em uma tentativa de ajudar.

– Tenho uma irmã de vinte e cinco anos e um irmão de vinte e três.

– Oh-oh – *bube* disse baixinho, mas alto o suficiente para que todos pudessem ouvir.

–O que isso quer dizer?! – Rachel disparou de volta.

– Ok, já chega! – minha mãe gritou.

Comemos em silêncio por alguns minutos antes de *bube* fazer uma última tentativa de ser irritante, perguntando a Braden se ele tentaria aprender alguma coisa sobre a cultura judaica em um futuro próximo. Mas antes que eu ou qualquer outra pessoa conseguisse se apressar para defender o fato de ele ter tido a audácia de nascer não judeu, ele mesmo respondeu que há algum tempo pensava em fazer isso, pois um de seus amigos mais próximos também era judeu. Minha mãe parecia querer rastejar sobre a mesa e abraçá-lo, e meu pai parecia querer financiar uma bolsa de estudos na Universidade de Yeshiva em seu nome.

Depois do jantar, todos se retiraram para a sala de estar e meu pai fez uma coisa extraordinariamente gentil: sugeriu que, já que Braden e eu gostávamos tanto de caminhar, devíamos sair para dar um passeio pelo bairro antes que escurecesse. Eu amava meu pai! De mãos dadas, saímos pela noite quente de Nova York.

– Tenho certeza de que você já esteve várias vezes em Nova York, mas esse é o meu bairro.

– Adoro isso. Essas casas têm tanto estilo. Essa cidade tem tanto estilo – ele olhava ao redor, absorvendo tudo.

– Também acho! Sempre que me sentia deprimida com qualquer coisa, eu saía para dar um passeio e me lembrava de que vivia em uma das cidades mais empolgantes, culturais e interessantes do mundo, e isso me animava – sorri e olhei ao redor.

– Você realmente gosta daqui – ele sorriu.

– Gosto mesmo!

– Então por que se mudou para a Filadélfia?

– Eu queria um pouco de distância da minha família para que eu pudesse aprender a ser adulta. Além disso, gosto da Filadélfia também, agora ainda mais – apertei a mão dele.

Conversamos sobre o que faríamos no dia seguinte e decidimos visitar um museu e ir comprar livros, entre outras coisas. Quando escureceu, voltamos para casa, e devo dizer que me sentia muito mais calma do que quando saímos. Quando voltamos, ninguém estava brigando, graças a Deus. Meus parentes estavam sendo decentemente bem-comportados e fizeram a gentileza de ir embora não muito depois de termos voltado.

– Então, Braden, você sobreviveu! – meu pai disse com um sorriso.

– Eles foram muito interessantes – Braden riu.

– É evidente que ele ainda não os conhece direito – minha mãe disse secamente. – Então, minha família querida, são nove horas da noite de uma sexta-feira em Manhattan. Obviamente não podemos apenas ficar dentro casa.

Gostei do fato de ela ter incluído Braden em nossa "família querida". Ele pareceu gostar também. Eu estava quase em êxtase de ver como ele estava gostando da viagem até então.

– Bem, crianças, o que acham? – meu pai perguntou. – Jones Wood Foundry?

– É um pub britânico não muito longe daqui. Dá para sentar do lado de fora – expliquei a Braden.

– Parece ótimo – ele respondeu.

– Ok, então! Vamos tomar um pouco de álcool bem merecido! – minha mãe riu.

Fomos para o pub e nos sentamos para um bate-papo. Nos divertimos muito. Meus pais estavam com um ótimo humor, disparando todos os tipos de piadas, fazendo comentários sobre meus parentes, contando histórias engraçadas, sendo gentis e flertando um com o outro.

– Então, Braden, estive dando uma olhada no histórico político de seu pai. Sou democrata, mas gostei bastante do que vi. Ele parece ser um cara bem fundamentado, com algumas ideias muito boas.

– Meu pai é muito equilibrado. Não é um reacionário.

– Eu gosto disso. Precisamos mais disso em Washington.

– A família de Braden é tão querida, foram tão legais comigo.

– Então acho que isso significa que não podemos deixar a conta para ele pagar, né? – meu pai brincou.

– Quieto! – eu ri.

– Você devia deixar Braden e eu tirarmos um tempo amanhã para nos conhecermos melhor – meu pai falou. – Prometo pegar leve com ele.

– Sem conselhos! – eu disse. – Estamos namorando só há algumas semanas. Dê um tempo para o pobre rapaz.

– Conselhos? Sobre o quê? Não sei do que ela está falando. Sabe do que ela está falando? – ele perguntou à minha mãe.

– Não tenho a menor ideia – ela disse, inocentemente.

– Aliás, posso conseguir um bom negócio para você com uma banda e um serviço de bufê, caso precise para alguma coisa – papai brincou. Pelo menos acho que estava brincando.

– Então, quer ver fotos da Gabby quando era bebê? – mamãe perguntou com um sorriso enorme. – Ela era tão fofa!

Aquilo era obviamente uma coisa de mãe. Talvez, quando eu tivesse filhos, também desenvolvesse o hormônio do momento Kodak.

– Ei! Ainda sou fofa.

– Eu adoraria – Braden disse, entusiasmado.

– *Adoraria*? – perguntei, surpresa. O cara que recentemente me dissera que queria me foder contra a merda da parede agora queria ver minhas fotos de bebê. Isso foi inesperado.

– Temos que mostrar-lhe aquela em que ela tirou toda a roupa naquela festinha de aniversário – minha mãe disse para o meu pai, sorrindo.

– Meu Deus! Por acaso vocês guardam aquela foto há anos esperando por essa oportunidade para me humilhar?

– Ah, vamos! É tão fofa! Na foto ela está balançando o bumbum pelado dançando uma música da Disney – meu pai sorriu para Braden, que parecia estar se segurando para não rir.

– O que há com vocês? Eu finalmente trago um cara para casa e vocês já vem com essa de pornografia infantil?

– Gabby! Tenho certeza de que ele já te viu nua – minha mãe disse. Era evidente que meus pais não parariam até acabar com todo meu orgulho.

– Ah! Eca, Ma! Você fez igual a *bube*! Vou mesmo precisar de terapia agora.

– Ah, por favor! – ela revirou os olhos e acenou com a mão.

– Eu realmente quero ver essa foto – disse Braden para a minha mãe, também sorrindo.

"Ótimo", pensei.

Fizemos planos de apenas relaxar de manhã. Meu pai e Braden poderiam ficar juntos e "se conhecer", seja lá o que isso quisesse dizer. Depois do almoço, iríamos ao Museu da Cidade de Nova York, depois à Strand Bookstore, jantaríamos no Village e, depois, assistiríamos a uma peça de Shakespeare, no parque. Parecia um dia divertido. Pelo menos esse era o plano. Voltamos para casa e Braden e eu dissemos aos meus pais que iríamos nos recolher. Eles disseram que iam ficar acordados por mais um tempo e nos desejaram boa noite.

Vinte e um

Subimos para o meu quarto e tranquei a porta atrás de mim. Eu não queria correr nenhum risco.

– Então, o que quer fazer agora? – ele perguntou, com seu sorriso quente de sexo. Não era difícil descobrir o que ele queria fazer agora.

– Estou feliz que tenha perguntando. Sente-se – apontei para a poltrona estofada próxima à prateleira cheia de coisas. Ele aproximou-se e sentou-se, olhando para mim com expectativa. – Sabe o que a *bube* disse sobre atenção oral? – perguntei enquanto me aproximava e me sentava no pufe em frente à poltrona.

– Sim? – ele parecia muito interessado.

– Bem, me ocorreu que, enquanto você tem sido muito generoso e atencioso com suas atenções orais, eu ainda não fiz nada recíproco. Então, você gosta disso, né?

– Sou um homem, Gabrielle. A maioria dos caras gostam.

Tentei não pensar em quantas mulheres já deviam tê-lo entretido em banheiros por toda a área metropolitana da Filadélfia.

– Me sinto mal. Eu devia ter oferecido – falei de um jeito que parecia estar me oferecendo para lavar a louça ou pagar a conta.

– Gabby, faz só algumas semanas. Não é como se estivéssemos casados há dez anos e você nunca tivesse oferecido – ele fez uma pausa, olhando para meu rosto que, por acaso, estava com um sorriso de quem achara graça. – O que foi?

– Você me chamou de Gabby – eu sorri.

– Chamei? Provavelmente porque seus pais sempre te chamam assim.

– Tudo bem. Pode me chamar assim se quiser. Você tem um apelido?

– Minha mãe e meu pai me chamavam de Brady quando eu era criança.

– Brady? Que bonitnho!

– Bem, pode me chamar de Brady se quiser.

– Ai, senhor. Adam e Mark estão certos; somos um casal perturbadoramente fofinho.

– É compreensível. Nós dois temos pais perturbadoramente fofinhos e felizes no casamento.

– Sim, isso é bem raro hoje em dia.

– É bem raro, mas como foi que começamos a falar de sexo oral e o assunto acabou chegando em nossos pais?

– Não sei, mas isso é muito perturbadoramente perturbador. Vamos voltar ao assunto original. É claro que com essa conversa acabei arruinando o momento.

– Acredite, não vai ser difícil reavivá-lo.

– Ah é? – sorri e me levantei, inclinando-me para começar a beijar seu pescoço.

Ele respirou fundo e sorriu.

– Definitivamente está reavivando.

– Hmm – eu comecei a chupar o lóbulo de sua orelha e deslizei as mãos por baixo de sua camisa, sobre seu abdômen e seu peito. Sua respiração ficou mais pesada e suas mãos pegaram em meus seios e os apertaram delicadamente. Eu puxei a camisa por cima de sua cabeça e joguei-a para um canto. Depois, desci com a boca, mordiscando uma trilha e tracejando-a com a língua. Ele inclinou a cabeça para trás e fechou os olhos. Desci ainda mais, dando beijos com a boca aberta, arranhando levemente sua pele com meus dentes. Lambi seu umbigo, o que o fez gemer. Coloquei a mão para baixo e abri seu jeans, percebendo, no entanto, que encontrara uns problemas logísticos. – Ahn, acho que preciso de ajuda aqui. Ele se levantou e tirou a calça e a cueca, mostrando claramente que o momento tinha sido bem reavivado. – Estou vendo que você está bem disposto para isso – gracejei.

– Cara, essa foi péssima! – ele balançou a cabeça.

– Tenho um milhão dessas. Sente-se, Harvard.

Ele se sentou e disse, com voz rouca:

– Tire sua camisa e o sutiã.

– Eu?

– É, você – ele riu. – Acha que estou falando com quem?

– Ouça, senhor Engraçado, quero fazer isso para você. Não precisa fazer nada para mim.

– Ver você me excita.

– Ah, tudo bem – eu quase esquecera que ele era um cara que curtia peitos. Tirei a camisa e o sutiã e vi seus olhos escurecerem. Decidi que podia tirar o resto também, já que era assim, então tirei meus shorts e minha calcinha também.

– Gabrielle, você é tão linda.

– Você é que é lindo, Braden.

Sentei-me novamente no pufe e inclinei-me para iniciar, com a língua, o caminho da felicidade, quando ele começou a ofegar. Percebi que estava tentando não se contorcer e fiquei com pena. Criar expectativa é uma coisa, tortura é outra. Pus minha mão em volta dele e o coloquei na boca o mais fundo que conseguia. Ele arfou e seus quadris pareciam se mexer para cima involuntariamente. Olhei para ele e vi que seus olhos estavam fixos em mim.

– Você está gostosa pra caralho – ele disse com a voz rouca.

Eu o deslizava para dentro e para fora da minha boca e usava a mão para cuidar da parte que não cabia. Como já mencionei antes, Braden é um menino saudável e, apesar dos relatos que dizem o contrário, minha boca não é tão grande assim. Sua respiração começou a sair em arfadas pesadas e ele abaixou os braços e afastou meu cabelo do rosto, presumivelmente para que pudesse ver melhor o que eu estava fazendo com ele. Olhei de novo e vi que parecia atordoado, e seu rosto estava corado. Ele também ficou murmurando para mim palavras de prazer e de encorajamento, quase em delírio.

Em certo momento, senti que ele estava chegando lá. Seus quadris se moviam para cima para encontrar minha boca e seus dedos estavam enterrados no meu cabelo. Ele respirava rápida e pesadamente pela boca, e eu podia sentir a tensão em seu corpo. De repente, ele congelou.

– Vou gozar! – ele pronunciou. Continuei e ele tentou tirar de mim. – Querida! Eu vou... – comecei a me mover mais rápido, sem deixá-lo escapar. Ele não terminou... a frase. Gemeu e seu corpo estremeceu. Engoli rapidamente e ele olhou para mim com uma felicidade atordoada. – Isso foi tão bom – ele disse, ainda respirando com dificuldade. – Meu coração está batendo tão rápido.

– Não vai ter um ataque cardíaco ou algo assim, né? – perguntei, nervosa. Eu já podia imaginar a história em uma revista de fofoca: filho de senador vai parar no hospital...

– Não! – ele riu. – Mas precisaremos ter cuidado quando eu tiver a idade do sr. Davis.

– Ok. Sem atenção oral para você quando tiver cento e cinco anos, ou sei lá qual a idade que ele tinha.

– Só disse que teríamos de ser cautelosos, não que teríamos de parar completamente. Agora troque de lugar comigo, porque quero ver se você sabe lidar com a minha língua afiada – a Gabrielle interior se acabou.

Finalmente fomos ao banheiro para nos lavar e ir para a cama. Depois, nos aconchegamos e pensei sobre como ele sempre estava quentinho, como se fosse meu forninho pessoal.

– Então, o que achou da minha família louca?

– Adorei seus pais. Eles têm um grande senso de humor e parecem ter os pés no chão.

– Fico feliz que tenha gostado deles. Eles gostaram de você também, dá para ver.

– Bem, isso é bom. Seus outros parentes são bem loucos, mas engraçados pra caramba.

– Você diz isso agora.

– Isso só vai me aproximar ainda mais do seu pai.

– Ele sempre quis ter um filho. Agora é melhor dormirmos. Temos um grande dia amanhã.

– Boa noite, querida. Vou sonhar com você.

– E eu com você, Braden – eu disse baixinho, e me inclinei para dar-lhe um beijo de boa noite.

Vinte e dois

Dormimos até tarde, curtimos um sexo matinal, tomamos banho juntos e descemos para o andar de baixo, onde os meus pais haviam arrumado uma bela mesa com genuínos *bagels* nova-iorquinos, *cream cheese*, vegetais e frutas frescas. Havia também suco natural e o néctar dos deuses: um bom café quente. Depois do café da manhã, meu pai levou Braden para dar uma caminhada para mostrar-lhe um pouco mais do bairro e, presumivelmente, conhecê-lo melhor. Decidi usar a oportunidade para ligar para Jess e descobrir como fora a "noite da Marla" com o Cam. Peguei meu celular e liguei. Ela atendeu no primeiro toque. Acho que estava esperando pela minha ligação.

– Você não vai acreditar, Gab!

– Olá para você também. A viagem está muito boa, obrigada.

– Sim, que bom. Ouça! Você não vai acreditar!

– Foi o que você disse. O que é que eu não vou acreditar?

– Acho que ela é prostituta!

– O quê?!

– Bem, tecnicamente, acho que dá para chamá-la de garota de programa, porque ela encontrou caras ricos e bonitos nos melhores hotéis da Filadélfia. Ela entrava, encontrava-os no *lobby* ou no saguão, pegava o elevador com eles e ia embora de novo, normalmente cerca de meia hora ou uma hora depois. Ela encontrou quatro caras diferentes em quatro hotéis diferentes.

– Tem certeza de que era isso que ela estava fazendo?

– Não. Talvez faça uns bicos de camareira.

– Uau. Por que a Marla se prostituiria se sua família é rica? – pensei em voz alta. – Talvez ela tenha sido deserdada.

– É uma ideia interessante. Isso a deixaria bem desesperada para conseguir um marido rico, não? Talvez desesperada o suficiente até mesmo para tentar amedrontar a namorada de alguém.

– Hmm. Me pergunto se a Marla é tão louca quanto pensam que é.

– Tenho de admitir, Gabrielle, Cam e eu estamos nos divertindo.

– Ah é?

– Sim, isso é mesmo meio empolgante. Devemos vigiá-la de novo?

– Acho que sim. Talvez possamos pensar em uma maneira de deixar um bilhete para ela responder em um desses hotéis, ou coisa do tipo.

– Beleza – ela disse, e desligou.

Minha mãe e eu nos sentamos para conversar um pouco e ela deixou claro, em termos inequívocos, que ela e meu pai haviam aprovado Braden. Papai e Braden chegaram em casa cerca de meia hora depois e pareciam estar felizes criando laços. Tudo ia bem na residência dos Ginsberg. Então meu pai foi ver se havia correspondência.

– Gabby! Venha aqui, querida! – ele gritou com um tom de voz estranho. Braden e eu nos entreolhamos e fomos encontrá-lo na entrada. Vi que meu pai estava segurando um tipo de carta.

– O que é isso? – perguntei com cautela.

– É uma carta para você, mas não há remetente, nem selos.

– Posso dar uma olhada? – perguntou Braden.

– Claro – papai estendeu-a a Braden.

– Segure-a e abra-a com cuidado. Vou ver por cima do seu ombro. Se for algo suspeito, não é bom que haja muitas impressões digitais – disse Braden, o promotor. Meu pai fez exatamente o que Braden pediu.

Minha cabeça estava a mil. Talvez fosse algum tipo de ação de marketing. Quando cheguei mais perto, minhas esperanças se desfizeram quando vi que a letra era familiar. Ela dizia: *Você deve ficar longe dele! Eu odiaria ver algo ruim acontecer com você!*

– Que diabos é isso? – meu pai exclamou.

– O que está acontecendo? – minha mãe perguntou, vindo da cozinha.

– Gabby recebeu uma carta de ameaça!

– De quem?!

– Não está assinada e não há remetente.

– Ai, meu Deus!

– Mãe, não se preocupe! Deve ser só uma brincadeira de mau gosto.

– Ameaçar alguém é engraçado?

– Pode até não ser uma ameaça. É completamente ambígua. Não dá para saber se estão tentando me alertar porque gostam de mim ou porque não gostam.

– O fato de não haver nenhum selo significa que, obviamente, não veio com o resto da correspondência. Deve ter sido entregue pessoalmente – Braden acrescentou, fazendo até mesmo eu me sentir meio desconfortável. Se aquilo fosse um filme, um raio teria rasgado os céus e um trovão teria soado logo depois de ele dizer aquilo.

– Quem poderia saber que vocês estão aqui? – meu pai perguntou.

– Só nossos amigos mais próximos e a família de Braden. Mais ninguém, e tenho certeza de que nenhum deles iria fazer esse tipo de piada – eu disse com firmeza para mim mesma que não poderia ser Cam.

– Precisamos denunciar isso à polícia – disse Braden de um jeito autoritário.

– Sim! Claro! – meu pai concordou. – Talvez ao FBI também. Se alguém a seguiu até aqui, a pessoa cruzou uma fronteira estadual.

– Não vamos enlouquecer aqui – eu disse, sentindo que a situação rapidamente estava ficando fora de controle. Afinal de contas, não era uma ameaça de morte; pelo menos não explícita. Talvez meu trabalho tivesse me anestesiado um pouco em relação aos crimes, mas aquilo simplesmente não parecia sério para mim.

– Gabby, isso me parece uma ameaça e eu prefiro prevenir do que remediar – minha mãe, que tinha vindo para ler a carta, entrou na conversa.

– Eu concordo – acrescentou Braden.

– Somos três – meu pai falou. – Você é minoria. Vamos denunciar isso à polícia e ao FBI. Também vamos precisar tomar algumas precauções. Temos um excelente sistema de alarmes aqui. Gabby, você vai precisar de algo assim também.

– Eu moro em um prédio seguro – lembrei-o.

– Nunca é demais. Vou comprar um cachorro para você também.

– Pai, não preciso de um cão. Não sei nem se no meu prédio as pessoas podem ter cachorro.

– Eu vou dar um cachorro para ela – Braden garantiu a ele.

– Obrigado, Braden – ele disse com gratidão, dando tapinhas carinhosos nas costas dele.

– Meu Deus! – revirei os olhos.

– É claro que vocês sabem que queremos que vocês dois fiquem juntos, não importa o que essa pessoa louca diz – minha mãe falou de um jeito quase suplicante para Braden.

– Mãe, não vamos terminar por causa de uma carta idiota!

– De qualquer jeito, achamos que ela está mais segura com você, Braden. Se vocês estivessem namorando há mais tempo, eu sugeriria que fossem morar juntos – meu pai disse com um suspiro.

– Tem certeza de que não foi você que enviou isso? – perguntei secamente.

– Não tem graça, Gabrielle – minha mãe repreendeu. Ela estava me chamando de Gabrielle. Ma estava estressada.

– Talvez você devesse passar mais tempo na minha casa – Braden sugeriu.

– Devo levar o meu cão? – perguntei com um sorriso.

– Ok, vou ligar para o Lou – anunciou meu pai.

– Por que vai ligar para seu advogado? Precisa de consultoria de investimento?

– Só acho que ele deveria entrar nessa. Talvez ele conheça alguns policiais.

– Pai, ele é um advogado corporativo. O Braden aqui é promotor. Não acha que ele iria mais longe?

– Bem observado. Braden, vamos para o escritório, fazer alguns telefonemas.

– Ok, Ben. Vou ligar para algumas pessoas na Filadélfia também e pedir para que trabalhem com o pessoal de Nova York.

– Boa ideia.

Ben e Braden estavam nessa. Eu fui fazer palavras cruzadas. Para ser honesta, achei sim muito chato e talvez um pouco irritante que alguém tivesse se dado ao trabalho de se arrastar por uma hora e meia da Filadélfia até Nova York, mas ainda pensei que era provavelmente um daqueles três perdedores, e eu não podia ver como qualquer um deles pudesse ser tão perigoso.

Uma hora mais tarde, um detetive da polícia de Nova York e um agente especial do FBI estavam sentados na sala de estar dos meus pais. Eu não podia acreditar que o FBI realmente enviara alguém. Eu suspeitava que tinha mais a ver com o fato de que Braden era filho de um senador do que com a possibilidade de algum idiota ter atravessado fronteiras estaduais para incomodar uma defensora pública.

Respondi a todas as perguntas, mas tive cuidado com o que dizia. Salientei o fato de que a carta era muito ambígua e disse que, por isso, eu realmente não sabia quem poderia ser. Eu simplesmente não estava pronta para sair acusando pessoas apenas com base em suposições e sem qualquer evidência. Talvez eu tivesse sido advogada de defesa por tempo demais. Acima de tudo, eu não queria que Braden ou eu ficássemos em maus lençóis se eu acusasse algum inocente. Depois de algumas horas de minha vida que nunca terei de volta, os caras da lei foram embora.

– Então, aonde vamos jantar? – perguntei.

– Vamos comer em casa – minha mãe anunciou, indo em direção à gaveta com os menus de *delivery*.

– Por quê?

– Só acho que é melhor ficarmos em casa, meu amor – ela pegou uma pilha de panfletos do tamanho de *Guerra e paz.*

– A noite toda? Nada de Shakespeare no parque? – eu sabia que estava choramingando, mas por favor!

– Querida – meu pai entrou na conversa. – Vamos apenas ficar em casa e relaxar. Vamos lá, vamos ver um filme. Ainda temos que mostrar a Braden suas fotos de bebê, mesmo.

– Vão deixar um covarde que escreve cartas fazer vocês se trancarem em casa?

– Gabrielle, eu vim para passar tempo com seus pais, de qualquer maneira. Também podemos nos divertir se ficarmos em casa – falou Braden.

Estavam todos contra mim. Eu sabia que não havia como vencer essa. Aproximei-me e sentei no sofá de um jeito nada gracioso.

– Ok, tudo bem, mas então peçam uma comida bem gostosa e vamos assistir *Manhattan* ou coisa parecida. Quero que Braden tenha uma experiência novaiorquina que vá além de *bagels* e da *bube.*

Acabamos pedindo comida indiana e assistindo *Sex and the city: o filme,* que eu obviamente já assistira, mas, até onde sei, não dá para enjoar de *Sex and the city.* Após o filme, minha mãe e meu pai sentaram um de cada lado de Braden e mostraram a ele todas as minhas fotos constrangedoras que encontraram. Se eu estivesse fazendo algo inacreditavelmente estranho, estivesse com um péssimo corte de cabelo ou usando roupas incrivelmente feias (ou nenhuma roupa), o momento fora capturado e preservado. As melhores estavam entre essas que mencionei, como a daquela maldita festa de aniversário.

Depois de um tempo Braden e eu fomos para o quarto, e eu tive a ideia de algo que nunca oferecera, mas que suspeitava que seria um grande sucesso. Tranquei a porta do quarto novamente.

– Venha aqui e fique pelado comigo na cama – eu disse, sem preâmbulos.

– Adoro quando você diz coisas assim – ele disse, tirando a camisa e jogando-a na cadeira. Sua calça jeans juntou-se a ela segundos depois. Ele não era de perder tempo.

Tirei a roupa e fui me sentar com as costas nos travesseiros. Ele subiu na cama comigo, e o dote de Harvard já parecia bem interessado em saber o que eu tinha em mente.

– Sabe, pensei em algo mais que posso fazer por você.

– Ah é? Sua voz já estava começando a ficar mais grossa.

– Você deve ter notado que meu corpo mudou um pouco desde a minha época de ficar pelada em festinhas de aniversário.

Seus olhos voaram para o meu peito e eu o vi começar a respirar mais rápido. Lentamente, ele olhou de volta em meus olhos, com uma pergunta silenciosa pairando no ar.

– Venha aqui, Harvard – eu disse com voz rouca.

Ele parecia incrivelmente feliz enquanto se ajoelhava sobre mim e eu esfregava uma de suas partes favoritas do meu corpo contra uma das minhas partes favoritas do corpo dele. Seu rosto estava vermelho e ele estava ofegante, e era fácil perceber que ele já tinha fantasiado sobre isso algumas vezes. Finalmente, empurrei-os com força e ele começou a dar estocadas entre eles, gemendo continuamente, com os olhos fixos na visão de seu pau deslizando entre os meus seios. Aqui vai uma dica: para um homem que curte peitos, isso é vitória na certa.

– Ah, querida, são tão quentes – sua voz estava tensa, e eu sabia que ele estava quase lá. – São meus. Ninguém mais pode brincar com eles – ele ofegou.

– Isso mesmo, querido. Ninguém mais pode brincar com meus brinquedos também.

– Não – ele gemeu. – Não quero mais ninguém. Só você.

– Vamos lá, querido – pedi, e aquilo fez ele se acabar. Para um cara que gosta de peitos, o final desse evento em particular aparentemente é quase o suficiente para encher seus olhos de lágrimas. Ele caiu de costas, gemendo e ofegando em êxtase.

Como parecia que havíamos estabelecido um tema, quando ele recuperou o fôlego e um pouco de sangue retornou para seu cérebro, ele decidiu dedicar esforços combinados para ver se poderia me dar um final feliz apenas dando aos meus seios uma boa quantidade de atenção oral e manual. A resposta, por acaso, foi de que ele podia. Ele achou o esforço tão divertido, que, em seguida, estava pronto para o segundo round, e exploramos várias posições diferentes. Essa pequena festa à lá *Sex and the city* durou algumas horas, até que chegamos à exaustão. Já mencionei que Braden e eu tínhamos uma vida sexual muito boa?

Havíamos aprendido também muito mais sobre como e onde o outro gostava de ser tocado, o que era uma das grandes vantagens da familiaridade sexual. Descobri que deixá-lo excitado era de longe a coisa mais poderosa e mais excitante que eu já tinha experimentado. Eu adorava como seus olhos ficavam mais escuros quando ele me queria. Adorava o olhar em seu rosto quando ele deslizava para dentro de mim. Adorava as coisas sexy e quentes que ele me dizia quando nossos corpos se moviam juntos, e adorava o jeito que ele gemia e falava meu nome quando gozava. Eu também adorava como sempre ficávamos aninhados na cama depois, conversando.

– Sinto muito por não termos conseguido fazer todas as coisas divertidas que tínhamos planejado – eu disse.

– Eu me diverti bastante. É claro que preferiria que você não tivesse recebido uma carta ameaçadora e que nós não tivéssemos de falar com a polícia e o FBI por algumas horas, mas o resto do tempo foi divertido.

– Eu não estou tão preocupada, Braden. Acho mesmo que é só alguém me enchendo. Sei que é estranho eu ter recebido essa carta em Nova York, mas estamos só a uma hora e meia da Filadélfia. Chegar aqui não é uma árdua jornada, sabe? E talvez a pessoa só estivesse com medo de que alguém na Filadélfia a reconhecesse, ou que chegassem a ela de algum jeito.

– Sim, pensei nisso também. Espero que seja só um incidente isolado, mas eu me sentiria melhor se você passasse algumas noites na minha casa durante a semana e se eu pudesse te levar até sua casa nas outras noites.

– Por mim não há problema algum em dormir com você mais vezes.

– Talvez eu deva cancelar a viagem para Pittsburgh.

Eu imediatamente fiquei nervosa, mas me forcei a relaxar. Eu precisava dele fora da cidade.

– Você tem de ir, Braden. É importante. Jess estará comigo e Cam estará por perto também.

– Então eu vou pedir ao Mark para ficar com você também. É mais seguro com mais gente.

Ótimo. Eu sabia que quando Braden decidia fazer alguma coisa, estava decidido. Eu tinha a sensação de que teríamos mais um no time e, talvez, eu tivesse de roubar o celular do Mark para que ele não ligasse para Braden assim que ouvisse meu plano.

– É melhor você ir para minha casa amanhã para a noite de jogo.

– Ok. Sabe, acho que estou mesmo começando a entender as complexidades do baseball. Há mais nisso do que parece. Você está rindo?

Vinte e três

Na manhã seguinte consegui convencer meus pais de que provavelmente era seguro sair de casa. Saímos para tomar café da manhã e passear no parque, embora eles ficassem se importando demais sobre "não desviar do caminho", como se eu fosse dar uma volta na bosque. Fiquei muito feliz por pelo menos termos feito algo legal. Ao meio-dia, Braden e eu estávamos prontos para ir embora. Abraçamos meus pais e eles prometeram nos visitar na Filadélfia, em breve. Então meu pai lembrou Braden sobre sua promessa de me comprar um cachorro. A Gabrielle interior bateu a cabeça contra a parede algumas vezes.

Estávamos de volta na Filadélfia por volta das três da tarde e Braden disse que passaria às seis e meia para me pegar, porque Deus me proibira de andar duas quadras à luz do dia. Entrei no meu apartamento e encontrei Jess e Cameron esperando por mim.

– Então, vocês não vão acreditar – eu disse.

– Você também tem um "você não vai acreditar nisso"? – Jess perguntou.

– Sim. Recebi outro bilhete quando estava em Nova York, com a mesma caligrafia. Dizia basicamente a mesma coisa que o primeiro.

– Em Nova York? – Cam perguntou, parecendo surpreso. – Como alguém ia saber que vocês estavam lá?

– Ou nos seguiram, ou ouviram em algum lugar.

– Seus pais e o Braden descobriram dessa vez? – perguntou Cam.

– Sim, e tudo foi devidamente comunicado ao departamento de polícia de Nova York e ao FBI.

– O FBI? – Jess perguntou, parecendo compreensivelmente surpresa.

– Fronteiras estaduais cruzadas.

– Ok – ela não parecia convencida. Eu não a culpava.

– E foi o filho de um senador que os chamou.

– Então agora eles sabem sobre o primeiro bilhete também? – perguntou Cam.

– Não.

– Por que não? – Os dois perguntaram em uníssono.

– Pelo mesmo motivo de eu não ter contado a eles antes. Assim como previsto, Braden e meu pai ficaram muito preocupados. Se eu contasse a eles sobre o primeiro e sobre minhas suspeitas, Braden provavelmente teria mandado investigar aqueles três idiotas. Quero fazer isso discretamente.

– Seu pai vai contratar um guarda-costas? – Jess perguntou.

– Não, mas ele vai comprar um sistema de alarme cheio de coisas e Braden e eu vamos nos ver com mais frequência. Ah, e eu quase esqueci! Ele quer que Mark fique com a gente no próximo fim de semana!

– O que vamos fazer com o Fanny Hill Club? – Cam perguntou.

– Vamos ter que levá-lo a bordo. Espero que a gente consiga convencê-lo a nos ajudar e a não contar ao Braden. Acha que há alguma maneira de levá-lo para a festa também?

– Sim, não deve ser difícil de o Derek arranjar. Eles o conhecem. Temos apenas que pagar a taxa. Ele mesmo sugeriu que eu fosse dar uma olhada para conhecer, e eu disse que pensaria a respeito e daria uma resposta. Não quis parecer muito ansioso.

– A taxa é de quanto? – perguntei.

– Cento e cinquenta dólares por pessoas ou duzentos e cinquenta por casal.

– Por casal?

As pessoas levam as esposas?

– Não, eles levam suas garotas de programa favoritas. Eles têm que pagar de qualquer maneira, como uma espécie de taxa por não usarem os serviços de casa, que na Filadélfia são fornecidos por uma tal de Madame X.

– Que pseudônimo idiota. Ela não conseguiu pensar em nada melhor que isso? – Jess comentou.

– O que, tipo Madame Feliz? – brinquei. – Não se preocupem com a taxa, aliás. É por minha conta. Não digam que nunca dei nada a vocês. O que mais descobriram sobre essa festa?

– As pessoas não usam só máscaras. Elas se vestem com seus artefatos de fetiche ou com qualquer fantasia que os excite.

– Arrá! Então, se vamos tratar o Cole como um menino levado, devemos nos vestir de professorinhas rígidas. Talvez você e Mark possam se vestir como meninos de escola ou algo assim.

– Ótimo – Cam disse, sem muito entusiasmo.

– O quê? Preferia se vestir de pirata?

– Enfim – ele continuou –, abri uma conta de e-mail especial e vou receber o local da festa e um código na manhã do dia em questão. À noite, vamos chegar às nove e dar o código ao porteiro. Entramos lá e vai ser uma festa tipo coquetel, exceto pelo fato de que haverá salas onde as pessoas fazem as coisas fetichistas para todos verem e outras em que podem fazer em particular, se preferirem. Ele disse que podemos esperar encontrar umas vinte pessoas lá.

– Cam, eu e você teremos que evitar falar com o Cole.

– Acha que vão conseguir reconhecê-lo? – perguntou Jess.

– Eu vou reconhecer seus dentes e seus maneirismos – eu disse.

– Eu conheço a voz dele – Cam acrescentou.

– E se ele estiver com alguém?

– Então teremos que distraí-la. Talvez o Cam...

– Possa solicitar uma prostituta? – Jess perguntou.

– Ok. Talvez não. Vamos só deixar rolar.

– Por falar em prostitutas, o que vamos fazer para conseguir a amostra da Marla? – Cam perguntou.

– Bem, se os pais dela a deserdaram e ela precisa de dinheiro, provavelmente ficaria feliz em ter uma chance com você, Cam.

Você poderia ir até a casa dela e distraí-la. Eu e Jess poderíamos entrar de fininho e tentar encontrar algo com a caligrafia dela.

– Ahn, Gab?

– Sim, Jess?

– Quando você diz "entrar de fininho", quer dizer transgressão ou realmente invadir a casa? E quando você diz "encontrar algo", você se refere mais a roubar ou a receber bens roubados? Só estou perguntando.

– Ok, tecnicamente, isso pode parecer meio ilegal.

– Cameron, deixe-me transformar isso em um momento de ensino. Quando Gabrielle diz que algo parece "meio ilegal", é a mesma coisa que "ilegal".

– Ok, então tenho outra ideia. Qualquer coisa que é jogada fora é considerada propriedade abandonada. Se ela colocar o lixo na rua, então não está na propriedade dela e não estaremos transgredindo ou roubando.

– Você quer que a gente fuce no lixo da Marla? – Cam perguntou, fazendo uma cara de nojo.

– Tudo bem. Eu vou vasculhar o lixo dela, vocês ficam de vigia. Na verdade, talvez devêssemos levar o lixo dela para um lugar mais seguro.

– Eu não vou dirigir nessa noite – ele respondeu.

– A Jess pode dirigir.

– Só se formos com o seu carro, querida.

– Eu tenho um Mini Cooper.

– Será que ela tem tanto lixo assim?

– Ok – eu disse, lembrando-me de que eles estavam me fazendo um favor. – Vamos com meu carro. Você dirige. Cam pode ficar de vigia e eu vasculho o lixo. Se parecer que não é seguro fazer isso naquele lugar, eu levo o lixo embora. Assim está bom para todo mundo?

Ambos concordaram e eu pulei para o computador para verificar os horários da coleta de lixo no bairro da Marla.

– Acho que podemos ir amanhã à noite. Podemos ir assim que escurecer, e vamos ser rápidos. Espero que não leve mais que uma hora. Se não conseguirmos nada, então vou ter que pensar em outra coisa.

– Ainda nem pensamos sobre a sra. Mason.

– Eu sei. Vou ter que pensar um pouco mais.

– Então, temos essa noite de folga? – Jess perguntou.

– Claro, vocês tinham algum plano?

– Não, e você?

– Braden quer que eu vá de novo para a casa dele para a noite de jogo com Mark e Adam.

– Ah, eles vão ver o jogo? – Cam perguntou.

– Acho que sim. Vocês querem vir?

– Claro! – Cam respondeu, com entusiasmo.

– Claro – Jess respondeu, sem entusiasmo.

Por volta das seis e quinze Braden ligou do saguão. Quando ouvi tocar a campainha, fui abrir a porta. Ele estava em pé no corredor, com um sorriso adorável. Eu não consegui não ficar encantada e sorri de volta. E então escutei. Um latido. Olhei para baixo. Bem para baixo.

Vinte e quatro

– Que diabos é isso?

– Esse é o Bruno.

– Bruno? Braden, isso é um chihuahua. Chamar de Bruno não vai fazer que seja um cachorro maior.

– Ele já veio com esse nome.

– E de quem é este cão, Braden?

– Bruno – disse ele, dirigindo-se ao cão. – Essa é a mamãe.

– Mamãe? Braden, isso não é um bebê. É um cachorro. Um cachorro muito pequeno.

– Seu prédio tem regras estritas sobre tamanho.

– E o que você acha que Bruno faria se eu fosse atacada? Daria uma rasteira no cara?

– Ele latiria e alertaria as pessoas de que você está em perigo.

– Ele latiria e alertaria as pessoas de que há um cachorrinho irritante e com um latido estridente por perto, e de que elas deveriam seguir na outra direção.

– Não se preocupe – disse ele, dirigindo-se a Bruno –, o papai vai convencê-la.

– Papai? Somos os pais de um chihuahua?

– Nunca se sabe o que o futuro nos reserva. Seria uma boa prática.

– Para quando tivermos filhotinhos?

– Podemos entrar?

Dei um passo para o lado. Braden tirou Bruno da coleira e ele foi logo verificar o lugar e se apossou dele fazendo xixi em uma planta de plástico. Bruno, não Braden.

– Ei! – Jess exclamou. – Vem aqui, cãozinho!

– Ele atende por Bruno – expliquei.

– Bruno? – ela parecia confusa.

– Aparentemente, Braden e eu temos um chihuahua.

– Espero que ele tenha a guarda – ela disse, seguindo Bruno enquanto ele ia até o quarto dela. – Espere, cachorrinho. Não vá aí!

– Olá, Cameron – Braden disse.

– Olá, Braden. Cachorro legal. E, hmm, por quê?

– Ela precisa de proteção. Não contou sobre a carta?

– Um chihuahua?

– Prometi ao pai dela que compraria um cachorro para ela, e o prédio não permite cães de mais de nove quilos. Sabe quão pequeno é isso? Bruno late tão bem quanto um cachorrão. Vai alertar as pessoas.

– Quem vai cuidar de Bruno quando eu estiver no trabalho? Ele vai ficar sozinho. E eu vou ter que passear com ele à noite. Ele vai ter que esperar o dia todo para fazer xixi – olhei para a planta. – É bom que ele me espere.

– Arranjei uma creche de cachorrinhos – ele respondeu.

– Creche de cachorrinhos? Está falando sério?

– Tem uma bem no caminho do trabalho. Você pode deixar ele de manhã e buscar no caminho para casa. Ele vai ter outros cães para brincar e as pessoas de lá vão passear com ele.

– Você verificou quem são as pessoas? Quer dizer, é um bom lugar? Os cães maiores não vão ficar em cima dele, né? – eu não podia evitar. Sou uma mãe judia.

– E, mais importante, eles conseguem fazer com que entrem nas melhores faculdades? – Cam acrescentou. Braden e eu o olhamos como se não tivéssemos achado graça.

– Eu verifiquei tudo. Eles têm uma boa reputação.

– Bem, ok, acho. Mas você vai me ajudar a cuidar dele, certo? Não vai ter essa de "vá perguntar para a mamãe" sempre que ele quiser alguma coisa.

– Mamãe? – Jess perguntou, voltando com o Bruno debaixo do braço, e com um pé do seu chinelo na boca dele.

– E você é o papai? – Cam perguntou a Braden, com um sorriso.

– É claro que ele é! O que você está insinuando? – perguntei, indignada. Jess e Cam trocaram um olhar que claramente queria dizer que eles achavam que Braden e eu tínhamos enlouquecido.

– Então, você pode convencer o bebê Bruno aqui a largar meu chinelo?

– Aqui – disse Braden, pegando algo no fundo do bolso. Ele estendeu um osso de leite. E eu pensara que ele só estava feliz em me ver. – Bruno! Papai tem um osso para você.

– Isso funciona com você também, Gab? – Jess perguntou com uma risada.

– Muito engraçado – respondi. Bruno largou o chinelo na hora e Jess o colocou no chão para que ele pudesse ir pegar o presentinho. Ele olhou para Braden de um jeito adorável. Era o menino do papai.

– Ok, Gabrielle, temos que ir – ele fez uma pausa. – Vocês dois querem vir junto?

– Sim, com certeza! – Cam disse com um sorriso.

– Que se dane – Jess disse.

Peguei meu porta-terno e fomos todos até a casa de Braden com Bruno e sua coleira estilosa. Tive a sensação de que iria encontrar todos os tipos de tranqueiras para cachorrinhos na casa de Braden.

Eu estava certa. Descobri que Bruno tinha sua própria caminha de couro e camurça, uma tigela de mármore com seu nome entalhado nela e brinquedos suficientes para encher seu próprio quarto de brinquedos. Como Braden tinha conseguido tudo isso em três horas? Jess e Cam se sentaram em frente à tevê enquanto Braden foi se assegurar de que Bruno tinha água suficiente – eu tinha certeza de que ele tinha verificado tudo antes de sair, mas a água podia ter se evaporado em meia hora, claro. Poucos minutos depois, Mark e Adam ligaram do saguão e estavam na porta, com seis caixas de cerveja na mão.

– Uau, a turma toda está aqui – Mark disse, quando Jess e Cam disseram oi.

Nesse momento, ouvi aproximar-se rapidamente um "tique tique" de pequenas unhas no piso de madeira, acompanhados pelo latido estridente que só um cão minúsculo pode emitir. Bruno fora alertado sobre a presença de intrusos. Ele veio a todo vapor, parou e derrapou até parar nos pés de Adam, latindo pra caramba.

– Bruno! Pare! Deitado! Junto! Cale a boca! – tentei de tudo.

– Quieto, Bruno! – Braden disse, e Bruno imediatamente parou de latir e se sentou.

– Bruno? – Adam perguntou. Eu tinha a sensação de que aquela seria uma reação comum.

– Era para isso ser um cachorro? – Mark perguntou.

– Ele te parou, não parou? – Braden perguntou.

– Fiquei com medo de pisar nele – Mark respondeu.

– Esse cachorro é seu? – Adam perguntou.

– Comprei para a Gabrielle, mas acho que vou ajudar a cuidar dele. Estou zoando um pouco e dizendo que somos a mamãe e o papai.

– Oh, que bonitinho! – Mark brincou.

– Espero que tenha insistido em criar esse cachorro como um judeu, Gabrielle. – Adam me deu um olhar severo.

– Tudo bem por mim. Estou me interessando um pouco pelo judaísmo. Penso em fazer umas aulas – Braden disse.

– Interessado do tipo "ei, isso até que é da hora" ou do tipo "acho que vou virar judeu"? – Adam quis saber.

– Não sei. Eu teria de aprender mais sobre o assunto antes. Você e Gabrielle parecem gostar disso.

– Mas nós nascemos assim – expliquei. – Fomos condicionados desde a infância para fingir que uma vela que ficou acesa por mais tempo do que deveria é tão empolgante quanto uma visita do Papai Noel.

– Só estou pensando em tomar umas aulas para aprender mais. Não sou exatamente um dos pilares da Igreja Episcopal nesse momento. Duvido que alguém notaria se eu fosse embora.

– Acho que seus pais se importariam, mas que seja. Se você quer umas aulas, dou todo o apoio – eu disse. – Na verdade, quer ser judeu? Isso é ótimo também, contanto que seja porque você realmente quer e não porque está preocupado sobre Bruno crescer em conflito.

– Vocês dois são pais de um chihuahua e Braden está falando sobre virar judeu. Isso é algum tipo de sonho esquisito, não é? – Mark perguntou, olhando em volta como se esperasse ver alguma coisa.

– Podemos sair da entrada antes que a cerveja esquente? – pedi impacientemente.

Saímos da porta de entrada antes que a cerveja esquentasse. Todos se instalaram e pedimos pizza. Assistimos a um show pré-jogo e então o jogo começou. Bruno ficou em volta, encorajando todos os presentes a acariciarem-no e a prestarem atenção nele. Em certo momento, ele se instalou em um sofazinho comigo e Braden. Na maior parte do tempo foi um jogo empolgante, embora nosso time só tenha ficado em vantagem no final. Lá pelo nono turno, já com nosso time ganhando, comecei a limpar as coisas. Enquanto tirava as coisas e lavava algumas louças na cozinha, senti Braden chegar por trás de mim e passar os braços em volta da minha cintura, me puxando para perto. Ele sussurrou em meu ouvido.

– Eu estava só zoando sobre essa coisa de mamãe e papai, mas tenho que admitir que brincar de casinha com você me excita.

– Vou ter que lavar os pratos mais vezes, querido – acho que não eram só meus shorts que estavam subindo.

– Sabe, querida, nunca fizemos sexo na cozinha. Talvez eu possa te curvar sobre o balcão e te pegar por trás. Mas acho que vou só te levantar e te foder contra a parede.

Meu Deus, eu adorava quando ele dizia coisas assim. Olhei para a sala de estar, que estava inteira à vista.

– O jogo está quase no fim. Nossos convidados vão embora logo, fofinho.

– Assim que aquela porta se fechar, vou fazer você se sentir tão bem, docinho.

Argh! Ele estava me matando!

– Bem, querido, isso parece um bom plano para o futuro – senti que começava a suar e minha calcinha se encharcou.

Os adversários bateram para fora e o jogo terminou em poucos minutos. Nossos amigos se espreguiçaram e se levantaram. Meu coração começou a acelerar enquanto eles iam em direção à porta.

– Obrigado por nos convidar – Cam falou.

– Fazemos isso todo domingo à noite. Venha quando quiser – Braden disse. Aquilo era um enorme progresso.

– Então vamos fazer o mesmo semana que vem? – Mark perguntou.

– Voltaremos a tempo – Adam disse –, mas pode ser que Braden esteja ocupado compensando a falta de sexo da noite de sábado.

Cam ofereceu-se para ir com Jess até em casa e dissemos boa noite enquanto todos iam embora, fechando a porta atrás deles.

Vinte e cinco

Braden se virou para mim com seu olhar quente e em segundos eu estava contra a parede, com sua boca na minha, e sua língua explorando-a possessivamente. Sua mão viajou até debaixo da camisa e para dentro de meu sutiã, onde ele delicadamente apertou meu mamilo e segurou meu peito. Então a outra mão viajou por baixo da minha saia e para dentro de minha calcinha, onde ele começou a me acariciar.

– Humm. Minha garota está pronta para mim – ele disse com satisfação.

– Você me deu um aviso prévio – respondi, sem fôlego.

Ele empurrou minha saia para cima e minha calcinha para baixo. Tirei-as enquanto ele se libertava, então ele me levantou e enfiou em mim enquanto eu passava as pernas em volta dele e arfava de prazer. Com as costas apoiadas contra a parede, ele enfiava profundamente, depois outra vez e outra. Comecei a gemer delirantemente. Através de uma névoa cheia de luxúria, ouvi de repente um som estranho. Parecia um... latido. Essa não!

– Não, não, Bruno – eu ofegava. – O papai não está machucando a mamãe, ele está fazendo ela se sentir tão bem! Ah, querido, tão bem! – Bruno não desistiu, no entanto. Ao contrário, o latido foi ficando mais alto e ele começou a correr entre as pernas de Braden.

– Quieto, Bruno! – Braden tentou, parecendo desesperado, enquanto eu empurrava meus quadris com força contra ele e apertava meus músculos interiores. – Ah, puta merda, isso! – ele gemeu alto.

Bruno latia mais e mais alto. – Bruno! Quieto! O papai quer curtir isso aqui – ele começou a mover seus quadris mais rápido.

– Isso! Assim! – gritei. Ele começou a estocar em mim e Bruno começou a fazer algo que transcendia o irritante e chegava ao domínio da esquisitice total, e não apenas perturbadora. Ele agarrou a perna de Braden e começou a se esfregar.

– Bruno! Jesus! Pare com isso! – Braden exclamou, parecendo distraído enquanto chacoalhava a perna, tentando fazer que Bruno a soltasse.

– Por que ele está fazendo isso? – arfei, confusa.

– Tenho certeza de que ele acha que isso é um jogo.

– Só a mamãe e o papai brincam, Bruno! – implorei.

Braden respirou fundo e me colocou no chão. Ele puxou minha saia para baixo e fechou a calça em cima de sua ereção. Bruno soltou e olhou para ele com uma cara curiosa, como se não entendesse por que havíamos parado a brincadeira de se esfregar justo agora que estava ficando tão boa. Braden deu-lhe um olhar exasperado e pegou minha mão e as chaves.

– Vamos.

– Aonde?

– Para o jardim do terraço.

– O jardim do terraço?! Nós é que vamos para fora?

– Ninguém nunca vai lá e está uma noite agradável.

Subimos a escadas e, quando chegamos, Braden encontrou um canto escuro e mais uma vez me levantou e me apoiou contra a parede. Senti-o deslizar para dentro de mim de novo e começar a se mover. Ele enterrou sua boca em meu pescoço e enfiou em mim profundamente enquanto eu gemia e minhas mãos percorriam suas costas. Sem nenhuma outra distração, não demorou muito até eu sentir que estava chegando aonde precisava. Braden percebeu isso e começou a falar comigo. Ele sabia quanto eu adorava aquilo. Nessa noite, pela primeira vez, no entanto, ele não falou sacanagens. As coisas que ele disse foram românticas, e me excitaram tanto quanto.

– Gabrielle, você é tão doce e sexy. Nunca me senti assim antes. Quero me perder em você. Quero ficar dentro de você para sempre.

Senti algo me tomar e me deixei levar. Alguns minutos depois, Braden se soltou e se juntou a mim. Abraçamo-nos forte enquanto a sensação e a libertação tomavam conta de nós e depois ficamos ali, em pé, com nossas testas encostadas uma na outra.

– Braden – eu disse, depois de alguns minutos –, daqui para a frente vamos ter que transar no telhado?

– Não, querida. Vamos transar no quarto e Bruno vai esperar na sala. Eu só precisava sair de lá.

– Ok, só estou perguntando. Achei que eventualmente pudesse esfriar.

Voltamos ao apartamento, onde Bruno nos encontrou na porta e nos deu um olhar bravo. Obviamente estava muito ofendido por não querermos incluí-lo em nossa vida sexual.

Disse a Braden que tinha de ajudar Jess com algo na noite seguinte. Isso era tecnicamente verdade. Ele disse que iria cuidar do Bruno e convidar Adam e Mark para jogar cartas e passar um tempo juntos, mas ainda queria que eu voltasse para passarmos a noite juntos. Disse-lhe para passar para me pegar às dez e irmos para a casa dele. Eu sabia que era arriscado, mas não queria agir de forma suspeita estando na rua tarde da noite e tendo tribunal no dia seguinte. Além disso, será que ela tinha tanto lixo assim?

Na noite seguinte Bruno foi para a casa do papai quando Jess, Cam e eu nos amontoamos em meu Mini Cooper às oito e meia e fomos até a casa de Marla. Estacionamos na rua e caminhamos casualmente até seu endereço. Quando estávamos em frente à casa dela, porém, encontramos um pequeno problema. As casas eram estreitas e anexadas, e havia um monte de lixo junto. Não dava para saber qual lata pertencia a qual casa. Merda!

– Ok, ok, pense, Gabrielle – eu disse, colocando as mãos nos quadris e andando de um lado para o outro –, ela é uma mulher solteira, então se virmos lixo de homem não deve ser dela.

– Lixo de homem? – Jess perguntou, em dúvida.

– Você sabe, coisas que um cara tem e que uma mulher não.

– Tipo um pênis? – Jess sacudiu a cabeça, confusa.

– Cam, que tipo de coisa um cara teria e uma mulher não?

– Ahn, *Playboys*, *Penthouses*, charutos, uísque... Na verdade, se você achar essas coisas, me avise. Acho que vou querer ser amigo desse cara.

– Bem, que tipo de coisa uma mulher teria e um homem não? – estava ficando desesperada.

– Absorventes! – Jess gritou, e bateu palmas como se estivesse em uma competição.

– Quer ficar quieta? – sussurrei. – O ponto é que precisamos descobrir qual dessas cinco latas é a dela. Parece que há um beco iluminado ali. Acho que devemos levar as latas até lá e investigar.

– Tudo bem, boa sorte com isso. Sou o vigia, lembra? – Cam disse, afastando-se.

– Eu sou a motorista – Jess acrescentou.

– E eu sou a coletora de lixo. Sim, eu me lembro da conversa, mas preciso que me ajudem a levar as latas para lá.

Eles suspiraram. Cada um levou uma lata até o beco. Eu peguei uma também e logo tínhamos cinco latas. Nós as colocamos embaixo de um poste de luz, abri a tampa da primeira e comecei a vasculhar. Já estava coberta de lixo e me enfiando nela quando Jess finalmente se meteu.

– Ai, Jesus, querida! Não posso mais te ver fazendo isso. Afaste-se! – ela começou a vasculhar uma segunda lata. Vi Cam se contorcer.

– Eu não vou fazer isso.

– Então não faça. Você é o vigia – lembrei-o.

– Estou falando sério. Não vou fuçar no lixo.

– Eca! Isso é um preservativo? – perguntou Jess.

– Ah, cara! – Cam fez uma careta e deu um pontapé na base do poste de luz. – É como se eu pudesse ouvir minha mãe dizendo "um cavalheiro fuça um lixo para uma dama, Cameron" – ele resmungou. – Afastem-se! – Ele chegou e arrancou a tampa da terceira lata. – Não sei se vamos encontrar algo que possamos usar – ele disse, e de repente uma voz chamou.

– Cameron? – É você? – Cam congelou. Três sombras do sexo masculino se aproximaram. – É o Bob. Bob Lewis.

– Bob! Como você está? – Cam levantou-se e o homem de meia-idade, bem-vestido, aproximou-se com dois companheiros.

– Phil, Jack, esse é Cameron Clay, da Findlay Clay. Ele é meu planejador financeiro. Confio nele para todas as minhas decisões financeiras mais importantes.

– Ahn, eu apertaria suas mãos, mas... – Cam estava lutando arduamente para manter sua dignidade. Talvez ainda pudesse ser um bom defensor público.

– O que está fazendo aqui, Cameron? – Bob perguntou, aparentemente notando pela primeira vez que seu planejador financeiro, o homem em quem ele confiava para todas as suas decisões financeiras mais importantes, estava, no momento, fuçando em uma lata de lixo.

– Ahn...

– Eu sei! – Jack disse com uma risada.

– Sabe? – Cam perguntou duvidando.

– Sim, sei. Aconteceu com a minha mulher na semana passada.

– Aconteceu?

– O anel de diamante dela caiu na cozinha e acabou no lixo. Passamos uma hora vasculhando o lixo até encontrarmos. Então, sua namorada perdeu algo valioso?

– Sim! – Jess e eu dissemos exatamente ao mesmo tempo. Olhamos uma para a outra e dissemos "ela perdeu" ao mesmo tempo também.

– Você perdeu! – eu disse, com os dentes cerrados.

– Perdi – disse ela. – Meu, ahn, anuário. – "Han?" – Meu anuário da escola. Deve ter caído no lixo. Estou muito aflita.

Jack parecia confuso. Eu não o culpava.

– Bem, ahn, espero que o encontre – ele disse com um aceno de cabeça e um sorriso, afastando-se lentamente. Era evidente que achou que estávamos loucos ou drogados. Também não o culpei por isso.

– Cuidem-se – Bob falou, parecendo não estar entendendo algo que realmente deveria ter uma explicação perfeitamente razoável.

Os três continuaram andando pelo beco e viraram a esquina. Cam deu um suspiro de alívio e, em seguida, olhou para mim.

– Você parece bravo – eu disse, dando um passo involuntário para trás.

– Bravo? Por que eu ficaria bravo? – ele perguntou em voz baixa. – Um multi-milionário que confia em mim para dar-lhe conselhos sobre investimento acabou de me pegar fuçando lixo e dizendo que talvez não encontremos nada que possamos usar.

Olhei para o meu relógio. Merda! Faltavam dez minutos para as dez!

– Temos de sair daqui. Eu disse a Braden que estaria pronta para ir para a casa dele às dez.

– Vamos! – Jess disse, e se dirigiu para o meu carro com Cam. Eu estava logo atrás.

Entramos na minha garagem exatamente às dez. Agradeci Cam novamente e pedi desculpas pela quinquagésima vez por causa de Bob. Ele parecia ter superado. Na verdade, acho que ele estava começando a achar tudo meio engraçado. Acenou quando entrou em seu próprio carro e foi para casa. Jess e eu subimos a escada correndo e entramos rasgando no lobby... onde Braden, Adam, Mark e Bruno esperavam pacientemente.

Vinte e seis

Vi que o rosto deles demonstrava confusão, e depois, bem... nojo, para ser sincera. Olhei para baixo. Eu estava coberta de lixo. Havia embalagens de chiclete, guardanapos usados, pedaços de papel alumínio e algo que eu esperava que fosse um chiclete preso à minha roupa. Olhei para Jess e ela não estava melhor que eu. Entre outras coisas, tinha um saquinho ziploc preso em seu cabelo e havia uma casca de banana grudada em seu short.

– Ah, mal posso esperar para ouvir essa – Adam falou.

– Talvez eu precise de um banho rápido antes de ir – Bruno começou a choramingar e, em seguida, se escondeu debaixo de uma cadeira. Braden entregou a coleira para Mark e veio até mim. Quando chegou a cerca de dois metros de distância, no entanto, parou.

– Ai, querida! – ele fez uma careta e acenou com a mão para limpar o ar. – Talvez não seja rápido – ótimo. Eu fedia também. Jess foi até o elevador.

– Podem subir também e ficar à vontade – ela ofereceu.

– Ahn, vamos pela escada – Mark fez uma careta.

Vinte minutos depois eu estava limpa novamente e entrava na sala de estar, onde Jess já conversava com os meninos.

– Eu estava explicando que saímos para comer, deixei minha carteira na bandeja e ela foi parar no lixo, e tivemos que revirar o depósito de lixo para encontrá-la – uau, isso era muito melhor do que "eu acidentalmente joguei fora meu anuário da escola".

Bruno deu um latido feliz e veio correndo até mim. Braden veio hesitante, inclinou-se, acariciou meu pescoço e respirou fundo.

– Hmm, bem melhor. De qualquer jeito, o que vocês duas estavam fazendo essa noite, além de fuçar depósitos de lixo?

– Coletando provas para um caso.

– O quê? Por que estavam fazendo isso? É para isso que seu escritório paga investigadores.

– Não era perigoso.

– Gabrielle, qualquer coisa pode ser perigosa agora. Você sabe disso. E acabou rastejando por uma caçamba de lixo. Não quero mesmo que você faça coisas assim de novo – ele não queria mais que eu fizesse essas coisas? Quem era ele, meu pai?

– Ah é? E você nunca vai até uma cena de crime ou entrevistar uma testemunha no local, vai?

– Eu sou homem – disse ele, como se isso explicasse tudo.

– Então. Promotoras fazem isso também.

– É, mas não são minha namorada e não estão recebendo cartas com ameaças – ele estava começando a parecer irritado.

– Elas provavelmente recebem muitas cartas ameaçadoras.

– Ok, já mencionei que nenhuma delas é minha namorada? – agora ele estava realmente irritado.

– Daqui a pouco você vai começar a me dizer que não quer que eu represente ninguém acusado de um crime violento – eu também estava ficando irritada.

– Bem, agora que você mencionou...

– Braden! Sou um advogada de defesa criminal. Eu defendo criminosos. Todos os tipos de criminosos. Não apenas os criminosos que você aprova.

– Vocês estão brigando? – perguntou Jess.

– Estamos? – perguntei.

– Talvez um pouco. Mas tudo bem. Depois podemos fazer sexo de reconciliação – Braden disse, e Bruno latiu.

– Ei, acho que o cachorro conhece essa palavra – Mark disse, estudando Bruno com curiosidade.

– Veja quem são os pais dele – Adam disse, secamente. – Só Deus sabe ao que ele foi exposto. Provavelmente precisa de psicanálise.

– Ok, está ficando tarde, gente, e todos temos tribunal amanhã, tenho certeza – Jess disse sugestivamente.

– É, é melhor eu ir para casa. Vamos, Adam, eu te dou uma carona – Mark falou.

– Vamos, Sherlock – Braden disse para mim.

Quando chegamos à casa dele já eram onze horas. Ele colocou Bruno no quarto e voltou para a sala de estar, desligando as luzes.

– Veja – ele disse, e me levou até a janela.

– É lindo – suspirei ao ver as luzes da cidade. A vista era incrível.

– Você é linda – ele se colocou atrás de mim e me puxou contra seu peito. – Me desculpe se fui meio agressivo. Só não quero que você se machuque.

– Não vou me colocar em perigo real conscientemente. Que tal assim?

– Acho que vai ter que ser bom o bastante. Quer fazer isso para o resto da sua vida? – ele perguntou do nada.

– Não sei. Às vezes eu acho que sim. E outras vezes não.

– Você quer ter filhos reais um dia? – uau, Braden estava falando sobre filhos. Aquilo era como uma conversa de gente crescida mesmo.

– Acho que sim. Mas antes eu gostaria de me casar.

– É claro – ele disse, como se aquilo fosse óbvio. Esse cara não era um baita pegador há um mês? Essa foi uma metamorfose bastante rápida. Alguma coisa sobre isso parecia certa, porém, e acho que ele sentia o mesmo. – Então você realmente gosta das luzes, hein?

– Sim, gosto muito.

– Eu já volto – disse ele, e foi até um armário. Pegou um edredom, levou-o para onde eu estava e o estendeu no chão. – Vamos fazer amor aqui, então – ele disse baixinho. Ele nunca tinha se referido a sexo daquele jeito antes. Sentou-se e me puxou para baixo, para o seu lado. Então me deitou e me beijou doce e suavemente, em meus lábios, meu rosto, minhas pálpebras, meu queixo, minhas orelhas, meu pescoço, meu tudo. Suspirei de contentamento e excitação. Despiu-me lentamente e, em seguida, tirou a própria roupa, segurando o olhar no meu o tempo todo. Então ele me cobriu com seu corpo maravilhosamente quente e entrou em mim enquanto as luzes brilhavam à distância. Fizemos amor, devagar e ternamente, até que finalmente chegamos ao clímax juntos. Depois ficamos ali deitados, abraçados por um bom tempo antes de ir para a cama. Bruno estava dormindo – roncava levemente, como um chihuahua deve roncar – e eu adormeci nos braços de Braden.

A semana passou rapidamente. Por algum milagre, todos os meus casos foram bastante normais. Não houve agarradores atrapalhados, maconheiros geriátricos ou assaltantes armados trabalhando no caixa ou se oferecendo para mostrar a identidade. Só os típicos criminosos do dia a dia. Tive alguns casos contra Adam naquela semana, o que lhe deu a oportunidade de tirar o atraso para me provocar sobre algo além de minha vida amorosa. Bruno ficou bem na creche de cachorrinhos, onde disseram que ele fez muitos amigos cães. Braden e eu passamos todas as noites juntos, na casa dele ou na minha. Bruno aprendeu a ficar na sala e eventualmente nos perdoou por fazermos a brincadeira de esfregação sem ele. Sua recompensa por ser tão compreensivo era poder dormir conosco, no quarto, depois de brincarmos. Em sua própria cama, é claro. Ele agora tinha uma no apartamento de cada um.

Inevitavelmente, depois de passarmos várias horas da noite de quinta-feira conversando na cama e fazendo amor, a sexta-feira chegou. Braden e Adam iriam de avião até Pittsburgh para evitar uma viagem de carro de cinco horas e saíram às dez. Despedi-me dele antes de sair para o trabalho pela manhã.

– Então, vai me mandar uma mensagem para eu saber que chegou bem?

– Certo, e você vai me mandar uma mensagem para eu saber que você e Bruno tiveram um bom dia?

– Sim, e você vai me ligar para dizer boa noite?

– Vai ter um tipo de coquetel. Ligo antes ou depois?

– Depois. Porque aí você pode apenas relaxar. Você e Adam vão dividir o quarto?

– Sim. Provavelmente vou sair da festa mais cedo para poder falar com você em particular. No caso de eu ficar piegas. Ou com tesão. Ou as duas coisas – Braden me beijou e depois disse adeus a Bruno e seguimos nosso caminho.

Deixei Bruno na creche e cheguei ao escritório por volta das nove. Eu não tinha tribunal naquele dia, pois vários promotores e juízes estariam fora da cidade. Jess, Cam e eu estávamos planejando tirar a tarde para ir em busca de fantasias e finalizar os planos para a Operação Cole. Mark chegaria por volta do meio-dia de sábado.

Vinte e sete

Tivemos de fazer algumas pesquisas, mas finalmente encontramos o que precisávamos em um lugar chamado Tony's Fantasy Land. Foi um pouco assustador descobrir sobre as fantasias de outras pessoas.

– Quem tem fantasias sobre ser um absorvente interno? – Jess perguntou, olhando um tubinho longo e branco de *fleece*.

– As pessoas são estranhas – respondi.

– Não havia um membro da família real? – Cam perguntou.

– Não fale sobre isso. O pobre homem nunca vai superar aquilo – eu respondi.

– Que diabos é isso? – perguntei.

– Acho que é um dildo, e o tamanho... – Cam olhou a etiqueta – extragrande para homem.

– Acho que estou vendo um padrão por aqui – Jess falou.

– Uma novidade: homens fantasiam sobre estarem dentro de vaginas de mulheres – eu disse secamente.

– Ah, vejam! Uma fantasia de enfermeira safada. Acho que gostei dessa – Cam disse com um sorriso.

– Acho que não cabe em você – Jess riu.

– Uma freira? – perguntei.

– Para um padre, pode ser bem sedutora – Cam explicou.

– Hmm. Aqui está a sua roupa de pirata, Cam – provoquei.

– E aqui uma fantasia de mocinha. Qual de vocês quer vesti-la para mim?

– Encontrei uma! Professora sexy – Jess anunciou.

– Será que eles têm duas dessas?

– Não, só uma, e uma de menino escolar travesso.

– Acho que vou ter que ficar com a de dominatrix – eu disse, desapontada.

– As coisas de sadomasoquismo estão na sala ao lado – Cam falou.

– Você já esteve aqui antes, não é? – brinquei.

– Há um aviso na porta – ele disse, na defensiva.

Finalmente encontrei uma calça de borracha brilhante, um bustiê de couro e umas botas que os caras do Kiss devem ter usado. Ela vinha com uma máscara de couro. Imaginei que aquele era um conjunto bem estiloso no mundo BDSM. Cam escolheu uma calça, um colete e chapéu – tudo de couro –, e um colar. Eu realmente esperava que ele não encontrasse mais de seus clientes vestido daquele jeito. Também pegamos uma peruca preta para Jess e máscaras para eles e Mark. Ah, se a *bube* pudesse me ver agora! Quando voltamos para casa, depois de pegar o Bruno, é claro, pedimos comida chinesa e repassamos o plano. Faríamos Mark se sentar, contaríamos sobre os bilhetes, descreveríamos os personagens e explicaríamos por que era preciso ter cuidado para não sugerir nada sem nenhuma prova. Depois, traçaríamos nosso plano, que era bastante simples: Jess se aproximaria de Cole, diria que ele era um mau menino e que queria que ele escrevesse todas as coisas feias que fizera. Se necessário, iria bater nele com uma régua. Depois, sairíamos de lá. Não era tão ruim assim, certo? Sim. Eu sei. Novamente aquelas famosas últimas palavras.

Como era noite de sexta, Cam e Jess decidiram sair para tomar um drinque. Eu fiquei em casa e tentei relaxar. Bruno ficou feliz me fazendo companhia, mas parecia um pouco perplexo pelo fato de o papai não estar por perto. Ficava indo até a porta e farejando as cobertas do lado em que Braden dormia na cama. Uau, de repente me dei conta. Braden tinha um lado da cama. Estávamos juntos há um mês e éramos um casal de verdade. Havíamos sobrevivido à nossa primeira discussão, mesmo que não tivesse sido grande. Já tínhamos falado sobre o futuro, conhecido os pais um do outro e, além disso, dividíamos um cachorro. Embora ainda discutíssemos no tribunal, fizéssemos várias coisas sexy e safadas e trocássemos provocações sarcásticas, também tínhamos desenvolvido uma afeição natural um pelo outro. Eu sabia o que isso significava, e queria dizer isso a ele, mas ainda estava com um pouco de medo. Naquela noite, assisti ao canal educativo enquanto Bruno se aninhava em sua caminha, e esperei Braden ligar.

Vinte e oito

– Olá, gata.

– Olá. Festejando com os caras da aplicação das leis?

– Sim. Eles sabem ser bem loucos.

– As mulheres estão dando em cima de você?

– Deixei bem claro que tenho namorada – então estavam, imaginei. – Por quê? Está com ciúmes? – parecia achar graça.

– Claro – admiti.

– Bem, agora você sabe como me sinto.

– O quê? Porque um monte de estudantes de MBA bêbados tentaram ficar comigo no O'Malleys?

– Não, porque Cameron foi o primeiro cara com quem você ficou.

"Ah, isso", pensei.

– Isso foi há anos e foi só uma vez. Você é o melhor parceiro que já tive. Eu não costumava ter finais felizes apenas com sexo. Você é o primeiro cara que consegue me fazer chegar lá.

– Verdade?

– Sim, e não só isso, mas eu nunca fiz mais de uma vez em uma noite, e com você eu cheguei a fazer seis.

– Sete – ele corrigiu.

– Você contou?

– Eu notei, por acaso.

– Não são só suas habilidades técnicas. Você e eu parecemos estar sempre em sincronia.

– É o melhor sexo que já fiz, mas não foi só isso que quis dizer, Gabrielle. Obviamente você sentia algo por ele, ou sua primeira vez não teria sido com ele; e agora ele trabalha com você todos os dias. E se você começar a sentir algo por ele de novo?

– Braden, há oito anos eu tinha uma queda por um menino bonitinho. Agora eu tenho sentimentos muito mais profundos por um homem incrivelmente sexy; e, só para constar, me refiro a você, não ao Cam.

– Bem, é bom ouvir isso, pois não quero perder você.

– Isso não vai acontecer. A gente vai ficar junto pelo tempo que você conseguir me aturar.

– Nunca vou deixar de querer você, Gabrielle – essa conversa estava ficando muito intensa. Como se tivesse adivinhado, ouvi uma voz ao fundo.

– Ei, Braden! Já terminou o sexo por telefone?

– Pode entrar! – Braden chamou. Eu pensei ter ouvido uma porta fechar. – Não esperava ver você por aqui essa noite.

– Preciso dormir, cara. Além disso, não conseguia lembrar o nome dela e foi meio estranho depois que ela me fez um...

– Ainda estou no telefone aqui, cara – interrompeu Braden.

– Você ainda está na merda do telefone? Você a viu de manhã. Peça ela em casamento logo – então, em uma voz mais alta, ele gritou: – Oi, Gabrielle!

– Por favor, diga ao Adam que falei oi e que posso ouvi-lo mesmo quando ele não está gritando.

– Ela disse oi. E disse também que consegue ouvir tudo o que você está dizendo.

– Fantástico. Então sua namorada sabe que sou um babaca.

– Ela já sabia disso – Braden respondeu.

– Você disse que está com saudades dela?

– Acho que posso me virar, Adam.

– Você disse que a ama?

– Não preciso mesmo de sua ajuda aqui.

– Ah, Braden está apaixonado – Adam provocou. – Todas as mulheres no *lounge* devem estar chorando e enchendo a cara de vodca.

– Por favor, vá se ocupar de alguma forma! Tome um banho, escove os dentes, estude o Código Penal. Me deixe em paz por um minuto para que eu possa dizer boa noite para a minha namorada.

– Boa noite, Gabrielle! – Adam gritou.

– Sinto muito por isso – Braden se desculpou.

– Não se preocupe com isso. Eu não estou namorando ele. Ouça, vou sair com Jess, Cam e Mark amanhã à noite. Não sei a que horas vou estar em casa.

– Ligue para mim, não importa a hora. Me mande mensagens e, durante o dia, ligue sempre que quiser. Talvez eu consiga até ir embora mais cedo amanhã. Vou tentar embarcar em um voo mais cedo.

– Ok, pode deixar.

– Preciso dizer boa noite enquanto ele ainda está no banheiro, porque eu realmente quero dizer que estou com saudades – ele hesitou por um segundo. – E que te amo – ai, meu Deus. Ai, meu Deus. Ai, meu Deus. Ele disse! Calma, Gabrielle. Meu coração começou a martelar. Eu queria tanto estar com ele naquele momento.

– Também estou com saudade e também te amo – minha voz tremeu um pouco, porque as emoções que eu estava experimentando eram tão poderosas que quase tomaram conta de mim – muito.

– Boa noite, querida.

– Boa noite. Bons sonhos.

No dia seguinte, ao meio-dia, Mark sentou-se em nossa sala e me ouviu contar toda a história. Contei sobre os bilhetes, os suspeitos e nossos esforços para coletar evidências. Depois, apresentei o plano. Finalmente fiz uma pausa, e Mark falou.

– Deixa eu ver se entendi. Você encontrou três pessoas desagradáveis no evento de Braden, e quando recebeu alguns bilhetes anônimos dizendo que devia terminar com ele ou algo ruim poderia lhe acontecer, você assumiu que quem os escreveu foi um dos três.

– Porque ninguém mais teria interesse em nos ver separados, e, na época, não era de conhecimento geral que estávamos namorando.

– Então, em vez de apenas contar aos policiais e deixá-los lidar com isso, você decidiu ir sozinha atrás de amostras de caligrafia, porque ficou preocupada que poderia haver uma reação negativa se dissesse que suspeitava de uma dessas três pessoas.

– Certo.

– E, na busca por evidências, você convenceu o Fred e a Ethel aqui a seguir cidadãos e vasculhar lixos com você – ele olhou para Jess e Cam como se estivesse se perguntando que diabos havia de errado com eles.

– Bem, sim. Você sabe que estou fazendo isso principalmente porque não quero que Braden ou meus pais se preocupem, né?

– A-rã. E agora você quer que eu vista uma fantasia e vá a uma festa *underground* de sexo para que você possa dominar um político fetichista e obter uma amostra da letra dele.

– É por uma boa causa.

– E você acha que um dos meus amigos mais próximos, que por acaso também é seu namorado, vai achar que não há nada de errado com esse plano?

– Eu não estou indo lá para fazer sexo com ninguém! Acho que esse cara vai realmente fazer o que Jess ordenar que ele faça. Assim que conseguirmos a caligrafia, vamos embora. Eu a envio a um perito, que vai derrubar o Cole ou me dar munição para que eu possa mandá-lo me deixar em paz. É um jeito de talvez conseguir que parem de me incomodar sem arrastar a família do Braden junto nessa história.

– Nem tente fazer isso parecer razoável, Gabrielle. Não acredito que você não contou ao Braden sobre o primeiro bilhete.

– Mark, não quero que ele fique em uma situação complicada. Se eu tivesse só uma coisinha que endossasse minhas suspeitas, a história seria completamente diferente. Você não entende? Estou fazendo isso porque me preocupo com ele. Não quero que ele se preocupe comigo o tempo todo, e quero que as pessoas nos deixem em paz sem que ele seja processado.

– E se a gente conseguir essa amostra e não for esse cara? E aí?

– Não sei. Não acho que eu esteja disposta a vasculhar lixos de novo. Acho que vou tentar só mais isso. De qualquer jeito, é ele que faria uma acusação errada ser mais controversa. Se não for ele, acho que vou deixar tudo com a polícia e deixar que eles lidem com isso.

– E você vai contar ao Braden sobre tudo isso?

– Sim, vou.

– Ainda não acho que ele vai achar ok você ir em uma festa dessas.

– Não posso deixar a Jess fazer isso sozinha.

– Olha, ok, vou junto. Mas sob uma condição: eu e Jess entramos na festa e você e o Cameron ficam do lado de fora. Esse Cole conhece vocês dois, mesmo. Podemos nos comunicar pelo celular.

– Tudo bem por você, Jess? – perguntei.

– Contanto que Mark fique comigo o tempo inteiro.

– Não se preocupe, Jess – disse ele de forma tranquilizadora.

– Ok, mas acho que Cam e eu devíamos mesmo assim ficar fantasiados e com o código, caso vocês precisem de ajuda.

– Tudo bem, mas a não ser que a gente peça, você fica de fora.

– Ok, de acordo.

Vinte e nove

Naquela noite, às oito e quarenta e cinco, estávamos todos vestidos com as melhores fantasias daquela loja. Jess e Mark faziam um bom par. Ela estava com uma saia bem colada, que ia até os tornozelos – mas com uma fenda na parte de trás que ia quase até a sua bunda –, uma blusa de gola alta de babados antiquados, como uma professora vitoriana, meia arrastão, botas de salto alto, uma peruca preta e uma máscara parecida com aquelas de carnaval. Carregava uma régua, papéis dobrados e uma caneta presa na cinta-liga. Mark também usava uma máscara, mas a dele era mais simples, meio parecida com a do Cavaleiro Solitário. Estava vestido com um uniforme escolar inglês, gravata listrada, meias até o joelho, bermudas, *blazer* e um boné. Parecia o vocalista do AC/DC. Cam e eu apenas parecíamos uns pervertidos.

Chegamos perto do local da festa, um armazém abandonado nas docas. Era um bairro violento, então eu estava armada com um *spray* de pimenta. Fomos com meu carro e estacionamos a vários quarteirões de distância para repassarmos o plano todo.

– Ok, vocês têm o código e vimos o vídeo de Cole na internet milhares de vezes, então acho que o reconhecerão – eu disse.

– Vou até ele e digo que é um menino mau e que precisa ser punido – disse Jess.

– Vou ficar perto de você o tempo todo – Mark assegurou-lhe.

– Vou fazê-lo escrever "fui um mau menino porque..." e, depois, fazê-lo listar os motivos.

– Se ele não escrever, você diz que vai bater nele com a sua régua – acrescentei.

– Pegamos a amostra e damos o fora – Mark terminou.

– Estamos aqui se precisarem de nós e podemos entrar para ajudar se for necessário – Cam falou.

– Vamos tentar manter contato por telefone o máximo possível – Jess disse.

– Ok, time. Acho que é hora de ir. Só quero agradecer a todos vocês por fazerem isso.

– Sim, certo, Lucy – Mark respondeu. – Quando Ricky descobrir, provavelmente vai comer o meu rabo.

– Eu digo a ele que obriguei você a fazer isso. Boa sorte – ele suspirou e revirou os olhos.

Mark e Jess saíram do carro e começaram a caminhar na direção do armazém, enquanto Cam e eu esperávamos nervosamente. Dez minutos mais tarde, recebi uma ligação de Jess.

– Estamos dentro. Não houve problemas com o porteiro e o código funcionou. Todo mundo está se enturmando e acho que já vimos o Cole. Opa, tenho de ir.

– Eles estão lá dentro e se enturmando. Já o viram.

Ficamos no carro esperando em silêncio, e então, depois de alguns minutos, Cam falou com uma voz um pouco hesitante.

– Então, Gabrielle, você e Braden estão bem sérios agora, hein?

– Sim, estamos. Estamos muito felizes juntos e somos muito compatíveis.

– Isso é bom. Eu quero que você seja feliz. Sinto muito por ter magoado você na faculdade.

– Sei que sente. Mas não foi tudo culpa sua. Eu tinha uma grande queda por você. Devia ter te falado antes de a gente... de antemão. Eu também devia ter contado que era virgem.

– Sim, isso foi o que mais me assustou. Eu realmente sentia algo por você, mais do que amizade, mas você era tão legal e tão doce. Eu tinha acabado de fazer merda em minha relação com Braden e estava bem deprimido na época. Não achava que você merecia alguém como eu. Quando percebi o que você acabara de me dar, não me senti digno, sabe?

– Então você quer dizer que para você também não foi só sexo casual?

– Não, não foi. Eu menti sobre isso. A verdade é que, na época, não soube lidar com meus sentimentos. Quando você não quis mais me ver, fiquei arrasado. Percebi que tinha fodido tudo enormemente, mais uma vez, e não queria piorar as coisas, então apenas a deixei em paz.

– Cam. Nunca soube disso. Achei que você simplesmente não queria que eu ficasse atrás de você.

– Eu não era exatamente bom em comunicação.

– Sei que não é da minha conta, mas por que você ficou com Marla quando ela estava namorando Braden?

– Braden estava cheio dela e prestes a terminar. Ela sabia disso e pensou que, se o deixasse com ciúmes, poderia fazer alguma diferença. Uma noite, eu estava em um bar bebendo com uns amigos e Marla começou a dar em cima de mim. Eu sabia que Braden não sentia nada por ela e sabia que ela estava apenas me usando. Estava muito bêbado e ela me convenceu a ir para um canto escuro onde me aplicou suas habilidades orais. Senti-me um merda assim que fiquei sóbrio, no dia seguinte, mas a história já tinha chegado aos ouvidos de Braden. Tivemos uma discussão. Ele disse que não estava nem aí para quem a Marla chupava, mas ficou bravo porque eu o traí e o fiz parecer um idiota. Fiquei na defensiva. Eu era imaturo. Que seja. O ponto é que isso destruiu a nossa amizade.

– Parece que agora vocês estão se dando bem.

– E quero que continue assim. Ele é meu primo e já fomos bons amigos. Eu ainda me sinto atraído por você, Gabrielle, mas realmente quero que você seja feliz, e quero que Braden seja feliz também.

– Você vai encontrar alguém, Cam. É um cara muito legal.

– Sim, sim. Espero que você esteja certa. Estou feliz que eu tenha ajustado as coisas com você e Braden. Faz eu me sentir muito melhor – nesse momento o telefone tocou.

– Conseguimos! – Jess sussurrou animadamente.

– Conseguiram? – eu mal podia acreditar.

– Sim, mas acho que não vamos conseguir levar para fora da festa. Eles são cuidadosos com o que você carrega para dentro e para fora. Tive de esconder o telefone, e temos recebido alguns olhares estranhos.

– Vocês estão recebendo olhares estranhos? Em uma festa de fetiche?

– Porque não estamos, você sabe, interagindo.

– Ah.

– Olha, talvez a gente precise sair de fininho daqui. Nos encontre na parte de trás do prédio caso precisemos de ajuda. Pode ser que tenhamos de sair pela janela.

– Merda!

– Não se preocupe. Apenas nos encontre lá atrás.

– Ok, estamos a caminho. Pode ser que eles tenham que escapar por uma janela dos fundos. Querem que os encontremos atrás do prédio.

– Ok, não se esqueça do *spray* de pimenta. Aqui não é exatamente o Upper East Side.

Caminhamos em direção ao armazém, demos uma volta ampla para evitar os seguranças da entrada e nos arrastamos o mais silenciosamente que pudemos para a parte de trás do edifício, passando agachados por trás de algumas caixas. Olhei para cima e vi uma janela aberta. No minuto seguinte, Mark saltou e Jess começou a passar pela janela. De repente, ouvi uma voz gritando.

– Ei! O que está acontecendo?

Levantei-me e disse:

– Estamos aqui!

Mark pegou Jess quando ela pulou e segurou sua mão, enquanto os dois se aproximavam como um raio. Ouvi mais vozes na frente do prédio, e parecia que estavam ordenando que alguém fosse atrás de nós. Corremos pra caramba, o que não é fácil de fazer com salto agulha, aliás. Um grupo de rapazes corpulentos, verdadeiros leões de chácara, se aglomerou na parte de trás do edifício enquanto fugíamos para o local onde eu havia deixado o carro. Infelizmente, quando chegamos lá, o local estava vazio. Mencionei que aquele era um bairro violento?

– Meu carro! – gritei.

– Tem certeza de que foi ali que estacionou?

–Sim! – ouvi vozes ao longe. – Mas que merda! Por que eles ainda estão atrás de vocês?

– Gabrielle, essa é uma reunião ilegal e há pessoas importantes aqui. A gente acabou de fugir pela porra da janela. Isso deve lhes causar uma certa preocupação.

– Bem, então não temos escolha – peguei meu telefone.

– Para quem está ligando? – Cam perguntou.

– Para a polícia. Estamos prestes a fazer uma denúncia anônima sobre uma reunião do infame Fanny Hill Club.

Fiz a denúncia e fugimos a pé, tentando ir o mais longe possível antes que os policiais chegassem e invadissem o local. Corremos até ficarmos todos sem ar. Finalmente, paramos para descansar em um beco.

– Ok – Mark disse, ofegante. – Acho que devemos chamar um táxi.

– Ei! Aquele não é o seu carro?! – Jess gritou.

Levantei os olhos. Era o Mini Cooper, a uns três quarteirões de distância! Alguém tinha pegado ele só para dar um rolê! Corremos em direção a ele e mergulhamos dentro. Saí cantando pneus e fomos para casa.

Quinze minutos depois, nós quatro, sujos e suando, estávamos cambaleando no *hall* de entrada do prédio, quando um "Ai, merda" revelou que Ricky chegara mais cedo em casa.

– E eu pensei que o lixo fosse bom – Adam disse, parecendo surpreso.

– Gabrielle?! – sabe, nunca tinha ouvido Braden realmente incrédulo antes. – Por que você está vestida assim?! – Ele olhou para Cam. – Por que *você* está vestido assim?!

– Mark? É você? – Adam perguntou, rachando o bico. – Calção legal, cara – pouco depois ele se desfez em gargalhadas. Eu esperava que se mijasse.

– Querida! Que porra você está fazendo agora?! – Braden não estava rindo.

– Há uma explicação para isso – eu disse com uma voz tímida.

– Será que envolve algum fetiche entre você e Cameron?

– Não! – nós quatro começamos a tentar explicar ao mesmo tempo.

– Vamos subir para a sua casa – Braden disse, por cima do barulho. Aquela era a primeira vez que eu o ouvia absolutamente furioso.

Todos entramos no elevador, muito desconfortáveis, e subimos em silêncio ao som de uma versão à lá Kenny G de "Send in the Clowns". Entramos no apartamento e ouvimos latidos alegres. Pelo menos o Bruno estava feliz em me ver. Fomos para a sala, onde todos se sentaram e Bruno pulou para o lado de Braden. Ele estava feliz em ver o pai, na verdade. Acho que Bruno tinha percebido o fato de que Braden era o mais estável da família.

– Sei que provavelmente você vai me encher de porrada, Braden, e eu aceito – Mark disse, parecendo resignado. – Mas, se isso faz alguma diferença, eu fiz tudo que podia, dadas as circunstâncias, para mantê-la segura.

– Fez mesmo! – apoiei. – Não foi culpa dele. Eu o fiz fazer isso.

– E quero que você saiba que Gabrielle e eu não fizemos nada juntos – Cam disse desesperadamente. – Juro por Deus, Braden! Não toquei nela!

– Então por que vocês estão vestidos assim?

– Porque nós estávamos tentando conseguir uma amostra de caligrafia – ele explicou.

– E por que você tinha de se vestir como um dos Village People? – Adam perguntou.

– A pessoa de cuja amostra precisávamos estava em uma festa *underground* de sexo – Jess disse prestativamente.

– Em uma o quê?! – eu também nunca tinha ouvido Braden gritar antes.

– Ela não entrou! – Mark disse com voz apavorada. – Só Jess e eu entramos. Eles só estavam fantasiados caso tivessem de ir nos ajudar.

– Ajudar a fazer o quê?!

– A sair depois de eu bater em Cole Stephenson para ele me dar uma amostra – Jess respondeu.

– O deputado estadual? – Adam perguntou. – Uau, Gabrielle, você realmente é perigosa.

– Isso é tudo o que fiz. Quando eles saíram pela janela e os seguranças começaram a vir atrás da gente, eu disse para onde correr para fugirem. Isso é tudo – minha voz começava a tremer. Eu odiava ver Braden tão chateado.

– Ah, isso é tudo, é? – Braden levantou-se, passou os dedos pelo cabelo e começou a andar de um lado para o outro com raiva. – Você me prometeu que não ia se colocar em perigo e mentiu para mim.

– Eu não menti para você! Só não achei que seria perigoso!

– Por que foi fazer isso?

– Porque você e meus pais estão preocupados comigo. Não quero que se preocupem. Honestamente, acredito que a Marla, o Cole, ou, possivelmente, a sra. Mason tenham sido responsáveis pelas ameaças. Pensei que, se eu conseguisse só uma pequena prova, poderia dizer-lhes para ficarem longe.

– Por que não disse isso para mim ou para a polícia?

– Porque se você pedisse para eles serem investigados, poderia causar uma reação negativa para sua família. Eu não queria ver isso acontecer por causa de alguns bilhetes idiotas.

– Alguns? Você recebeu mais de um?

– Não quis que você se preocupasse. Achei que, se eu contasse sobre o outro e sobre meus suspeitos, você poderia fazer algo precipitado.

– Eu poderia fazer algo precipitado?! Você foi para uma porra de uma orgia vestida como o quinto membro do Kiss!

– Meu plano funcionou! Temos a amostra de escrita de Cole!

– Aliás, sabia que a Marla é garota de programa? – Jess perguntou.

– Ela é o quê?!

– Não se preocupe com isso agora! – olhei para Jess. – Eu só queria encontrar uma maneira de fazer a pessoa das cartas me deixar em paz, para que você não se preocupasse. Eu te amo e eu não quero te causar problemas. – Finalmente a expressão dele se suavizou um pouco.

– Bem, acontece que eu também te amo e, se você não quer me causar nenhum estresse, então pode tentar conversar comigo em vez de achar que sabe como vou reagir a alguma coisa. De agora em diante, e eu falo sério, Gabrielle, você não vai esconder esse tipo de informação de mim. Está entendendo?

– Sim. Braden, querido, eu sinto muito.

– Você promete?

– Sim. Eu prometo.

Ele andou mais e continuou passando os dedos pelo cabelo um pouco mais. Estávamos sentados em silêncio, não querendo dizer nada que o deixasse mais agitado. Finalmente, parou de andar e virou-se para mim com um olhar muito determinado.

– Ok, você realmente quer ter certeza de que eu não vou me preocupar com você?

– Sim, é claro.

– E você me ama?

– Sim! Muito – eu podia sentir as lágrimas começando a pinicar meus olhos.

– Então se case comigo – hã?

– Você acabou de me pedir em casamento?

– Sim. E, acredite, nunca me ocorreu que um dia eu estaria fazendo um pedido de casamento na frente de outras quatro pessoas a uma mulher vestida como uma dominatrix. No entanto, aqui estou. E o fato de eu ainda estar aqui fazendo essa oferta deve significar alguma coisa, Gabrielle.

– E significa! – sorri com uma incrível, quase irracional alegria, enquanto sentia as lágrimas enchendo meus olhos completamente. – Eu achava que meu pai era o único cara romântico o bastante para se casar e entrar em uma família puramente insana só porque realmente amava uma pessoa.

– Então isso é um sim?

– Sim! – corri até ele e o abracei forte. Ouvi um latido, e Bruno correu e começou a montar na perna de Braden.

Trinta

– Mazel tov. Isso significa que você vai se converter? – Adam perguntou.

– Quem se importa com isso? Significa que você não vai me matar? – Mark quis saber.

– O que significa é que Gabrielle não vai mais fuçar em lixo ou ir a mais festas *underground* de sexo. Bem, a menos que eu vá com ela. Também significa que, se alguém a está incomodando porque espera que ela me deixe, a pessoa vai provavelmente desistir.

Meu balão de felicidade estourou imediatamente.

– É por isso que você me pediu em casamento? Para que você possa ficar de olho em mim e me deixar longe de problemas?

– Não. Te pedi em casamento porque te amo e quero estar com você sempre, sua doidinha. O fato de eu poder deixar você longe de encrenca é só um bônus.

– Então, por que vocês voltaram mais cedo? – Jess perguntou.

– Porque Braden estava com muita saudade da namorada – Adam respondeu.

– Terminamos o que precisávamos e eu consegui arranjar um voo mais cedo. Não haveria nada de importante para nós amanhã – Braden respondeu olhando para Adam.

– Porque Braden estava com muita saudade da namorada – Adam repetiu.

prostituta para casa. A propósito, o que vocês estavam dizendo sobre Marla?

– Eu te conto no caminho – eu disse, indo para meu quarto para me trocar. Voltei em cinco minutos com calças de yoga e uma camiseta.

– Vamos, Mata Hari, vamos sair daqui – Braden disse. Demos tchau para todos e fomos para a casa dele, com Bruno.

No caminho, contei-lhe sobre Marla e também a verdadeira história sobre o lixo. Ele estava muito chocado, mas ainda assim riu quando contei sobre o cliente do Cam que apareceu. Pelo menos não parecia mais estar com raiva. Aos poucos eu me dava conta de que ele me pedira em casamento. Entendera em um nível intelectual, mas ainda não tinha caído a ficha completamente. Decidi que ele havia passado por muito estresse por minha causa e que eu deveria confortá-lo com uma boa massagem e um banho juntos. Quando chegamos ao seu apartamento, fui direto para o banheiro e comecei a encher a banheira, jogando um pouco de óleo de eucalipto. O cheiro deveria relaxar. Bruno correu pelo apartamento, atrás do que quer que ele sempre procurava.

– Ei, venha aqui e permita que eu não te confronte.

– Eu poderia aproveitar muito desse não confronto – Braden disse, tirando as roupas. Ele ficava muito bonito tirando as roupas.

– Deve ser muito traumático para um ex-pegador pedir alguém em casamento – provoquei.

– Você não faz ideia – ele sorriu.

Tirei minhas roupas, também, enquanto ele observava com um olhar que se tornava cada vez menos relaxado. Que se dane o óleo de eucalipto.

– Sente na minha frente e afunde um pouco. Quero esfregar suas costas e seus ombros. Você parece tenso – eu disse, e ele riu alto.

– Você acha? Por que será?

– Bem, eu posso te causar alguma tensão, mas também sei como aliviá-la. Escorreguei para dentro da água maravilhosamente morna e suspirei. Ele escorregou para dentro comigo e se sentou entre as minhas pernas, recostando-se em mim.

– Hmm. Eu gosto do jeito como seu peito escorrega contra mim – ele murmurou balançando um pouco. Comecei a massagear seus ombros e ele fez um som como o ronronar de um leão.

– Senti sua falta – eu disse baixinho em seu ouvido, enquanto o enchia de beijinhos suaves.

– Também senti sua falta – seus ombros estavam relaxados, e ele parecia muito mais contente.

– Você tem certeza de que quer se casar comigo?

– Sim. Mas talvez eu queira fazer um novo pedido. Acho que se eu me esforçar bastante consigo fazer algo mais romântico que aquilo – ele riu.

– Vai ser uma boa história para contarmos aos netos.

– Ah, sim, claro. Como você pediu a vovó em casamento, vovô? Bem, foi em uma noite em que ela participou de uma orgia vestida de dominatrix... A propósito, quando formos contar aos nossos pais, podemos pular essa parte.

– Nossos pais! Meu Deus, é mesmo. Acha que seus pais vão se opor porque não estamos juntos há muito tempo?

– Está brincando? Meus pais te adoram. Eles vão se emocionar e ficar sem palavras. De qualquer jeito, meu pai mesmo quis se casar com a minha mãe depois do primeiro encontro.

– Sério?

– Seu pai também.

– Ele fez isso? Depois de conhecer a *bube*?!

– Sim – ele riu. – Aquilo é amor verdadeiro, acredite.

– Então ele te contou isso, é?

– Os dois me contaram quando tive minha conversa sobre relacionamento, de homem para homem, com eles. Provavelmente vão sugerir que a gente tenha um noivado longo, no entanto. Por mim sem problemas, desde que você venha morar comigo.

– Jess vai ficar sem colega de apartamento.

– Ela vai encontrar outra pessoa, e podemos cobrir seu aluguel enquanto ela não achar. Agora, que tal se você confortar outras partes de mim? – disse ele, pegando minha mão em seu ombro e colocando-a em uma parte de seu corpo que não estava nada relaxada naquele momento. Estendi a mão para pegar uma esponja e comecei a dar-lhe uma massagem de outro tipo. Sua respiração ficou pesada e ele começou a gemer. Eu adorava vê-lo ficar bem excitado. – Sente no meu colo – ele disse, com uma voz grossa. Mudei de posição e adorei o olhar de felicidade em seu rosto quando ele deslizou para dentro de mim.

– Eu te amo, Braden – arfei, enquanto ele erguia os quadris para empurrar com mais força dentro de mim.

– Eu também te amo. Me beije – eu o beijei e me perdi em todas as maravilhosas sensações. Quando liberamos completamente nossa tensão, a água já esfriara, então saímos, nos enxugamos e fomos para a cama. Bruno já estava dormindo em sua caminha quando Braden e eu adormecemos, abraçados.

O som do celular de Braden na mesa de cabeceira nos acordou na manhã seguinte. Ele estendeu a mão para pegá-lo e eu olhei, ainda grogue, para o relógio. Eram nove horas. Tínhamos dormido muito tarde. Parecia que ele estava falando com Adam ou Mark.

– Está passando agora? Ok, sim. Eu ligo para você mais tarde – Braden desligou e pegou o controle remoto da televisão montada na parede. – Aparentemente houve uma invasão do infame Fanny Hill Club a noite passada e algumas notáveis personalidades locais foram pegas.

– Algumas? – eu me perguntava quem estivera lá além de Cole.

Braden colocou no noticiário e ficamos assistindo, em estado de choque, enquanto a história se desenrolava.

A polícia diz que a invasão foi o resultado de uma investigação em curso sobre o funcionamento do clube ilegal de sexo.

– Investigação em curso o caramba! – eu disse com raiva.

Braden fez sinal para que eu ficasse quieta.

Entre os presos estava o deputado Cole Stephenson. Apareceu uma imagem dele com a cabeça baixa entrando em um carro, cercado de caros advogados locais. *A socialite Marla Benton...*

– Marla estava lá?! Ela devia estar trabalhando na festa! – fiquei agradavelmente surpresa com a notícia. Aquele era um bônus e tanto.

E a matriarca Veronica Mason, que pode ter sido a organizadora do clube, também conhecida como Madame X.

– A sra. Mason! Puta merda! A turma toda estava lá! – eu não podia acreditar no que estava ouvindo.

– Bem, parece que você terá acesso a amostras de caligrafia de todos os seus três suspeitos. Tenho certeza de que eles escreveram algum tipo de declaração. Mas, se não, vou arranjar uma intimação. Não deve ser muito difícil agora.

– Vou ligar para o Steve Flynn e ver quando ele poderia vê-las. Não espero que seja hoje, já que é domingo.

Mas eu estava errada. Steve estaria disponível à tarde se conseguíssemos alguma coisa das prisões da noite anterior. Braden ligou para seu escritório e descobriu que todos os três haviam feito breves declarações escritas, então já tínhamos as amostras. Combinamos de encontrar Steve na sede da polícia da Filadélfia às três da tarde.

– Não acredito que aquela mulher malvada e frígida era a Madame X – Braden disse, balançando a cabeça.

– Espero que não pegue mal para a fundação, por ela ser uma doadora.

– Duvido, mas vai dar algo para manter o Alan ocupado – lembrei-me de como ele pareceu ficar irritado quando os jornalistas começaram a perguntar sobre meu pai, e fiquei com um pouco de pena. Mas, afinal, aquele era o seu trabalho.

– O que você acha que vai acontecer com eles?

– Acho que vão contratar caros advogados de defesa, que não são tão bons quanto defensores públicos, mas que, ainda assim, conseguirão que tenham liberdade condicional. Então tenho certeza que os três escreverão livros que vão chegar à lista de *best sellers* do *New York Times* e vão fazer o circuito dos programas de tevê. É, provavelmente, a melhor coisa que já aconteceu a eles.

– Pobre Felicity.

– Ah, por favor, Gabrielle. Ela não suporta a mãe, e isso provavelmente vai fazer com que ela seja a menina gótica mais legal do pedaço.

– Talvez você esteja certo. Agora que o autor da carta provavelmente está sob custódia, você ainda quer se casar?

– Pela última vez, sim! Você não?

– Sim, com certeza. É que ainda estou um pouco em choque. Só isso.

– Eu não. Eu soube disso logo no primeiro encontro.

– Soube?

– Sim. Veja os lugares aos quais você me levou. Qualquer uma que pudesse ver qualidades além das aparências, na minha opinião, é uma garota legal. O fato de você também ter me dito que queria fazer sexo quente e selvagem comigo fez com que fosse a mulher perfeita para mim. Falando nisso, meu amigo matinal está vindo me visitar – ele me deu um sorriso levemente lascivo. Bruno nem se mexeu. Ele ficara tão acostumado com a mamãe e o papai fazendo sexo quente e selvagem que nem ligava mais.

Mais tarde, naquele dia, estávamos sentados de frente para Steve Flynn enquanto ele examinava cuidadosamente as amostras.

– O que acha? – perguntei.

– Bem, claro que posso não estar cem por cento certo, mas na minha opinião o bilhete não foi escrito por nenhum dos três. Não tenho o original do recebido em Nova York para comparar, mas o que vejo nessa reprodução apenas confirma isso. O autor da carta anônima provavelmente é algum outro indivíduo.

Eu estava atordoada. Tinha tanta certeza de que fora um dos três. Todos os tipos de pensamentos passaram pela minha cabeça. Como outra pessoa poderia saber que estávamos juntos? Qual seria o motivo? Como sabiam que estávamos em Nova

York? Por um breve segundo, Cam me veio à mente. Ele confessara ainda se sentir atraído por mim, mas parecera completamente sincero sobre estar feliz por nós. Não, não era Cam. Meu instinto me dizia que não era. Então, quem era?

– Querida, não se preocupe – disse Braden, colocando o braço em volta de mim. – Vamos assegurar que haja uma investigação completa, e você vai morar comigo e tudo vai ficar bem. Ninguém vai nos incomodar.

– Ok – respondi, sorrindo para ele, mesmo preocupada com o fato de aquelas palavras soarem como as famosas "últimas palavras".

Este livro foi composto nas fontes Cambria, Bell MT e Zapfino Linotype One,
e impresso em papel Norbrite 66,6g/m² na Assahi.